集英社文庫

# 暗　黒　童　話

乙　　一

集 英 社 版

目次 contents

アイのメモリー●前 7
1章 25
2章 87
アイのメモリー●後 173
3章 187
4章 257
5章 315
文庫版あとがき 340

暗黒童話

アイのメモリー●前

# 1

その鴉(からす)が人間の言葉を話せたのは、たまたま巣が映画館の軒先にあったことが原因でした。まだ小さなひなだったころ、両親の運んできてくれる虫を食べながら、壁の穴から見えるスクリーンを眺めていたのです。他の兄弟たちと違い、その鴉は映画が好きでした。台詞(せりふ)を暗記しておもしろ半分に暗誦(あんしょう)していると、いつのまにか人間の言葉を話せるようになっていたのです。

鴉が少女に出会ったのは、映画館が取り壊しになり、住みなれていた故郷から追い出されたときでした。そのころにはすっかり鴉は成長して、一人前の大人になっていました。両親や兄弟はさっさとどこかへ行ってしまい、一人きりで町をぶらぶら飛びまわっていたのです。

山のふもとに、大きな屋敷がありました。壁は青色で、庭が広く、立派な門に囲まれていました。屋敷のすぐそばに高い木が立っています。その枝がいかにも降り立つのに都合がよい形でしたから、鴉はその日、そこで羽を休めることにしました。

鴉のとまった枝から、ほんの少し羽をのばしたところに、二階の窓がありました。窓辺に女の子が座っていたことに、鴉はしばらく気づきませんでした。なぜなら、たいていの人間

は、こんなにそばまで鴉が近寄っていたら、声を出して驚くからです。しかしその少女は、すぐ近くにいる鴉の存在にまったく気づいた様子がありません。

　しばらく、鴉は少女を観察しました。人間をこんなに近くで眺めるのは、はじめてのことです。その子の顔は小さく、苺のような唇をしていました。窓辺に置いた椅子へ腰掛け、何もせずにぼんやりしています。

　鴉はわざと羽をはばたかせて、注意をひいてみようかと思いましたが、そうはしませんでした。人の注意をひく、もっといい方法を学んでいたからです。

「うおっほん」

　鴉はわざと咳払いをしました。

「だれ？」

　少女ははっとしたようにして、不安と戸惑いの混じった小さな声を出しました。

　どうして今まで、目の前にいる自分にその子が気づかなかったのか、ようやく鴉は理解しました。普通、こんなにそばまで近づいていれば、鴉の黒い体が瞳に映るはずです。でも、残念ながら少女の眼窩は空っぽで、瞳らしきものは何も見当たりません。ただ小さな顔に、二つの穴が空いているだけなのです。これではものが見えるはずありません。

　これは都合がいい。鴉は思いました。自分の姿が見えないのなら、これはいい話し相手になってくれそうだ。

　人間の言葉を話せるようになって、これまで幾度となく人に話しかけてきました。覚えた

言葉を実際に試してみたかったのですが、フライドチキンになった同族の悲劇を知っているので、鴉はあまり人間に近寄りたくありません。

しかし、こちらの姿が見えないのなら、きっと少女は自分を鳥類だとは思わず話をしてくれるにちがいない。

「そこのお嬢さん、ごきげんはいかがですか？」

鴉は気取った声で言いました。

「だれ？　だれかいるの？」

「大丈夫、あやしいものではないのです。ただ、あなたとお話がしたいだけなのですよ」

少女は窓辺の椅子から立ち上がり、小さな手をいっぱいにのばして部屋の中を歩き出しました。どうやら、どこかにいるはずの声の主（ぬし）を探しているようです。

「どこ？　どこにいるの？」

窓は開いていましたので、鴉は羽を二、三度はばたかせて部屋の中に入ります。きれいな人形がたくさん飾ってある、すてきな部屋でした。花柄の壁紙に、やわらかいベッド。部屋の中央に丸いテーブル。鴉は椅子の背に、ふわりと着地します。

「探そうとするのは、おやめなさい。ただわたしは、あなたとお話がしたいだけなのです」

少女はあきらめたように手をおろすと、ベッドに腰かけます。

「あなたの声はとても不思議だわ。今まで聞いた、どんな人の声とも似ていない。不思議な響き。でも、作法をよく知らないのね。部屋に入るときは、ノックをするものよ」

「それはもうしわけありません。なにせ、ナイフとフォークの持ち方も知らない身、マナーについての勉強を忘れていました」

「あら、それじゃあ、どうやって食事しているの？」

「もちろん、手をつかわずに、そのまま嘴（くちばし）でつつくのです」

「おかしな人ね。あなたって」

少女ははじめて、頰（ほお）にえくぼを作りました。

「わたしには、お話の相手がいないの。だから、あなたがきてくれてうれしいわ、だれかさん」

それ以来、時間があると、鴉はその少女のところへ話をしに行きました。最初のうち、人間の言葉をためすということ以外の目的はありませんでしたが、一週間もすると、次第に話をすることが楽しくなりました。

しかし、鴉の目から見て、少女はどことなく他の人間とは違って見えたのです。他の多くの人間たちは、いつも仲間と群れを作り、鴉に向かって石を投げてくるものです。

でも少女はいつも一人、窓辺に座って、部屋に入ってくる風のやさしい感触を頰に感じて楽しんでいるだけでした。その姿を鴉は木の枝からじっと見ていたのですが、どことなく寂しげな様子なのです。

そこへ鴉が声をかけます。

「お嬢さん」

するると、まるで冷たい冬の中、突然、暖かい風が吹き込んだように、少女はうれしそうな顔をします。

「あら、いけない人ね。またノックを忘れているわ」

その声は怒っているようではなく、まるで親しげなあいさつのように感じられました。鴉にとってそれはひどく心地よいもので、卵の殻をやぶってからというもの、こんなすてきな気持ちになったことはありませんでした。なぜなら、母親はイモムシを食べさせてくれるばかりで、歌を歌ってくれたこともありませんでしたし、兄弟たちも無個性な鳥類の本能しか持ち合わせていなかったからです。

鴉は、映画館で見た多くの映画を思い出しながら、作り話で少女を楽しませました。少女との会話は、作り話の連続でした。鴉は最初から、自分のことを一切、話さないことを決めており、自分が人間ではなく、一介のしがない鳥類だということを隠していました。おかげで鴉は、嘘(うそ)の生い立ちの上に、でたらめの人生を並べることになりました。

「お嬢さん、どうしてあなたの顔には目が入っていないのですか？」

ある日、鴉はたずねました。

少女は何気ない風を装い、おかしな話でもするように答えます。

「あれは、わたしがもっと小さなときだったわ。ある日曜日、お父さんとお母さんに手をひっぱられて、教会に連れて行かれたの。そこの窓に綺麗なステンドグラスがはまっていて、ずっと眺めていたの。本当に綺麗だったから、目を大きく開いてしっかり見ていたの。それ

がいけなかったのね。突然、ステンドグラスが割れて、こなごなになったの。なぜ、そうなったのか、わからないわ。だれかが石をなげたのかもしれないし、小さな隕石が落ちてきたのかもしれない。でも、そのときは何も考えず、突然、こなごなになって降ってきた色ガラスが、とても綺麗だと思ったの」

鴉は、暗闇の映画館で見た光の束の中で、ほこりが瞬いていたのを思い出しました。

「次の瞬間には、わたしの両目にガラスが刺さっていた。右目が青いガラス、左目に赤いガラス。すぐに病院へ行ったけど、目を取り出して血をとめることしかできなかったみたい。最後に見た光景は、自分の上に降ってくる、たくさんの色つきガラスが、光できらきら光っているところよ。それはとても美しい光景だった」

そのとき、部屋の扉をだれかがノックしました。

「お嬢さん、話してくれてありがとう。わたしはもう行くよ」

引きとめる少女の声を無視して、鴉は急いで羽を動かし窓から出て行きます。しかし遠くへ飛んでいかず、屋敷に隣接して生えている木の枝に降り立ちました。そこなら、部屋の中から鴉の姿は見えないし、そのうえ、部屋の中で交わされる話し声を聞くことができます。

扉が開き、だれかの入ってくる音。

「話し声が聞こえたけれど、だれかいたの？」

どうやら少女のお母さんです。

鴉には見えませんでしたが、少女は答えられずに困っているようです。音もなく部屋にや

ってきて、だれかがくると行ってしまう声だけの存在。あの子は自分のことをどのようにとらえているのだろうかと、その鳥類は思いました。

鴉は飛び立ち、高く舞い上がりました。曇り空の下、灰色の町が見えます。

少女に物を見せてあげたい。鴉の心の中は、いつのまにかあの子のことでいっぱいになっていたのです。

目が見えなくなったときの話を、平気そうにあの子は話していました。目の見えないことが当たり前だというように、いつも振る舞っていました。でも、鴉が作り話をしているとき、遠く広がる草原や、奇妙な生き物の説明をしていると、「見てみたいなあ」と夢見る表情を浮かべるのです。

「最近、夜中に見る夢まで真っ暗なの」

少女がいつか沈んだ声でそうもらしたのを鴉は思い出しました。

しかし、悲しい気持ちを悟らせまいとするように、楽しげな声に切り替えると、最近さわったものの中で、もっともよかった肌触りのいろいろについて少女は話をはじめました。彼女にとって楽しみといえば、ワインを口に含んで吟味するように、いろいろなものをさわって、その心地よさを味わうことなのです。

「お嬢さん、真っ暗は怖いかね？」

少女はしばらく考えた後、小さくうなずきました。

低い雲に覆われた雨が降り出しそうな空を飛びながら、鴉は思いました。

少女にもう一度、光と色を感じさせることができるのなら、世界が血でそまってもかまわない。

ものを見るためには、目が必要です。鴉は、黒い光沢のある羽をはばたかせ、屋敷を飛び出すと、目を集めるために町へ向かいました。

## 2

鴉はパン屋の屋根に降り立つと、そこから下を見下ろしました。

パン屋の裏庭には、青く茂った木があります。のびている枝は太く、まるで筋肉のよくついた人間が腕をぴんとのばしているようです。その枝のひとつからロープがぶら下がり、タイヤが宙吊り(ちゅうづ)になっていました。パン屋の主人が五歳になるせがれのために、ある日曜日、とりつけたものでした。パン屋のせがれは、ほっぺたの赤い、巻き毛のかわいらしい子供でした。

その子がタイヤのブランコに片足をひっかけてゆれています。鴉がそれをじっと眺めていると、お店の方からその子の母親が声をかけました。

「もう、お昼寝の時間よ。遊ぶのをやめて、二階へ行きなさい」

パン屋のせがれはブランコから飛び降りて家の中へ入ります。

鴉は屋根の上から、タイヤを宙吊りにしている木の枝へ、ふわりと移動しました。その位

置から、ちょうど二階の窓が見え、部屋の様子も確認できました。パン屋のせがれが部屋に入り、ベッドへ横になるのもわかりました。

　よし、あの子の目をもらうことにしよう。鴉は念のため、パン屋のせがれが寝つくまでしばらく待ちました。やがて、鴉の黒い瞳に、寝息で上下するその子の胸が映ります。

　ふわり、と開いた窓から部屋に入りました。家の中は、パンの焼けるおいしそうな匂(にお)いに満たされています。パン屋のせがれは、枕元(まくらもと)にそっと近づいた闇色の鳥類に気づかず、眠りつづけていました。

　鴉はその子の右目を、閉じたまぶたの上から嘴で取り出しました。少女にあげるものなので、つぶれないように注意して嘴でくわえます。

　そのとき、パン屋のせがれが眠りからさめてしまいました。ひとつだけ残っている左眼で鴉の方を見ると、驚いた声をあげました。

「お母さん！　鴉がぼくの目をくわえてる！」

　息子の声を聞きつけ、母親が階段をあがってくる気配がします。パン屋のせがれは怒ったように鴉をつかまえようとしました。

　鴉は翼をばたつかせ、つかまらないうちにさっさと窓から逃げ出しました。

　黒い嘴に子供の眼球をくわえたまま、鴉は空を翔(か)け、少女の待っている屋敷へ向かいました。

　開け放した窓へ鴉が飛び込んだとき、少女は机に突っ伏して泣いていました。

鴉は声をかけようとして、口の中に眼球が入っていることを思い出しました。いったん、部屋の中央に置かれた丸テーブルの上に、血だらけの目を置きました。

「お嬢さん、どうして泣いているのだい？」

少女は肩をふるわせて顔をあげると、鴉の方を向きました。声の方向から、だいたいの位置がわかるようです。

「恥ずかしいわ、泣いているところを見られるなんて」

少女の顔の、二つの穴に、綺麗な涙がたっぷりたまっています。少女がわずかに顔をゆすと、ふちまで水を注いだコップから溢れ出すように、涙が眼窩から零れ落ちるのです。鴉はそれが、とても素敵に思えました。

「悲しいことがあったの。部屋の真ん中に、丸いテーブルがあるでしょう？」

鴉は、さきほど血だらけの丸いものを置いたテーブルを見ました。

「そのテーブルに、花瓶があって、花が生けてあるでしょう。わたしはずっと、そこに生けられている花は、みずみずしい青い花だと思っていたの」

鴉が見ると、花瓶に生けてあるのは、すでに枯れかけている赤い花でした。

「お母さんが、嘘をついていたの。わたし、ずっと青い花だと思い込まされていた。だって、お母さんがそう言うんだもの」

「お嬢さんは、青い花が好きなのかい？」

少女はうなずきました。

「赤色なら赤色だと、偽らずに言ってくれたらいいのに。さっき、お父さんが部屋にやってきて、『その赤い花、枯れかけているね』って言うまで気づかなかった……」

少女の泣いている顔を見たくないと、鴉は思いました。

「泣くのをおやめ、今日は、プレゼントを持ってきたよ」

「プレゼント？」

「丸いテーブルの上に置いているよ」

少女は涙を拭いて、部屋の中央にあるテーブルの前まで歩きました。家具の位置は、彼女の頭の中に記憶されているようです。行きすぎたり、距離が足らなかったりすることはなく、枯れかけの花と血だらけの眼球が載ったテーブルの直前で足を止めました。

少女はテーブルの上に手をはわせて、パン屋のせがれの一部分を見つけました。

「これは何？」

「さあ、それはどんな形をしているか、わかるかい？」

手の上に乗せた眼球を指先で確かめ、答えます。

「丸いわ。それに、やわらかい」

「それを、顔に開いている、二つの穴の片方に入れてみなさい」

少女は、おそるおそる、丸くてやわらかいそれを、眼窩に入れようとしました。ふと、手をとめて、たずねます。

「右？　それとも左？」

「どちらでもかまわないよ。さあ」

少女は、顔に開いている左の洞穴にそれを押し込んでみました。何も考えずにつめたので、瞳の部分はあらぬ方向を向いています。それでも、しっかりと眼球は少女の顔にはまりました。

「さあ、どんな気分だい？」

「なんだか、落ちつくわ。あなたのプレゼント、これはいったいなに？　まるで、『つめもの』みたい……」

「それをわたしからもらったということは、だれにも言ってはいけない、秘密だよ。お父さんにも、お母さんにも言ってはいけない。見つからないように、人と会うときははずしてベッドの下に隠しておきなさい。そしてお嬢さん、ベッドへ横になって、ひとやすみするといい。泣きつかれたときは、そうするものだよ」

少女はうなずき、あくびをして、手で目をこすりました。そのおかげで、今しがた入った眼球が、くるりと半回転しました。

「おやすみ、だれかさん。プレゼント、ありがとう」

少女はベッドへ横たわると、すぐに寝息をたてはじめました。

「おやすみ」

そう言うと鴉は、もう片方の目をさがすため、窓から飛び出て町へ向かいました。

次の日、鴉は新しいプレゼントをくわえて少女の屋敷へ向かいました。いったん木の枝にとまり、部屋に少女以外だれもいないことを確かめ、ふわりと窓をくぐります。

鴉は丸テーブルの上に、新しい眼球を置き、「お嬢さん」と少女に声をかけました。

「だれかさん、ねえ聞いて！」

少女はうれしそうな声で鴉に言いました。

「昨日、夢を見たの！　ちゃんとした絵のある夢よ！　本当に、ひさしぶりに色というものが頭に広がったの。それはとても素敵な夢だったわ！」

少女は夢の中で見た光景を、細部まで説明してくれました。

「わたしは、眠りの中で、パン屋さんの子供だったの」

まぶたを閉じて、素敵な夢を思い出すように彼女は言います。少女はプレゼントを取り外していましたが、まだ頭の中にその映像が残っているのだろうと鴉は思いました。

「私は男の子だった。お父さんが、小麦粉をこねていた。お母さんが、パンの形を整えていた。やってきたお客さんが、店内で遊んでいるわたしに微笑(ほほえ)みかけてくれたの。そしてわたしは、家の裏にあるブランコに足をひっかけて遊ぶの。枝にぶらさげた、タイヤのブランコ」

少女は長いこと音と暗闇だけの世界に置かれていたため、色のついた夢を見たことに興奮していました。それが鴉にはうれしく感じられました。

「あんまり素敵な夢だったから、長いことプレゼントの『つめもの』を目の穴へ入れていた

わ。目が覚めてからも、ずっとそうしていたの。でも安心して。だれかの階段をあがる気配がしたら、すぐに取り外して隠したから。ガラスの瓶に入れて、ベッドの下に隠しておくことにしたわ。でも、部屋に一人のとき、ずっと『つめもの』をはめて、夢を見る練習をしていたの。最初のうち、眠っている間しか、あの素敵なパン屋の世界を眺めることができなかった。でも、そのうちに、ぼんやり、起きているときでも、それができるようになったのよ。きっと、これは慣れなのね」

「お嬢さん、今日、またプレゼントを持ってきたよ」

「本当?」

鴉が、丸テーブルの上に新しい『夢のつまったつめもの』を用意していると伝えました。

少女は期待に顔を輝かせて、素敵な血だらけのものを手につかみ、からっぽの眼窩に入れました。

「見える、見えるわ、だれかさん! まるで水中に明るい色の絵の具がひろがって世界を覆うみたい」

眼窩の片方に眼球を入れた少女は、両手を胸の前で握り締め、神様へ感謝するようにつぶやきました。

「色の洪水みたい! 『つめもの』から青い色があふれだして、頭の中に広がっていくの!」

その日、鴉の持ってきた眼球は、丘の上の、花畑に囲まれた家に住む老婆(ろうば)のものでした。

青い花が好きだという少女の言葉を聞いて、鴉は考えたのです。少女に、好きなものを存分に見せてあげたい。そのためには、毎日、青い花を眺めて暮らしている人間を探さねばならない。

空を飛び、青色の花畑を見つけたのは偶然でした。花畑の中に小さな家があり、そこには編物をする老婆が住んでいました。孫が大勢いるらしく、その一人一人に手編みの服を編んでいる最中でした。

家の中がよく見える木の枝から、鴉は観察しました。窓のそばに鳥かごがかけられて、中にカナリヤがいます。老婆は眼鏡(めがね)をして、ゆり椅子に腰かけて編物をしています。ふと、その手をとめ、眼鏡をはずして近くの机に置くと、目のつかれをときほぐすように両目の間を指で揉(も)みました。やがてその老婆が居眠りをはじめると、鴉は窓から入り、老婆の座ったゆり椅子の手すりにふわりと乗るのです。その重みでわずかに椅子がかたむきましたが、心地よさげに老婆は夢を見つづけます。鳥かごのカナリヤが騒ぎ始め、鴉は嘴の先を、そっと老婆の顔に差し込みました。

「なんて素敵な青い花畑なんだろう!」

少女は言いました。

「それに、わたし、この『つめもの』から溢れ出す世界では、編物をしている! 編物なんてしたことないのに!」

もっとだ! もっと! 鴉は思いました。もっと目を集めて、少女に世界中のものを見せ

てあげたい。世界中の人間の目を、この嘴を使って集めてこよう。そうすればこの子は、きっと大喜びするにちがいない。

彼女が眼球を隠して保存しているガラスの瓶、それをいっぱいにしよう。感激のために涙を流す少女を見て、鴉は誓いました。

# 1章

# I

これは後から聞いた話で、私はその日のことを覚えていない。

その日、薄暗い灰色の空が朝から雪を産み続けていた。高いビルの間を静かに雪は舞い落ち、行き交う人々は傘を差して足早に歩いていた。

雑踏の中、私は地面に膝(ひざ)をついていた。体を丸めて歩道に顔を近づけ、何かを探していた。両方の手で体重を支え、傘は投げ捨てられたようにそばで転がっていた。

人通りの激しい道だった。みんなは私を見ると一瞬だけ視線を向けて遠ざかる。係わり合いになろうとするものはいなかった。

やがてある親切な男が、私を見かねたように近づいてきた。彼は会社から帰る途中のようだった。片手に黒い鞄(かばん)、もう片方に黒い傘を差していた。何を探しているのですか。彼はそう声をかけた。

そのときの私には彼の言葉が聞こえなかったらしく、ほとんど何の反応も示さなかったという。

コンタクトレンズを落としたのですね。私も探すのを手伝いましょうか。男はもう一度た

ずねた。

ううん、ちがうの。コンタクトではないの。私は一生懸命に探し物を続けながら返事をした。泣きそうな、困り果てた声だった。

そのときにようやく、彼は私の様子がおかしいことに気づいたそうだ。

私は手袋をはめていなかった。そんな手のひらを雪の積もった地面に押しつけ、指は寒さで赤くなっていた。凍傷になるかもしれないなどと、少しも構っている様子はない。

それに、どれくらいの時間その格好でいたのか、背中には薄く雪が積もっていた。周囲のすべてを完全に頭から追い出して、一心に何かを探していた。その雰囲気に、彼は不安を感じたという。

本当に、どこへ落ちたんだろう……。私は焦りのために声を上ずらせていた。

ふと、男は気づいたそうだ。私のまわりにだけ、雪の上に点々と赤い色が散っている。血だった。

大丈夫ですか。男がそう聞いたとき、私は顔をあげてそちらを見た。呆然(ぼうぜん)とした表情をしていたそうだ。

いくら探しても見当たらないの。どこかその辺りに、私の左眼が落ちているはずなんですけど……。眼球があるはずの場所から顎(あご)にかけて、顔に血が伝う。その直後に私は倒れこみ、気を失った。

左の眼球は、少し離れた道路上に泥と雪の混じる奇怪な塊(かたまり)となっているところを発見さ

れた。行き交う人々の靴に何度も踏み潰(つぶ)され、原形を留めていなかった。

その日、前日から続く雪で街は白かった。傘を差した多くの人がひしめいていた。私はその中の一人で、不運にも、だれかの傘が顔にぶつかってしまったのだ。傘の先端は偶然、左の瞼(まぶた)と眼球の間に押し入り、ぷつんと視神経を断ち切る。眼球はかき出されて地面に落ちる。私は、慌ててそれを探していたのだ。そのことが後の捜査でわかった。

私はすぐに病院へ運ばれ、処置を受けた。財布に入っていた学生証から、白木菜深(しらきなみ)という名前であることがわかった。

……一月の半ば、私が記憶をなくした事故の、以上がその顚末(てんまつ)である。


眼を開けてしばらくは視界がぼやけていた。天井や壁が白かった。私はベッドに寝かされ、体に毛布がかけられていた。

傍(かたわ)らに女性がいた。彼女は椅子(いす)に座り、雑誌を読んでいた。少しの間、彼女を見ていた。眼を開けること以外に、動くことも、声を出すこともしなかった。

やがて、ページをめくりながら彼女も私の方を見た。立ちあがって雑誌を落とすと、叫び声をあげた。

「だれか来て！　菜深の意識が戻ったの！」

医者と向かい合わせになり、私はいくつかの質問を受けた。看護婦を呼んだ女性が、一緒に医者の話を聞いていた。

「どうしたの菜深、ぼんやりして」彼女が言った。「まわりを見ていないで、お医者さんの質問に答えなさい」

自分の手を見ると、指先まで包帯に巻かれていた。それに、顔の上を斜めに包帯が横切っていた。左眼が見えない。私はその包帯を引っ張って取ろうとした。医者と看護婦が手を出してそれを制止する。

「菜深……？」

女性が首をかしげて私に言った。菜深というのは人の名前だとわかった。その名前に心当たりがないことを私は説明した。

「菜深というのは、あなたの名前ですよ」医者はそう言うと、私のそばについていた女性を指差した。「こちらの方に見覚えはありますか？」

彼女の顔をよく見る。わからない、と首を横に振った。

「こちらの方は、あなたのお母さんですよ」

医者は説明した。

もう一度、私は女性をよく見た。彼女は口に手を当てて、私から遠ざかるように後ろへ引いた。

私は左眼を怪我（けが）したのだと説明を受けた。そして、その際の心理的なショックのために記憶障害が出ていると医者は言った。

車に乗って、家に連れて行かれた。車内では、私の隣に母が座った。運転席に男の人がいて、彼が運転した。彼は私の父だと説明を受けた。

母がいろいろなことを話しかけてきた。私の返事を期待する顔だった。話を理解できずにだまっていると、母は失望した顔をした。

「無口になったな」と、父が言った。

家には見覚えがなかった。表札に白木とあり、それが自分の姓なのだと改めて気づいた。靴を脱いで玄関にあがる。それから、向かう場所に困った。

母が手を引いて、居間や台所を回った。

「見覚えがあるでしょう？」

母の質問に、私は首を横に振った。

二階の部屋に通された。ピアノがある。女の子の部屋だと気づいた。

「どう思う？」

母が聞いた。いい部屋だと思う。そう返事をすると、ここは私の部屋だと聞かされた。もうずっと昔から私の部屋だったのだそうだ。疲れたので、ベッドに腰かけていいかと私はたずねてみた。

「あなたの部屋なんだから、好きにしていいのよ」

母は言った。それまで気づかなかったが、彼女は泣いていた。

部屋にいる私のところへ、父がアルバムやトロフィーを持ってきた。トロフィーの台座に

は、ピアノコンクール優勝のプレートがはまっていた。

「何も思い出せないのか？」

父の質問に、私はうなずいた。父の持ってきたアルバムの中で、中心に少女の写っている写真があった。涙眼でスコップを持ち、砂場に座っている。私はそれを指差して、自分は子供の頃よくいじめられたのかと父にたずねた。

「菜深が指差しているのは、子供の頃に仲が良かった女の子だよ。その子の後ろで笑っているのがおまえなんだ」

父は説明した。

その後も私はいろいろなものを見せられた。覚えているものはなにもなかった。

自分が作ったという花瓶を差し出されたが、はじめて見るものだった。母に買ってもらったというぬいぐるみの名前も、好きだったという映画の題名も私は忘れていた。

家での生活は、最初、両親に細かいことをたずねないといけなかった。どこに何があるのかもわからなかった。何かをするときは、いちいち許可を得ていた。しかし、許可は必要ないのだということを父が説明した。

何かをするたびに戸惑った。夜、階段を上がろうとしたとき、暗いので電気をつけようとした。しかし、スイッチの場所がわからない。ようやく探し当てても、スイッチはたくさんあった。どれを押せばいいのかわからなかった。居間にいる母へ、階段の電灯を点(とも)すスイッ

チはどれなのかをたずねた。

「もう！　これに決まってるじゃない！」

母は少し声を荒らげて言った。ごめんなさい。私は謝った。


母は私の記憶をよみがえらせようと、父よりも必死だった。毎日、記憶がなくなる前の自分のことを聞かされた。それは主に、母と私の思い出話だった。

「あなたが風邪をひいて寝こんだときのことは覚えている？」

覚えていません。

「お母さん、菜深のことをあんなに看病してあげたじゃない。林檎をすりおろしてあげたの、覚えているでしょう？」

ごめんなさい。覚えていません。

「どうして覚えていないの？」

わからないんです。ごめんなさい。

「なんで謝るのよ。菜深はもっと明るい子のはずでしょう。幼稚園のころ、お母さんといっしょにお買い物へ行ったでしょう。食パンの入った袋を、いつも持ってくれたの、覚えていないの？」

私は首を横に振った。わかりません。

「どうして泣いているの！　泣くようなことじゃないでしょう！」

母はまた、私が無作法なことや失敗をするたびに、「菜深はこんなことをする子じゃなかったのに。菜深はもっとちゃんとしていたのに」とつぶやいた。

しばらく家の中に閉じこもっていたが、少しずつ町を歩くようにもした。近所の人に声をかけられることもあった。

「昨日、斉藤さんに町で声をかけられたそうじゃないか」父が食事のときに言った。「それなのに、挨拶(あいさつ)を返さなかったんだって？」

顔を思い出そうとしていたんです。

「無表情にじっと顔を見つめられて気持ち悪かった、そういう噂(うわさ)が近所でたってるんだぞ。頭ぐらい下げなさい」

「恥ずかしいわ」母が嫌そうに言った。「あなたが事故で記憶喪失になってること、近所の方は知ってらっしゃるから、なんとか言い訳もたつのよ。でもね、注目されているんだから、しっかりしなさいね。その包帯を巻いた顔、すごく目立つんだから。早く、記憶が戻るといいわね。でもそれまでは、以前の菜深みたいに、あなた、早く振る舞いなさい」

夜中、父と母の話し声を聞いた。

「おまえ、最近、菜深に対して少し強く言いすぎなんじゃないか」

「だって、こんなのあんまりだわ。今のあの子は、まるで他人の子みたいなんだもの！」

母の声は泣き声だった。

学校へ行くことになった。

夕食後に、父が言った。

「おまえは県立の高校に通っていたんだ。クラスメイトの顔も、きっと覚えてないよな」

私はうなずいた。

「先生に電話してみた。以前のようにクラスへ受け入れる態勢はできているらしい。いつでも学校に来てくれと言われた」

二日後の月曜日から登校することになっていた。私は高校二年生の一組に所属しているそうだ。

自分の部屋で制服を着てみた。生徒手帳や教科書を開いてみた。どれにも見覚えはなかった。

教科書に細かい書きこみがしてある。以前の自分が書いたものだ。記憶にないので、他人が書いたものに思える。


月曜日。

白い手提げ鞄が自分の部屋にあったので、それに教科書を入れて持っていくようにしていた。しかし、鞄を見た母が眉(まゆ)をひそめた。

「菜深は学校に行くとき、いつも黒いリュックだったわ。あなたもそうしなさい」

母は、謝っている私から手提げ鞄を取り上げた。

学校の場所がわからなかったので、その朝は父に送ってもらった。

高校の校舎は大きかった。父が一緒に職員室まで行ってくれた。前を歩く父にはぐれないよう、私は早足で歩いた。

職員室で、担任の先生だという岩田先生に挨拶した。

「ひさしぶりだな」挨拶して、彼は思い出したように口を閉じた。「そうか、ひさしぶりもなにも、わからないんだったね」

父は岩田先生に頭を下げると、仕事先へ向かった。職員室の先生たちが私の方を振りかえって見ていた。

「居心地悪いかもしれないが、勘弁してくれ。白木が記憶をなくしたこと、有名なんだ」

岩田先生は、私の左眼の方をちらちらと気にしていた。私の左眼があった場所は、事故以来、ずっと空洞だった。今は眼帯で隠していた。

私は、以前の自分がどんな生徒だったのかをたずねた。

「生活態度も真面目(まじめ)だし、勉強も運動もできた。クラスの中心だったんだよ。そんなに不安そうな顔をするな。さあ、朝のホームルームがはじまるよ」

岩田先生に促されて、職員室を出る。彼の後ろをついて廊下を歩いた。離れると迷いそうだった。二年一組と表示された教室の前で先生は私を振りかえって聞いた。

「大丈夫か？」

私は首を横に振った。

教室に入ると、中にあったざわめきが静まった。みんなの視線は私に向けられた。先生が机の一つを指差した。教室の中心にある机だった。私はそこに座った。

先生が私のことを説明した。事故のことや、現在の状況についてのことだった。しかし、先生が説明したことは、すでにみんなは知っているようだった。

ホームルームが終わって休み時間になると、みんなが私を取り囲んだ。知らない顔ばかりだったが、みんなは当然のように私へ語りかける。私は名前を知らないのに、相手は私のことを私よりも知っているのだ。

「菜深ー！　心配したよー！」

「大丈夫だった？」

私が答えられないで口をつぐんでいると、みんなはやがて拍子抜けした雰囲気になった。

「菜深、昔はこんなとき、おどけて笑いとってたじゃん？　何、暗い顔してんのさ？」

ごめんなさい。

前の席に座っていた女の子が私に言った。

「本当に何も覚えていないの？」

はい。

「私がいろいろ教えてあげる。まかせてよ。ナーちゃんには宿題うつさしてもらった恩があるからさ。どうしたのそんな顔して」

「……あなたの名前がわからないの。

「信じられない！　一番の友達だったじゃんうちら!?」

　ごめんなさい。

「いいよもう。私は桂由里(かつらゆり)。本当にもう、早く思い出してよね」

　ありがとう。

　彼女は以前の私のことを話してくれた。その話に出てくる私は、まるで自分ではないようだった。彼女は以前の私を尊敬していたようで、いかに素晴らしい人間だったかを説明した。

「あなたを中心にみんな動いていたようなものよ。あなたが笑うと、みんなほっとしていたの。鎌田(かまた)のこと、覚えてる？　あの嫌な英語教師のこと！」

　私は首を横に振る。

「英語であいつを言い負かしたでしょう？　あのときは本当、みんな胸のつかえがとれたよー！」

　授業を受けたが、勉強は何もわからなかった。先生たちは私に微笑(ほほえ)みかけて、以前の私がいかに頭の良い生徒だったかを話した。そして私に問題を解かせようとした。私は答えられなかった。

「こんな問題も解くことができなくなったのか」

　先生は失望したようにつぶやいた。

　学校から、メモを見ながら電車で帰った。最寄(もよ)りの駅名や家の住所すら、ろくに覚えてい

なかった。

私には祖父がいた。母の父親で、大きな会社の重要な位置にかつていた人だと聞かされた。様々な場所に顔のきく人なのだそうだ。

祖父は私を、だれよりも可愛がってくれていたという。そのため、今の私の状況をひどく悲しんでいるそうだ。

「菜深、おじいちゃんが、おまえの左眼をなんとかしてくれるって」父がコードレス電話の受話器を片手に言った。電話の相手は祖父だった。「移植用の左眼を探し出すってさ」

それがあれば外見はもとに戻るそうだ。視神経をつなぐ手術を施せば、視力も回復すると説明された。

「菜深、暗くなったね。もっとしゃべろうよ」

学校で、みんなは私にそう言った。話しかけてくるクラスメイトは、日を追うごとに少なくなった。

ある人が、昨日見たテレビのことで声をかけてきた。他の子がその子の手を引き、私から遠ざける。

「菜深はもう、以前の菜深じゃないんだからさ、つまんないよ」

そう囁(ささや)く声が聞こえた。

桂由里だけは私に話しかけてきた。彼女は懐かしそうに、以前の私の思い出話をした。もちろんそれは、私ではなかった。知らないだれかだった。彼女の眼は私を見ていなかった。由里だけではない。先生も、かんたんな問題を解くことができない私を見て、以前の優等生だった白木菜深のことを懐かしがっていた。

「今のあなたに比べて、以前の菜深は本当になんでもできる人だったのよ」

そうなの？

「それに、すごくかわいかった。うーん、顔は同じだけど、今のあなたって、なんだか表情が乏しいというか。なんだか、話をしていても、ちっともおもしろくないし。まるで空気に向かって話をしているみたい」

ごめんなさい。私は由里に謝った。

みんなの中で、今の劣等生の「私」と、かつて優等生だった「菜深」が分離していた。その二つは、まったく別人のようだった。

母の私を見る眼が冷たいことに気づく。以前、私の記憶がまだあったとき、母と私は姉妹のように親しかったという話を、父から聞いた。

私が自室で勉強している時、父が入ってきた。

「きみが勉強しているのを見るの、初めてだ。以前は、一度も見ることがなかったから。それでも成績は優秀だったんだ」

私は父に聞いた。勉強ができるようになって、以前の私のようになれば、お母さんが私のことを好きになってくれるのかな。

「さあ、どうかな。涙をふきなさい」

父は困惑したように言った。

手術を受ける前日、祖父がうちにきた。

「菜深、ピアノを弾いてくれないか。記憶はなくなっていても、体が覚えているもんだよ」

私はピアノの前に座らされた。みんなが私のまわりを取り囲む。両親や祖父、叔母（おば）、叔父（おじ）、それに従兄（いとこ）。彼らの眼はじっと私に注がれていた。演奏を期待する顔だった。

しかし、鍵盤（けんばん）を前にしても私の中に音楽は生まれなかった。動けずにそのままじっとしていると、やがてみんなが失望したのがわかった。

祖父がため息をついた。

私は恥ずかしくて、顔が赤くなるのを感じた。その場から逃げ出したかった。

みんなが、以前の「菜深」の栄光について話をはじめた。「菜深」はみんなを失望させることなく、ピアノを上手に弾くことができたのだ。そのことを私に聞かせて、今と昔の違いについて意見が交わされた。母が、今の私の悪いところを列挙した。

私は消え入りたくて、顔をあげることができなかった。それは、学校でいつも感じていたものでもあった。みんなは、記憶があったときの私に会いたがっているのだ。今の私は、ど

こにも行き場所がなかった。話しかけてくれる人も、決して私の知り合いというわけではなく、みんな「菜深」の知り合いなのだ。

次の日、病院に連れて行かれた。麻酔をかけられて、左眼を移植する手術を受けた。いつも通っていた病院ではなく、郊外に建つ小さな病院だった。

なぜいつもの病院ではないのかと祖父にたずねた。

「移植用の眼球を手に入れるために、正規の手続きを踏んでいないから、小さな病院で手術するんだよ。でもちゃんとした医者だから心配いらない」

手術を受ける直前、ガラスに入った眼球を見た。透明な水に浮いていた。それが容器の中で、私の方を見ていた。

手術はすぐに終わった。

## 2

他人の眼球が私の顔の穴に入り、細い糸で視神経同士がつなげられた。手術の後、三日間、包帯の上からでも左眼を触ることは禁止された。また、むやみに眼を動かしてはいけないとも言われた。

手術の後、しばらくは顔の左側にひどい違和感があった。常に押されている感じがして、

しかも重い。気づくと頭が左側に傾いていることもあった。

手術から四日後、入院していた私に、包帯を取り外してもよいという許可がおりた。そのころには、新しい左眼の違和感もほとんど消えていた。

「包帯を取り外しても、最初のうちはよく見えないかもしれない。視神経をつないだばかりだからね。でも、そのうちになじむ。そうしたらちゃんと見えるようになるよ。しばらくは、絶対に眼をこすらないようにしなさい」

医者は言った。

左眼で見た景色は、最初、曇りガラス越しに見たようなものだった。ぼやけて白い。光の量を調節できないのか、明るすぎる。

入院していた部屋の壁にカレンダーがあった。下半分に日付が並んで、上半分が写真だった。明るい日差しに照らされる公園の、だれも乗っていないブランコを撮影したものである。

ベッドの真正面に飾られていたので、そればかりを眺めていた。最初のうち左眼でそれを見ると、輪郭がかすんでほとんど何も見えなかった。しかし、包帯が取れて二日も経過すると、ブランコの鎖さえ確認できるようになった。

手術から一週間後、私の退院する日が訪れた。

母が迎えに来た。それまで母は一度も病室に来たことはなかった。見舞いは、祖父が一度、顔を出しただけだった。それも、話が弾まなかったので、退屈してすぐに帰っていった。

「左眼は見えるようになった？」母がたずねた。「今までは片眼がなくて、以前の菜深みた

いに見えなかったけど、きっと両眼がそろえば、また違って感じるのよね」

鏡を見る。わずかに左右の瞳(ひとみ)は色が違う気がする。新しい左の眼球はよく見ると茶色で、澄んだ瞳だった。

母は、両眼のそろった私の顔をまじまじと見て、満足そうにうなずいた。

「外見だけは以前の菜深に戻ってる。素敵よ」そして母は、腕組みをして諭すように言った。

「早く昔のことを思い出してね。だって今のあなた、まるで菜深ではないんだもの。いったい、どうしてこんなことになったのかしら。お母さんとの思い出をすっかり忘れてしまったなんて、こんな酷(ひど)いことってないわ」

母は退院の手続きを済ませるために部屋を出て行った。

私はその後、ベッドに座って壁のカレンダーを見つづけていた。左眼の神経が快調に眼球と脳をつなげているのを感じる。だいぶなじんでいた。しかし、泣いていたのでカレンダーの写真が少しにじんでいた。私はかたわらのティッシュを一枚とると、眼球を直接にこすらないよう、眼元の端から涙を吸い取った。

私は、申し訳ないという気持ちで胸が張り裂けるようだった。母やクラスメイトたちの言葉を思い出す。みんなは、以前の私のことを深く愛していた。しかし、今の私といったら、何もできない人間なのだ。だれかに話しかけられたら、私はどう反応すればいいのかわからず、戸惑うことが多かった。口籠(くちご)もっている私を見た人が、記憶を喪失する前後の違いを頭の中で比較しているのに気づく。気にするまいとしても、それを感じ取ってしまう。そして、

ここにいるのが劣等生の私ではなく、優等生の菜深であったなら、みんなが喜ぶのにと思う。

私は考え事をしながら、カレンダーの、少女が乗ったブランコの写真に眼を向けていた。

母が戻ってくる前に身の回りのものを片付けておこうと思った。それまで見ていたカレンダーから、視線を外そうとする。

そのときに、ふと疑問を感じた。最初は小さな違和感だったが、やがてその正体に気づき、恐怖した。

正面の壁にはりつけられたカレンダーの写真には、だれも乗っていないブランコが写っていたはずだ。しかし、いつのまにかブランコに、少女が乗っていた。

私はうめき声をあげて、顔の左側面に手を当てた。熱を感じた。移植した新しい眼球が、温かい。火傷(やけど)をするような熱ではないが、視神経が痙攣(けいれん)するようだった。

写真の中の、少女の乗ったブランコが、ゆれた気がした。何かの間違いだと自分に言い聞かせようとしたとき、またゆれた。

混乱して私は眼を閉じた。視界は暗闇(くらやみ)になると思ったが、違った。瞼を下ろしても少女は消えなかった。むしろ鮮明になった気がした。それをきっかけに、写真の中のゆれるブランコや少女が、半透明であることに気づく。それは左眼でだけ見えている映像だった。右眼だけを閉じた場合も、像が鮮明になった。

これは夢なのだという、おかしな納得が私に訪れた。きっと白昼夢なのだ。

写真が大きくなって私を包んだかのように、左眼の視界いっぱいが、病室ではなく見知ら

ぬ公園に塗り替えられた。

その景色を見ながら、私はシーツを握り締め、自分自身はまだ病室のベッドにいるのだということを確認する。

少女がブランコを下りる。まだ小学校に上がっていないほどの子供だった。髪が長く、少女が動くたびにそれは飛び跳ねた。

ブランコの鎖には錆(さび)が浮いており、背景は森である。

左眼の夢、全体がぐらりと揺れる。実際にそうなったわけではないのに、体の傾く気がした。少女が私に近づき、微笑みを浮かべる。

その瞬間、波が遠く彼方(かなた)へ引いていくように、夢の光景は静かに消える。左眼はもとのカレンダーを写していた。だれも乗っていない、静止したブランコだ。

私は軽い嘔吐(おうと)を感じていた。今のは何だったのだろう。夢。錯覚。幻。写真が突然に動いたかと思うと、いつのまにか左眼は夢を見ていたのだ。

あらためてカレンダーの写真を見る。さきほどの夢とは、細部が違う気がする。ブランコの鎖に錆はない。その上、背景は海である。

扉が開き、母が戻ってきた。

私は不思議な思いのまま、退院した。カレンダーを持って帰りたかったが、言い出せなかった。

左眼の夢、少女の微笑みだけが繰り返し頭の中で蘇(よみがえ)る。その、すべてを肯定して、私を

受け入れてくれるような笑み。心地よい温かさが、私の心の中に広がる。その幸福感は、記憶をなくして以来、だれからも与えられないものだった。

病院を出るとき、泣いている私を見て、母が不審な顔をした。

「どうして泣いているの？」

答えることができなかった。私は気づいてしまったのだ。夢の少女がくれた微笑みに安らぎを感じたことで、それまでの自分がいかに緊張し、不安で、苦しかったのかを……。

退院して再びもとの日常に戻った。学校へ行き、授業を聞く。ほとんどだれとも話をしなかった。私は孤独だった。

眼が覚めて記憶喪失であることを聞かされ、最初のうちはわけがわからなかった。まわりで行なわれる会話を聞いているだけだった気がする。うなずくばかりで、ほとんど考えるということも、感じるということもなかった。

でも今は、ある瞬間ごとに自分自身がどんな気持ちでいるのかを、少しずつわかりかけていた。

教室で机に座り、以前の優等生だった自分のことを聞く。左の眼球が移植されて、眼帯を外しても、立場は何も変わらなかった。

「前のナーちゃんは、今のあなたと違って、みんなと話をして楽しませていたわ」

まるで私じゃないみたい……。

「本当にそうね。まるで他人。そして、今のあなたよりも優れていたわ。体育のバレーボール、あなたのミスのせいで負けたのよ。以前のナーちゃんだったら、ばしばしスパイクを決めてたのに」

バレーのコートで、私はみんなに取り残された気分を味わった。ミスを続けて、そのうちにだれも私をボールへ触らせなくなった。味方のみんなは忌々しい眼で私を見た。居場所がなかった。

教室は騒々しい。休み時間。楽しそうな声が響く。私は一人、机に座って次の授業がはじまるのを待つ。休み時間が一番、退屈だった。そして、自分がもっともみじめに思えた。

眼を閉じて、病室で見た夢のことを思い出す。私に微笑んでくれた子供。心が落ちついた。暗闇に放り出された不安な私の手を、そっと握ってくれる気がした。寂しくなったとき、その夢を思い出すことで平静を保っていられた。

あの少女はなんだったのだろう。ただの夢だろうか。私は病院で眼が覚めて、今の駄目な自分がはじまったときから、一度も眠っているときに夢を見ていない。夢が記憶を再構成したものなら、あの少女は自分の思い出の一端なのかもしれない。

私は母にたずねた。髪の長い女の子と、森に囲まれた場所にあるブランコを知りませんか？

「知らないわ」

母は首を振った。

残念だった。記憶が蘇れば、もう悲しい気持ちになることはないのだ。今の私は消えて、みんなに好かれている菜深に戻れるはずだった。

学校から帰る途中、駅で二度目の夢に遭遇した。

一人でホームに立ち、すべり止めの黄色い突起をつま先で蹴りながら、二本のレールを私は見ていた。まわりには、帰宅途中の学生など大勢の人がいた。数人の笑い合う高校生の集団がそばを通りすぎる。笑い声があがると、もしかして自分が笑われたのではないかと恐くなる。

電車が来るまで少し時間があった。

ほのかに、左眼が温かい気がした。気のせいかと思ったが、次第に熱ははっきりとしたものになった。眼球に通じる血管が脈動する。左の眼窩にはまっているのは心臓じゃないかと思った。

私は身動きするのを止め、見ているものに神経を集中させた。視線は、レールの上に定まったままだった。さきほどまで駅のレールは、上の部分が銀色に輝いていたはずだった。しかし、いつのまにか全体が茶色の錆に覆われている。

夢だ。私は確信し、両眼を閉じた。病院での経験から、そのほうがはっきりと夢を見ることができることを知っている。

レールが下にスライドする。まるで自分がそろそろと眼をあげたようにも感じる。しかし

眼の前にあるのは、夕空を背景にした向かいのホームではなかった。私の視線の先は、視界すべてを埋める緑色の森だった。

地面は一面、青い草に覆われている。その中に、半ば森の木々へ埋もれるようにして、電車が一両、うち捨てられている。車両の形から、それは一昔前に役目を終えたタイプのものだと推測できた。窓枠は歪(ゆが)み、ガラスははまっていない。屋根の上に草が生え、動かない電車は森と同化しているように見えた。植物に反射する太陽の光。おそらく夏なのだ。

呼吸が止まるほどの、美しい光景だった。私には、深い森を見た記憶も、果てしない水平線を眺めた記憶もない。十七年間に見たものはすべて思い出せない。だからその光景は新鮮に感じられ、白紙の頭の中に深く刻まれた。

夢は半透明だった。右眼を開け、首をめぐらしてみる。他の人には、やはり錆(さ)びた電車が見えないらしい。右眼が、新聞をめくるサラリーマンの姿を写す。

視線を縦横に移動させても、左の眼球に流れる電車の映像はついてきた。上を見ても、後ろを向いても、常に電車は前方に見える。右眼と左眼、別々の場所にあるようだった。

ふと、電車の窓に数人の子供の姿が見えた。そこを遊び場にしているのだろうか。木の枝でカンカンと電車の車体を叩(たた)いている子もいた。音は聞こえない、映像だけだ。でも、風や虫の音(ね)まで聞こえる気がした。

左眼の白昼夢がぐらりとゆれた。一定のリズムで上下する。私はホームでただ立っているだけなのに、自分が歩いているようだった。平衡(へいこう)感覚が乱れてホームから落ちないよう気を

つける。

　夢の電車が私に近づき、大きくなる。子供たちが私の方を見る。私の視線も低い。自分は、夢の中では子供なのだと気づく。

　電車の真横に立ち止まり、窓を見上げる。子供の私には、車両は恐ろしく大きかった。表面の、錆に覆われていない部分は、かろうじてペンキが剝(は)げずに残っている。

　負けん気の強そうな子供が、電車の窓から私を見下ろす。夢の、右下のあたりから小さな腕が伸びた。それは、左眼の中における、私自身の手なのだと解釈する。小さい、子供の手だった。私は、その手を窓に差し出した。窓は高い位置にあるから、当然、届かない。

　窓に見えていた顔が引っ込んだ。少したった後、また現れて、私に小石を投げつけた。

　私は駅のホームで、あ、と思わずもらした。隣りに立っていた男性が、驚いて私を見た。

　夢の中、車両の壁を枝で叩いていた男の子が、私の方に向かって持っていた枝を投げつけた。子供の私は、腕を目の前に持ってきて咄嗟(とっさ)に顔をかばう。

　気づくと、駅のホームで自分も同じ格好をしていた。

　電車がレールの上を滑りホームへ到着した。夢は終わり、左眼はもとに戻った。


　家に戻ると、私は駅で見た夢の光景をルーズリーフに書きとめた。かんたんな図も添えて、場所や子供たちの様子をまとめた。いつ、どこで見た夢なのかも記しておく。

　これからもまだ、似たような夢を見るのではないかという予感があった。

一度目はブランコに乗る少女。二度目は森と同化した電車。これらが何なのか、私にはわからない。かつて記憶を無くす前、私が見た景色かもしれない。映画で見たシーンなのかもしれない。

しかし、この夢には不思議なルールがあることに気づいていた。例えば、夢を見るときはいずれの場合も、その内容に符合するものを私は見ていたということだ。一度目はブランコ。二度目はレール。それぞれ半透明の絵が一致した瞬間、促されるようにして左眼の中で映画のフィルムが回り始めるのだ。

夢は左眼でしか見えない。常に、新しく移植されたほうの眼球が写す。新しく入った左眼は、夢の入った小箱なのではないかと考える。その箱には鍵がかかっていて、普段は普通の眼球として機能する。しかしそこに鍵がはまると、夢が流れ出す。その鍵というのが、ブランコであったり、レールであったりするのだ。

夢に関してまとめたA４の紙をバインダーにとじた。

駅で見た夢の光景を繰り返し思い出した。子供の私が、窓に見える子へ手を伸ばす。しかし、小石や枝を投げられる……。

推測するしかないが、夢の中の私は、みんなの遊びに入れてもらおうとして、拒否されたのではないだろうか。

駅で見た光景が胸の奥深くをくすぐる。まるでずっと昔、子供のころに見た記憶のように心へ染みついた。夢の中の景色を思い出すと、切なさが生まれる。廃棄された電車の遊び場、

そんな場所があるということも、遊びの輪に入れてもらえないという情景も、初めて見るものだった。記憶のない私にとって、それは新しかった。

私は思い出に飢えていたのだ。つい最近の、病室の光景から以前は何も覚えていない。空虚な乾いた砂みたいなものだ。思い出のない私は、しっかりとした足場のない状態だったのだ。

そこに、不思議な夢が現れた。見たこともない景色、体験。それが心の深い部分に沈み、落ちつくのを感じる。水が染みこむように、心の中をすみずみまで行き渡る。


駅のホームで夢を見て一週間がたった。夢の内容について絵日記のように記録した紙、それは二十枚に増えていた。予感した通り、私は幾度も夢を見たのだ。

夢が現れるルールとして考えていた鍵と箱のたとえは正解だった。私が何気なく見ていたもの、テレビや本で見たものが鍵となり、左眼から映像を引き出していく。

例えば鍵は、横たわる牛乳パックだったり、驚いた顔の子猫だったりした。それらが眼に入ると、ふいに左眼が熱を帯びる。時と場所を選ばない。鍵となる何かが左眼に写った瞬間、そうなった。

そして、左の眼球の中にある、夢の詰まった箱が開く。箱に入っていた映像のフィルムも、脈絡がなかった。ガラスが割れたところに自分一人が立ち、足元の破片を見下ろしている場面。犬に追いかけられる場面。学校らしい広い場所で、自分だけ取り残された寂しい光

景……。

日を追うごとに、夢を見る頻度(ひんど)は高くなっていった。

私はある日、教室の机で一人ぼんやりと消しゴムを眺めていた。左眼が熱を持ち、また夢だと思った。そういった場合、私は期待で胸が膨(ふく)らむ。おかしな表現だが、はじめて見る古い自分のアルバムを待ちわびる心地だった。

やがて消しゴムが引きがねとなり、夢の上映がはじまる。左右の眼で異なる半透明の視界。両眼を閉じると、左眼で再生される夢だけに固定される。

夢の中の私は、教室にいた。まわりの子は中学生くらいだから、自分もそうなのだろう。夢の中で、私の年齢は毎回、異なっていた。

どうやら、これから試験が行なわれるらしい。試験監督らしい男の人が、机の上に問題用紙を配って歩く。

夢の中で、私の右手が鉛筆を握る。男の子の手だった。黒い学生服の袖(そで)でわかる。私は夢の中で常に男の子だった。尖(とが)った鉛筆で、名前の欄に文字を書き始める。『冬月和弥(ふゆつきかずや)』と、不器用な文字で記入された。名前の欄のそばに、『入試問題』という文字と、高校の名前を見つける。

ふと、視界がスライドする。すぐ横が窓ガラスだった。外は雨で、薄暗い。そのためガラスに顔が映った。若い男の子の顔。知らない顔だったが、それは、夢の中における、自分自身の顔だと気づく。

そこで夢は消えた。

和弥。私は、また記憶を無くさないうちにＡ４の紙へ名前を書きとめる。夢を見た日付、問題用紙に書かれていた高校の名前を記録し、バインダーにとじた。

その夜、私は居間でテレビを眺めながら、眼球の見せる白昼夢について考えた。

父はまだ会社から戻ってきておらず、家の中は母と二人きりだった。母との間に親密な空気は生まれなかった。母は、私をまるで知らない子供のように見る。呼びかけるときも、「あなた」と呼んだし、記憶があったときの私を「菜深」と呼んで区別した。

夕食が済み、自分の部屋へ戻ろうと考えていた。しかし、すぐにそうするのは素っ気ないと思い、母と同じ部屋にいることを選択した。いっしょにいる時間がごはんを食べる間のみというのが、母に申し訳なかった。私は母の望む「菜深」ではなかったが、できるだけいっしょにいたかった。

テレビでは、行方不明者を探す特別番組が放送されていた。画面の下に電話番号が表示され、視聴者から情報を募っていた。

私には見覚えのあるテレビ番組がひとつもなかった。小さなころから続いているという有名な番組さえ、記憶から消えていた。

数か月前に行方不明になった男の子の写真が、テレビ画面に映っている。それを見ながら、学校で見た左眼の夢のことを思い出していた。

和弥、という名前の男の子、それが夢の中の私である。夢は和弥の視点で上映されていた。

音はなく、映像だけである。それが彼の眼で見たもののように流される。それまでに見た夢の映像も、たしかにすべて、だれかの視点によるものだった。自分が歩いているように夢の中の光景がゆれ、まばたきをしたように一瞬だけ暗くなる。

　空中から自分自身を見下ろす、というような三人称の視点ではなかった。

私は胸が高鳴るのを感じていた。これまでにだれかと会話をする夢は見ていた。しかし、夢の中では音が聞こえないので、自分が何という名前で他人から呼ばれているのかを知ることはなかった。和弥という名前が与えられたことで、突然、夢が具体性を帯びた気がする。

「お母さんは夕食の後片付けをするけど、あなたはまだテレビ見る？」

ううん、いい。立ちあがった母に、私は答える。

　画面に女の子の写真が映し出された。年齢は小学生か中学生くらいだろう。キャンプ中なのか、数人の子供たちと野外で料理をしている写真だった。他の子供の顔にはぼかしが入っている。

　左眼が弾けるように、突然、熱を持った。それはいつもの、夢を見る直前に起きる現象ではあったが、これまでにない激しさだった。全速力で走った後の心臓のように、左眼が脈動する。眼球と脳をつないでいる神経が悲鳴を上げるようだった。

　私は驚き、混乱した。瞼を閉じることさえできなかった。視線は画面の中の少女に固定されたまま、身動きできずにいた。

　眼球の中の、箱が開く。背中に汗が伝った。左眼に入っていた何か悪いものが飛び出そう

としている。それが悪夢であることを、私は予感した。

ふいに画面が暗くなり、少女の写真が消える。左眼の熱が急速に静まり、私は金縛りから解かれた。息を吐き出し、リモコンを持った母を見る。

「テレビ、消してよかった?」

私はうなずいた。

3

砂織(さおり)と店長が話をしている。私……、というより和弥はカウンターに頬杖(ほおづえ)をついて、それを眺めていた。カウンターの脇(わき)に花瓶があり、白色の花が生けられている。振り向き様に、砂織がそれを倒した。水がカウンターの上を音もなく走る。

左眼の夢はそこで終わった。私は両眼を開けると、雑誌を閉じた。鞄からA４の紙を取り出し、たった今、見たばかりの夢について記録した。

夢を見た日・三月十日
登場人物・砂織、喫茶店の店長
見たときの状況・部屋で雑誌を読んでいた。広告の写真に写っていた白い花を見たとき、それに左眼が反応。

夢の内容・砂織が店長と話をしていた。砂織は喫茶店のアルバイトをしている最中、花瓶を倒して焦る。花が床に散らばり、花瓶の水がカウンターの上に広がる。私の前にあったコーヒーカップの周りに、水溜り(みずたま)ができる……。


見た夢は、和弥が喫茶店『憂鬱(ゆううつ)の森』にいるときの光景だった。

書き終えた紙をバインダーに綴(と)じる。夢を記録するようになって、二週間が経過していた。

そのうちにバインダーは厚さを増し、持ち運ぶのが面倒なほど重くなっていた。

砂織というのは、和弥の姉の名前である。彼女は喫茶店で働いていた。

左眼の白昼夢では、同じ人物の登場する割合が多かった。会話は聞こえなかったから、名前がわかることはほとんどない。しかし、姉の名前は、夢の中で見た家の表札に書かれていたので知ることができた。

左眼から流れる夢の中に、砂織はよく現れた。彼女と私……、つまり彼女と和弥が姉弟であることは漠然とわかった。

左眼の夢において、彼女は子供で、また別の場合には大人だった。私の視線もそれにあわせて低かったり高かったりする。夢の中の私たちは、いつも子供というわけではなかったのだ。しかし、彼女の面影は常に変わらず、私にやさしいまなざしを向けていてくれた。最初に見たブランコの少女、それが砂織だった。

砂織の髪型や服装は年齢が変わるにつれて異なった。長い髪を編んでいるときもあれば、

肩でそろえていることもある。しかし彼女には、見間違えようのない大きな特徴があり、それを見ればすぐに砂織だとわかった。彼女は、多くの場合、鼻が赤いのだ。生まれたときからついてきた決定的な病気なのか、それともひどい花粉症なのか、彼女の鼻からはよく透明な鼻水が流れた。それをティッシュでかみすぎて、鼻が赤くなってしまうらしい。

左眼の中で、鼻をかむ砂織の姿をよく見た。大量の丸めたティッシュに埋もれた彼女もいた。ティッシュの箱をかかえて買い物をする彼女や、鼻をかみながら喫茶店で接客する場面を見た。

それさえなければ彼女は美人だったけど、たまに人の眼を気にせず、丸めたティッシュを鼻につめて生活していた。

夢の中で姉と歩き、顔をつきあわせてトランプをする。子供の彼女と、泣き顔で叩きあいの喧嘩(けんか)をする夢も見た。そのときの砂織の顔といったら、涙と鼻水で大変なことになっていた。

砂織は大抵、私よりも背が高かったけど、弟の和弥が彼女を追い越して成長していた夢もあった。その場合、現実の私よりも視線が高い位置にあり、今までにない高さからまわりを見ることができた。

夢の中の世界は統一されていた。脈絡もなく戦争がはじまったり、宇宙へ行ったりすることもない。ただ普通の生活が行なわれた。私はその夢を、必死で吸収した。それは自分にはない、人生の足跡や過ぎ去った思い出の代わりとなった。

夢を見た日・三月十二日
登場人物・冬月砂織、両親
見たときの状況・棚に入っていた耳かきを見た瞬間、先についていた白い綿に左眼が反応。
夢の内容・子供のころの和弥と砂織（たぶん小学校にあがる前の年齢だった）が、お母さんに膝枕（ひざまくら）されて耳かきをしてもらう。砂織が耳かきしてもらうのを、私は少し離れたところで遊びながら見ていた。私の手には機関車のおもちゃが握られていた。砂織は耳かきが嫌いらしく、常に顔を強張（こわば）らせていた。お母さんの膝が、砂織の鼻水で汚れた。その後ろをお父さんが通りすぎた。

夢を見た日・三月十四日
登場人物・お父さん、その同僚
見たときの状況・信号待ちしているトラックを見ていたとき、左眼が反応。おかげで横断歩道を渡り損ねた。
夢の内容・お父さんが軍手をはめて製材所で働いている。視線の高さから、和弥は小さな子供だと推測する。作業服はところどころ機械油で汚れていた。大きなトラックに切り倒されたままの木が積んであり、まだ若い男の人がそのそばで作業している。お父さんと

同じ作業服を着ているので、同僚だと思われる。私がお父さんに近寄ろうとすると、手を上げて制止される。「危ないので来てはいけない」という意思表示だった（?）。

夢を見た日・三月十五日
登場人物・砂織、親戚（しんせき）のおじさんとおばさん
見たときの状況・お父さんのタバコのすいがらを見たとき、左眼が反応。
夢の内容・私と砂織はおじさんの家にいる。酔っ払ったおじさんが、おばさんの運んでいたお盆を手で叩き落とした。食器が床に散らばった。砂織が強張った表情をしていた。

冬月和弥と砂織のいる世界は山深いところにあった。夢の中に見る背景の多くは、見上げるような山だったり、ガードレールの向こうは崖（がけ）という山道だったりした。

冬月家は和弥と砂織のほかに、その両親がいる。四人家族のようだった。祖父や祖母の出てくる夢はまだない。また、和弥の視線がある程度の高さになると、途端に両親が夢に現れなくなる。別れて住みはじめたのかもしれない。

夢の中に広がる無数の設定を、私は拾い集めた。それは楽しい作業だった。

夢の中にいる両親は、温かく私を包んでくれた。それは心地よい気分だったが、実際の私の母に対して罪悪感を抱（いだ）いた。本当の母よりも、夢の中にいる親に安らぎを感じるということは、正常ではない気がする。

学校や家で、私はいつも不安を感じていた。しかし、夢の中のことを思い出すことでそれは薄まった。そこに、現実から逃げ出して夢想の中に逃げこむ自分を発見し、悲しい気持ちになる。

母や友人が以前の「菜深」のことを口にするたび、心の中が痛む。担任の岩田先生や、以前の私の知り合いだという人たちと話をするとき、まっすぐ眼を見ることができない。また失敗したらどうしようという気持ちで足が震え出し、逃げたくなるのだ。

「菜深、今日は日直だから、黒板、消しといて」

あ、うん、わかった……。

友達との、その程度の会話で心は破裂しそうになる。おかしな発音じゃなかったか、ちゃんと私は笑えていたか、相手を不快な気持ちにさせていなかったか。そういったことを考えながら、私は常に緊張と恐怖の中で過ごした。

そして今でもピアノを見ると、かつて失敗したときのことを思い出して泣きたくなる。何もかもが恐くなり、身動きできなくなる。

そんなとき、本当はいけないことだと思っても、考えてしまうのだ。自分が現実の人間ではなく、左眼が見せてくれる和弥の世界の住人だったらいいのに。

記憶のなくなった私は、とても「菜深」にはなれない。がんばっても、彼女のようにピアノを弾いたり、勉強ができて先生たちに好かれたりもできない。

私はいつのまにか、自分が「菜深」でないことを当然のように感じていた。

それだけではない。今の私は、記憶を失って何もわからなかったころの自分とも違ってきている。何も知らない状態に一度リセットされ、またゼロからはじまったにしては、私は様様な光景を心の中に持ちすぎていた。それらは、都会で生まれ、一人っ子として育った「菜深」の見た記憶ではありえなかった。

今の私は、犬が恐い。噛まれるのではないかと思い、一定の距離をとるようにしている。最初、なぜそう感じるのかわからなかった。

「菜深は犬が好きな子だったのに……」

母は言った。この変化が、左眼の記憶によるものだとしばらくして気づいた。

夢の内容を記録したバインダーに、こうある。

夢を見た日・二月二十六日
登場人物・大きな犬
見たときの状況・登校中、散歩してもらっている犬を見て左眼が反応。
夢の内容・犬に追いかけられて逃げる。最終的に噛まれたところで夢は終わった。

この夢が原因で、私は犬に警戒心を抱いているのだと思う。和弥として見た映像が、現実の私の精神に影響を与えていることを知る。

「なんだか、もう完璧にあなた別の人間だよね」教室で桂由里が私に言った。「でも、あい

かわらず、何もできないのよね。本当に、早く記憶をもどしちゃいなさいよ。そのままだと落ちこぼれじゃんか」

彼女の言葉に、私はうなずく。自分は本当に何もできない駄目な子供だった。みんなが「菜深」のことを私に重ねると死にたくなる。彼女の真似は、私には無理だったのだ。

母に、記憶があったころの私、つまり「菜深」を撮影したビデオを見せられた。何かを思い出すかもしれないという計画だったが、結局は無駄だった。

ビデオが再生されると、綺麗な服を着てステージに立つ「菜深」が映る。彼女は観客に一礼すると、ピアノを前に座り、演奏をはじめた。美しい旋律。鼓膜に音を感じながら眼を閉じると、頭の中に透明な世界が広がる。それは奇跡のように、淀みなく「菜深」の指は動いていた。

また別のテープには、小学生のころ、お誕生会をしたときの様子が撮影されていた。場所はうちの居間。大勢の友達に囲まれて、休む間もなくしゃべっている。現在の私が学校でする発言の、一週間分の言葉を、十分間でしゃべる。友達と叩き合い、えくぼを見せ、たまに頬を膨らませて周囲を幸せにしていた。

ビデオテープの彼女は、オーラのような輝きを発していた。顔は私と同じだが、そこに映っていたのは別人だった。

私は、暗闇に閉ざされた気がした。

夢を見た日・三月二十一日
登場人物・両親、製材所で働いている人たち
見たときの状況・ホームセンターで回転のこぎりを見た瞬間、左眼が反応。
夢の内容・お父さんとお母さんが事故に遭う。

学校で使うコンパスを買うため、私はホームセンターにいた。道に迷い、文房具とはまったく関係のない工具の場所を通った。

棚に並んでいる工具の中に、丸い刃を持った小型の回転のこぎりがあった。それが視界に飛びこんだ瞬間、左眼が熱を発した。私は立ち止まり、回転のこぎりに注目する。

だれも触らないのに、いつのまにか刃が音もなく回転していた。右眼で見る実物の映像と左眼の映像とが、のこぎりを中心に重なっていた。左眼の白昼夢がはじまったのを私は知り、両眼を閉じた。

夢の中で、回転のこぎりが木屑(きくず)をとばしている。丸い刃が高速で回転し、白い板が吸いこまれるように切断されていく。そこはお父さんの働く製材所だった。

映像だけである。しかし、切断される木の音が聞こえる気がした。鼻に、息のつまりそうな木の匂(にお)いを感じる気がした。

製材所で働く人が電動のこぎりをつかって木を切っている。それを私はじっと見ていた。建物のわきに私はいる。トラックを搬入する巨大な入り口が見える。視線の高さから、私は

まだ少年だろうと考える。

不意に視界がスライドし、両親が並んでいるのを発見した。お父さんは製材所で働いていて、お母さんはよくそこに私を連れて行った。

両親は、巨大なトラックの横に立っていた。トラックの荷台には、太い木が積まれてロープで固定されていた。

お父さんが手をふった。私は、歩いて近づこうとする。

トラックの荷台にあった木が、突然、崩れた。そばに立っていた両親の上に、それが落ちる。

私はホームセンターの店内で悲鳴を上げた。

左眼が、木の下敷きになった二人を映す。その夢を今すぐ止めたかった。しかし、私にその制御はできないのだ。眼を開けても、閉じても、その白昼夢は流れ続ける。眼をそらすこともできない。

夢の中で私は立ち止まり、製材所で働く大勢の大人たちが駆け寄るまで、動かなかった。少し離れた場所から、木の下敷きになった両親の姿を静かに見ていた。二人の上に乗った大木は、すぐに取り払われた。しかし、私は彼らが助からないことを知っていた。和弥が成長したときの夢で両親の姿が見えなかったのは、おそらくこのせいだ。

倒れているお父さんの頭から、大量の血が流れていた。

左眼の記憶はそこで途切れ、視界はもとに戻る。私はホームセンターにある棚の間で座り

こんでいた。私の悲鳴を聞きつけて、店員がかけてきた。

三月の末、定期検査のために眼球を移植した病院へ行った。退院してしばらくは頻繁に通院をしていたが、三月に入ってからは初めてだった。病院までの道のりも記憶したため、両親の付き添いを断り、バスに乗って一人で行く。

病院の前で、あらためて建物の外観を眺める。町の中に隠れる小さな病院だった。以前は気にとめなかったが、不思議な雰囲気の建物だった。まず、病院の看板が出ていない。それに、入り口が植え込みに隠れていた。ここが病院だと気づかないで、きっとほとんどの人は素通りしてしまうだろう。

入り口で緑色のスリッパに履きかえる。破れていないものを探したが、なかった。

私の他に、外来の患者はいないようだった。ほとんどお婆(ばあ)さんといっていい無表情な看護婦が一人、受付に座っていた。待合室だけでなく、建物の中は全体的に薄暗い。

以前、二階の一室に入院していたときは感じなかったが、今では不審な気配がわかる。おそらく、私の内面が変化したのだろう。

受付の看護婦に促されて、診察室に通される。殺風景な部屋だった。ついたてと寝台、机や椅子があるだけだった。

医者の先生が机に向かって書類を書いていた。口ひげを生やした初老の先生だった。私は彼に頭を下げた。

「そこであお向けになっていてください」

医者が言って、私に向けていた眼を手元の書類に落とす。私は寝台に体を横たえて、診察がはじまるのを待った。

しばらく天井を眺めた後、横を見ると、壁に大きな鏡がかかっていた。ちょうどその中に、寝台の上で横になった私がいた。

眼球移植の手術を思い出した。そのときもたしか、手術室で同じような寝台に寝かされた。今、顔の左側に入っている眼球とは、そのときに出会ったのだ。

それ以前は片眼がなくて、ただの穴だった。手術をして、外見は記憶を無くす前の「菜深」に戻ったけど、何も変わっていない。移植手術は、外見を整えるという以上のことをしてくれなかった。そのことを残念に思う。

両眼がそろった最初のうち、私の顔を見て、母は機嫌がよかった。

「菜深の顔だわ」

嬉しそうに正面から眺め、にこにこしながら母は私の頰を手でつまんだ。飛び跳ねたいくらい、私は驚いた。そして、幸福な気持ちになった。母が喜んでいるというのが素敵だった。

でも、そのうちに私は「菜深」ではないということが明らかになったのだ。以前の「菜深」がしなかった失敗や仕草をするたび、母は不機嫌になった。顔が同じであるだけに、よりいっそう、私が許せなかったのだと思う。

医者が、眼を通していた書類を机の上で整えた。もうすぐ診察がはじまる。

壁の鏡に眼を向けたとき、左の眼球が熱くなるのを感じた。いつもの、夢を見る直前の兆候だった。鏡に映る光景が鍵となり、左眼の夢を誘発させたのだろう。

しかし、白昼夢はいくら待ってもやってこなかった。少年時代の和弥も、砂織も、夢の中の森も見えてこない。左眼は、寝台に横たわって天井を見上げる私を映していた。

いや、違う。心臓の鼓動が早くなるのを感じた。何かがおかしかった。そして次の瞬間、見ていたものが不自然な光景であるのに気づいた。

鏡の中で、寝台に横たわる私が天井を見ているなんてありえない。鏡を見ているのだから、顔の正面が見えていなくてはならないはずだ。横顔が見えてはおかしい。

そのことに考えが至り、そのほかの不自然さが見えてくる。どこか視界がぼやけて見えるのだ。まるで水中だ。そして視界の縁が歪んでいる。

唐突に理解した。これは、診察室ではない。手術室の光景だ。この病院で手術を受ける直前の、寝台で横になっている自分の姿なのだ。

頭が混乱する。両眼を閉じてみた。それまであったピントのずれた感じが消え、左眼の流す、手術室の光景だけがはっきり瞼の裏側に現れる。なぜ、その光景が眼球の夢として見えるのだろう。そこには和弥たちの世界はない。

私は、手術を行なう直前のことを必死に思い出す。たしか、そう、私のかたわらに、眼球の入ったガラスの容器があったはずだ。もしも今見ているこの光景が、その眼球の見ていたものだと考えるなら、ちょうどそのときの私はこの光景のようだっただろう。

理解が私を貫く。視界の縁が歪んでいるのは、ガラス容器の内側から眺めたせいだ。ぼやけているのは、眼球が液体に漬かっていたせいだ。

これは、夢じゃない。今、私が見ているのは、過去に左眼が見た景色そのものだ。これまで私が見ていたのは、幻でも白昼夢でもなかった。まぎれもない眼球の記憶だったのだ。眼球の小箱に入っていたもの、それはかつて網膜に焼きついた過去の光景だったのだ。

「待たせて悪かったね、そろそろ診察をはじめていいかな」

医者がいつのまにか私のそばにいた。私は首を横に振り、寝台の上で上半身を起こす。

それでも左眼は、寝台で横になっている自分の姿を私に見せ続ける。天井を見ていた不安におびえる表情の私、その顔が、こちらを向いた。

それまで見ていた横顔は、右側だったのだと気づく。正面から見ると、左の眼窩が真っ黒の穴だったからだ。

## 4

左眼の見せていた映像の正体に気づき、私は病院で診察を受けている間中、何も考えられなかった。医者に何かを質問された気がする。しかしどう答えたのかわからない。いつのまにか診察は終わり、病院を出ていた。

家に戻る途中、本屋へ入り、高校受験の資料が並んでいる棚を探す。全国の高校がリスト

になっている分厚い本を手にとり、和弥が入学試験を受けていた学校の名前を探した。その高校は、すぐに見つかった。かつて左眼の見せる映像の中で、彼の問題用紙に記されていた高校名は実在するものだったのだ。

左眼の映像を見るまで、聞いたこともなかった名前の学校である。これまでは、実在しないものとして気にもとめなかった。けれど、同じこの国の上に、その学校は本当にあるらしい。

もしも眼球の見せるものが、すべて想像でつくった夢であるなら、この結果をどう受けとめればいいのだろう。無意識のうちに学校名を聞いており、それが夢の中に現れた？　いや、そうではないと思う。この結果こそ、左眼の見せる映像がかつて実際にあった光景だという証拠だ。

昔、この左眼は和弥という実在の人物が所有する眼球だったのだ。その彼の眼が、回りまわって、私の顔にはまっている。これまで見ていたものは、和弥が見て、記憶していたものだったのだ。私のつけていた『夢の記録』というファイルは、呼び名が間違っていた。正式には、『かつて眼球が見た景色の記録』が正しかった。

私は複雑な気持ちだった。胸に生まれた感情は、おそらく戸惑いだった。

これまでは存在しないと思っていた世界。私はその、妙に所帯じみた夢想の中で、冬月和弥という架空の人物に変身しているのだと思っていた。左眼から映像を吸収して、喪失した記憶の代わりに心の中へ置き溜めた。白紙だった頭を、和弥の見た景色でいっぱいにしたの

だ。それは彼の人生を追体験するようなものだった。私は自分自身が、菜深ではなく、ほとんど和弥であるような気がしていた。

しかし、和弥は想像上の人間ではなかった。砂織やその他すべて、左眼の光景は私の中に生まれた国ではなく、実在するものだった。戸惑いの原因はそこにある。突然、恐くなったのだ。それがただの夢なら、砂織も映画のキャラクターみたいなものだ。けれどそれが過去の記録映像なら、見てきた景色、人、すべてが重く感じる。

しかし、不安になるばかりではなかったのだ。それとは逆に、期待めいたものが胸にあふれるのも感じる。

記憶のない私を勇気づけた映像、その中に見る人や景色、それらが実際に離れた場所で存在するのだという考えは、じっとしていられない気持ちにさせる。

自分の立っている地面は、夢だと思って見ていたあの光景へとつながっている。見上げた空は、どこかで暮らしている砂織の頭上にも広がっており、ちょうど今も自分と同じ空の場所を見つめているかもしれない。

和弥の通っていた学校、駅、地名、それらは左眼の記憶から断片的にわかっている。映像の端々に映っていたそれらの文字は、すべて記録していた。

病院へ行った次の日、私はそれらをひとつずつ調べた。それは難しい作業ではなかった。和弥や砂織が暮らしていた地域がこの国のどこに位置するかを、一日のうちに特定することができた。

二人の住んでいた場所は、私の家があるところから半日ほど新幹線に乗ったところにあった。その場所を地図帳で調べる。左眼の映像でちらりと見た市の名前が、小さく印刷されているのを発見した。海から遠い山手のところにその市はある。私は、しばらくの間そのページを眺めていた。

どのような経緯で和弥の眼球が病院に送られてきたのだろう。私はそれが気になり、祖父にたずねてみたくなった。

電話をかけることにする。祖父の家の番号を押すとき、恐くなり途中で何度も受話器を置いた。祖父と話をするのは、入院中、お見舞いにきたとき以来だった。どんな話をしたのかはよく覚えていないが、うまく話ができなくて、祖父に申し訳ない気持ちが残ったのは覚えている。

何度か呼び出し音が鳴り、やがて祖父が電話に出た。

「左眼の調子はどうかね。記憶は、もう戻ったのかい」

祖父は嬉しげに言った。明るい調子だったので、体の緊張がほぐれる。

記憶はもどらないけど、眼は大丈夫です。私は答えた。少しの間、両親のことなどを話題にして、本題に入る。

私は眼球の出所をたずねた。

「どこで手に入れたのかを知りたい？」

祖父が受話器の向こうで警戒するのがわかった。

「菜深、そういうことは知らなくていいことなんだよ……」

祖父は詳しく語らなかったが、和弥の眼球は、正規の手続きを踏まえて私の顔に入ったわけではないようだ。

眼球の提供者は、生前、それなりの機関に希望届けを提出し、臓器を提供してもよいという登録をする。そして死亡後、身内の人間の許可を経て、臓器が体内から取り出される。それを機関が引き取り、希望者に移植されるのだ。

祖父はその機関の偉い人から、不法な手続きを経て眼球を入手したのだ。眼球の希望者は大勢いる。普通に待っていては、順番待ちの状態が何年も続くらしい。そして本来、私のように片眼がない人間よりも、両眼のない者を優先する。不法なことをしなければ、私は眼球を得ることができなかったのだ。

本当は私でなく、だれか別の人に移植されるはずだった。私は罪の意識を感じた。ずるをして、本当に視力が必要だった人からうばったのだ。

「怒っているのかい」

祖父が私の機嫌を伺うように言った。

そんな……。でも、いけないことだった、と思います。私はそう答える。和弥の眼球にめぐりあわせてくれた感謝と、そして違反をしたのだという呵責。

いいことを思いつきました。受話器に向かって、恐る恐る呼びかけてみる。罪を償うため、おじいさんにもうひとつ、頼みたいことが……。

「私にできることなら」

断られるかもしれないという不安で緊張する。でも、それはいいアイデアに思えた。

今度は私たちが臓器を提供するの。希望届けを提出して、死んだときにだれかのもとへ眼球を運んでもらいましょう……。

一瞬、受話器の向こうで沈黙ができた。言わなければよかったと後悔する。

そのとき、祖父の笑い声が聞こえてきた。

「おもしろい。本気で考えてみよう」

私は、驚きで顔が赤くなるのを感じた。それから不思議な、満ち足りた気分が心に広がる。

電話を切ってからも、しばらくの間、幸福な気持ちが続いた。私と話をしてくれてありがとう、と心の中で何度も感謝した。

現在、和弥は死んでいる。それは確かなことだった。臓器の提供を望んだ彼は、死後に眼球を提供してもいいという書類を書いたはずだ。やがて不幸なことが起こり、和弥は息を引き取った。その結果、眼球は彼の身から取り出され、私の顔に移された。

和弥が子供だったころの記憶を見て、悲しいことや楽しいことを吸収した。私は彼のすぐそばに立って、彼の体験したいろいろなことに付き合った。あるいは、感情を共有した。

映像だけだったが、なんとなく、和弥がどう感じているのかは伝わった。嬉しさも、悲しみも、すべて私の一部となった。

私は和弥のことが好きだった。彼として世界を見るのが好きだった。だから、彼に死が訪れたということを知ると悲しくなる。

今、両親と弟を亡くした砂織は、どんな気持ちで生活しているのだろう。地図帳の、しおりをはさんだページを開く。何度目になるかわからない。そこを眺めていると、いつのまにか時間がすぎる。

会いたい。どんな話をすればいいのかわからない。けれど、せめて顔を見るだけでもいい。そう考えると、胸が苦しくなった。

夢ではないとわかってからも、毎日、一、二回は左眼の映像を見た。多いときは、一日に五回も左眼が熱を持ち、箱に入っていた映像のフィルムが回り出した。一人の人間が一生のうちに見たものを、ランダムにすべて映し出しているのだ。

残念ながら、一度見た映像を、再び見ることはなかった。上映は一回きり。見逃すと後はない。注意深く映像を見て、細かく記録するようにした。

飽きることはなかった。むしろ、私は飢えた。もっと知りたかった。和弥や砂織への愛情は日に日に大きくなっていった。

しかし、そうするほどに両親や学校のことが意識から薄れていくのを感じていた。

「あなた、最近、どうしちゃったの？　学校からお電話があったわ。学校に行ってないそうじゃない」

私はずっと喫茶店で本を読んでいた。あるいは図書館でうたたねをした。公園の池にかか

る橋の上から、お昼いっぱい、アヒルを眺めていたこともある。

心の中は罪悪感に占められていた。それでも、学校へ行くのが恐かった。校門の前まで行くと、足がすくんで動かなくなるのだ。

「菜深」だったらきっと、軽やかに校門を抜けて、楽しいみんなの待つクラスへ駆けて行ったのだろう。でも、今の私にはどこにも居場所がなかった。

「なんで学校に行かないの？　以前は好きだったでしょう？」

母が詰問する。学校に行っていないことを知られて、身の縮む気がした。母を裏切ったことになる。それがつらかった。

母は、「菜深」のことを忘れないでいる。だから今の私を責める。私を受け入れたら、「菜深」が本当に消えてしまうと考えている。

「学校がいやなの？　うつむいていないで、質問にこたえなさい！」

私は、胸をつかまれるような思いだった。

「学校に行かなかったこと、黙っていてごめんなさい」

私は決心すると、母の眼を見て言った。悲しさと、不安で、声が震えるのを止められなかった。

がんばって勉強をしたし、ピアノの練習もしたけど、昔みたいにうまくできなかった。笑う練習もがんばった。何もかも人並み以下で、みんなが呆（あき）れるのがわかった。本当に今の私はできそこないだと思う。

しかし、お手伝いもするし、お母さんのことが大好きだから、今の私を好きになってほしい……。私はそう伝えた。

母は、冷ややかに私を見ると、何も言わずに部屋を出ていった。それ以来、私と話をしなくなった。修復できない、母との決裂だった。

次の日、私は自室を改造することにした。家具の配置を変えて、自分の好きなようにする。ベッドやテレビの場所を移動させ、カーテンも新しい柄のものを買ってくる。部屋に貼ってあったポスターの類いも剝がし、「菜深」が作ったはずの空間を私は作り変えた。「菜深」の部屋の面影はなくなる。

私が大きな物音を立てていたので、父が様子をうかがいに来た。

「ここにあった『よいころ』は？」

父が部屋の棚を指差して言った。『よいころ』というのは、豚のぬいぐるみにつけられていた名前である。

「押し入れの奥にしまったけど……」

「信じられない！　きみがあのぬいぐるみをしまうなんて！」父は戸惑ったように私を見て、首をふった。「感心しないなあ、どうも、こういうのはなあ……」

私は困惑し、不安になる。元通り「菜深」の部屋に戻したほうがいいかもしれないと考える。

口籠もっていると、父は机に載っていたバインダーを手にとった。

「これは？」

そうたずねながら、ページをめくった。それは和弥の人生を綴ったものである。

「ええと……、学校の宿題みたいなものだよ」

内心で慌てながら答える。父は「そうか」とつまらなそうにそれを私の手に預けた。

その重みが、勇気をくれる。これまでに見た左眼の記憶を思い出しながら、父に言う。

「お父さん、部屋は、私のやりたいようにやろうと思う。以前、大事にしていたものも、今の私には、思い入れがないんだもの」

父は考えこむようにしながらも、私の言葉にうなずいた。

「……それがいいのだろうね」


午後から図書館に出かけた。古い新聞で和弥の死亡事故を探すつもりだった。

和弥の死に関して、私は何も知らない。いつ、どのような状況で息を引き取ったのかわからない。古新聞をあさり、和弥らしき人の死亡記事を見つけられる可能性は低いと思う。それでも、何もしないでいるわけにはいかなかった。

私の行った市営の図書館では、三年前までの新聞なら実物が保管されていた。しかし、古い新聞といっても、どの程度、昔のものを探せばいいのかわからない。私は、棚で平積みにされた大量の新聞紙を前にして途方にくれた。和弥はいつごろ死んだのだろう。私は考えた。

臓器は回収されてから、わりと早い段階で移植されると聞く。何か月も眼球が保管されていたわけではないはずだ。したがって、私が眼球の移植手術を受ける少し以前の新聞を調べればいいはずだ。和弥は何年も前に死んだわけではなく、きっとほんの少し前にこの世から消えたに違いない。

移植手術を受けたのは、二月十五日だった。その日付の新聞から遡って、丹念に調べる。交通事故の記事など、亡くなった人の名前に注意しながら新聞をめくる。活字を眼で追っていると、人名の下に印刷されている括弧で囲まれた数字に気づく。もちろんそれはその人の年齢である。

和弥は死んだとき、何歳だったのだろう。記憶の中で、砂織の顔にしわが刻まれていたという映像はなかった。中年や老後といった時期を眼球は見ていないのだ。おそらく、まだそれほど歳をとっていない若いころに命を落としたのだろう。

これまでに見た左眼の映像で、もっとも和弥が成長していたものでも、砂織は二十代後半に見えた。それなら、和弥が死亡したときの歳は二十代だ。

二時間、図書館で新聞を調べた。その辺りだと思った新聞の束を棚から引き出して机まで運び、小さな文字を調べていく。それは眼のつかれる作業だったため、途中に休憩をとって眼を休ませた。左の眼球の立場を考えてみれば、自分の入っていた体の死亡記事を探しているわけだ。過酷な労働だと思う。

いくら探しても冬月和弥の名前は見当たらない。もしかすると見落としてしまっただけで、

調べた新聞の中に名前はあったのかもしれないが、きっとそうではないだろう。もともと、住んでいる場所も離れているのだ。ここにある新聞に名前が掲載されることはないのだろう。残念だったが、諦めることにした。

調べていた新聞を戻すことにする。日付順に保管されているので、もとあった棚をまずは探さなければいけない。

そのときだった。私の眼が、棚で平積みになっていたある新聞の上で止まる。それは、ほぼ一年前の新聞が置いてある場所だった。重なっているうちで、一番上にあったから、その写真が偶然、眼についた。

少女が行方不明になったという記事。そして、少女の顔写真。決して大きな扱いではなかったが、それを発見したのは、運命的なものが働いたのだと思う。

『十四歳女子中学生行方不明』

やや大きめの活字でそうある。

『昨日、友人と家を出た相沢瞳さん（14）は行方がわからなくなり……』

彼女の顔写真を見た。正面を向いた相沢瞳が、カラーで印刷されている。学校のクラス写真か何かから切り取ったもののようだ。その顔は、どこかで見た気がした。

唐突に、かつてない左眼のうずき。眼球が熱い塊になり、顔の中で胎動する。ほとんど爆発するような、激しい左眼の痛み。

いつかテレビを見ていたときに、似たようなことが起きた。たしかそのとき、行方不明者

を探す番組が放送されていた。

思い出す。新聞の顔写真は、そのときにテレビで見た少女だ。私は、正面を向いた彼女の写真から眼を離すことができなかった。

左眼が、ドクン、と痙攣（けいれん）する。毛細血管が収縮し、血液が逆流をはじめたように感じる。忌まわしいものが眼球の小箱に入っている。その記憶が開こうとしている。いけない。写真から眼をそらさなければならない。

しかし、磁力でむすばれているかのように、左眼は相沢瞳の写真に向いたまま動かない。

少女の顔、眼の大きな子だった。不意に、その眼がまばたきをした。

いや、写真の中の彼女が動き出したのではない。はじまったのだ。記憶の箱は開き、映像が左眼から流れ出す。相沢瞳の顔写真が鍵となり、それに重なった半透明の映像が導き出された。いったんそうなると、自然に映像のフィルムが終わるまで眼をそむけることはできなくなる。

眼を閉じると左眼の映像が広がり、私の頭を埋める。和弥がかつて見た記憶の中に放りこまれる。

和弥から少し離れたところに、少女の顔があった。相沢瞳、本人の顔だと気づく。彼女は床に横たえられている。それが、窓ガラスの向こうに見えた。彼女は無表情にこちらを見て、もう一度、まばたきをする。

映像全体がスライドし、周囲を見る。そこはどこか森の奥にある大きな屋敷のそばだった。

壁は青い煉瓦で造られている。洋風の家だ。その側面か裏手に和弥はいた。

もう一度、視線は相沢瞳のいた窓に向けられる。その窓は足元の、地面に近い場所にあった。おそらく地下室なのだろう。横長の小さな窓で、ガラスは汚れている。そこから中を覗き、見下ろした地下室の床に彼女はいる。部屋の中は薄暗く、はっきりと見えないが、窓から入る明かりに照らされて彼女の顔だけは確認できる。

図書館で私は、信じられない思いでその映像を見ていた。行方不明の少女が、なぜ地下室に？

なぜそれを和弥が見ているのだろう？

混乱した。しかし、ある仮説が頭に浮かぶ。それは、相沢瞳が何者かの手で地下室に監禁されているという可能性である。もしもそうだとしたら、和弥は大変なものを見てしまったことになる。

私は図書館の一画に立ちすくんだまま、動けなくなった。

左眼の映像が窓から離れ、周囲の茂みに向けられる。神経質に周囲を気にしているのが伝わってくる。和弥の息遣いが聞こえてきそうだった。おそらく、屋敷の持ち主に発見されることを恐れているのだ。

屋敷の持ち主、それは相沢瞳を閉じ込めている人間だろうか。

屋敷と茂みの間は細い道となっている。二階建ての建物だった。辺りは森である。葉は落ちて、枝だけの木が密集していた。寒い季節なのだろう。

和弥の手に、いつのまにか大きめのマイナスドライバーが握られていた。ジャンパーのポケットへ入れていたらしい。地面に膝をつけて、相沢瞳の見える地下室の窓に顔を近づける。窓枠を仔細(しさい)に調べる。

これから和弥が何をしようとしているのかがわかる。彼は、少女を助けようとしているにちがいない。

窓は壁にはめこまれており、外せるようなネジは見当たらない。和弥はもう一度、周囲を警戒して、壁と窓の隙間(すきま)にドライバーをねじ込ませようとした。力任せに窓を抉(こ)じ開けるつもりらしい。

しかし、手がとまる。彼は何かに気がついた。一瞬後、私もそれを見る。

窓の奥で横たえられた相沢瞳が、床に頭部の側面をくっつけてこちらを見ている。その服装に奇妙な違和感を覚えた。いや、それは服などではなかった。布で造られた、ただの袋だった。それに入れられて、首から先だけが外に出ていたのだ。首のあたりで袋の口をしばるように、紐(ひも)がまかれている。

袋の大きさが妙だった。私の胸が嫌な予感で占められる。部屋が暗くて気づかなかった。彼女の入れられた袋は、明らかに小さい。人間が一人分、入っているような大きさではない。彼女は袋の中で膝を丸めているのだろうかと考える。しかしそうしていれば、袋はもっと丸く膨らむはずだ。左眼の見ている彼女の袋は、ほとんど胴体部分を包むだけの大きさしかない。

まさか、と思う。しかし、その考えを私は拒絶した。もしも彼女の手足がなければ映像のように袋へ収まるだろう。一瞬、そう考えた自分を恨む。私は口を押さえた。

そのとき、左眼の映像が激しく動いた。大きく縦にゆれ、和弥が窓から離れて走る。屋敷の角を曲がり、そこに体を隠した。青い煉瓦の壁に体を寄せて、物音をうかがっている様子がわかる。音は一切、聞こえなかった。しかし、和弥は何者かの足音を感じ取ったに違いない。それで逃げ出したのだろう。

視界の半分以上を、屋敷の青い煉瓦が埋めている。鼻先に建物の角がある。その先が、さきほどまで和弥のいた場所である。地面に影が落ちた。だれかがいる。

私は恐怖で呼吸ができなかった。

和弥が、影から逃げるように後ずさりをする。視界が動き、彼は下を向いた。手に持っていたままのマイナスドライバーを、ジャンパーのポケットに入れようとしている。

彼に不幸が訪れたのは、そのときだった。持っていた大きなドライバーは、服の端に引っかかった。彼は手からそれをすべり落とす。視線の先で空中を落下した。

屋敷の壁に沿う形で、コンクリートの側溝が通っている。蓋(ふた)はない。落ち葉がその中で層をなし、腐っている。もしも中に落ちていれば、音はしなかったかもしれない。しかし、マイナスドライバーは側溝の端、コンクリートの部分に衝突し、その後で中に落下した。映像だけで、音はなかった。しかし、私の頭の中で、金属とコンクリートの打ちつけ合う音が響いた。

視界が激しくゆれる。和弥は逃げ出した。背後にある森の中へ。そこは木の生えた斜面だった。地面は落ち葉が積もっている。そこを駆けぬける。

一瞬、後ろを見る。激しくゆれる視界の中で、追ってくる人影が見えた。顔や、背丈はわからない。だが、たしかにだれかがいた。

私はぞっとする。新聞の積まれている棚を、しっかりと手で握り締めた。

絡み合う木々の間を抜ける。頭を下げて枝を避け、地面の根を飛び越える。細い枝が、疾走する体に巻きつく。それを振りほどきながら逃げる。どこまでも木が続いていた。ひとつの木を避けると、また別のが現れる。無限にそれが繰り返されるように感じた。

やがて木の種類が変化する。それまであった低い枯れ木が消え、直立する柱のような木々となる。針葉樹林だ。その間を縫って走る。

左眼の映像が反転した。上下が逆になった。突然、斜面の角度が急になり、和弥が足を滑らせたらしい。斜面を転がり、落ち葉を撒き散らす。唐突に周囲の木が途切れた。和弥は身を起こす。地面はアスファルト。そこは道路だった。視線の先、ほんの眼の前に白い色の車があり、そのバンパーが迫っていた。

図書館で私は悲鳴をあげる。左の眼球が激しく脈を打つ。

和弥は轢かれた。どの程度の衝撃だったのか、映像だけではよく判別できなかった。しかし、路上に倒れたまま、映像が動かない。さきほどまであんなにゆれていた視界が、力をなくしたように静かだった。彼は眼を開けたまま……。

左眼の熱が静まってくる。映像が薄くなり、霧が晴れたように彼の記憶が終わりを迎えようとしている。そのときだった。斜面の、和弥が飛び出したあたりに人影を見た気がした。和弥を轢いた車の運転手を警戒してか、木の影に隠れていた。

そこで左眼の映像は完全に終わった。私は涙を流していた。今のは、和弥の死ぬ瞬間だった。車に轢かれて、彼は死んだ。しかし、その状況は異常だった。

彼は見たのだ。誘拐され、監禁されている少女。相沢瞳は、私の見間違いでなければ、手足がなかったように思う。以前、テレビに映った写真では、確かあったはずだ……。

その監禁場所を和弥は発見してしまったのだ。彼女を助けようとしたが、犯人に見つかった……。

私は犯人を恨んだ。和弥は、殺されたも同然だった。しかし、おそらく彼の死は交通事故として処理されたのだろう。それがいたたまれない。

砂織がいかに悲しんだだろう。多くの思い出が、なんとあっけなく終わらされたのだろう。図書館で私は立ち尽くす。左眼は記憶の再生を終えると、熱を発していたのが嘘のように、ただの体の一部となる。

私は、彼の死んだ場所へ行かなくてはならない。そう感じた。

その近くにある屋敷の中で、相沢瞳は今も閉じ込められているに違いないのだから。

# 2

# 章

# I ◆ ある童話作家

人間が空から降ってくる、という夢を三木は見ていた。

どこかの町にあるビルの屋上に立ち、遠くを見渡している。降ってくる人間たちの姿がよく見えた。

人間はみんな、黒いスーツを着ている。男もいれば、女もいる。彼らは空のはるか高いところから、無数に降ってきた。見上げると雲ひとつない紫色の空があり、人間たちの黒い点が星のように広がっている。彼らは頭を下にして次第に大きくなると、雨が降るように、ばたばたばたばたばたばたと地面に落下する。眠っているのか、人間たちが恐怖を感じている様子はない。

三木は屋上から町を見下ろす。数え切れない人間が屋根や道路に衝突し、赤い染みを作る。体が衝撃でねじれ、そのまま町に降り積もる。三木の立っている屋上には、人間が落ちてこない。

そこで眼が覚めた。椅子に座って書きかけの原稿を読み返しながら、いつのまにか眠っていたらしい。絨毯の上に、プリントアウトした紙が散らばっていた。それを拾い集める。

「眼が覚めた？」

ソファーにいた少女が首をかしげて言った。

「あなた、一時間も眠っていたの。だから、ずっと暇だった」

三木は原稿を整えて机の上に置く。前にこの屋敷へ住んでいた人間が残した、骨董品（こっとうひん）の机である。木製で、細部に丁寧な彫り物が施されている。

窓から外を眺めた。すでに日は傾いている。朱色の空の下、黒々とした森が広がっていた。

三木はカーテンを閉める。そのカーテンも前の住人が残したものである。緞帳（どんちょう）のように厚い、黒色の生地（きじ）だった。

「何かお話をして欲しい」

ソファーで横になったまま、少女が言った。

「あの、鴉（からす）が女の子に眼を運んでくる童話はもう飽きた。もっと別のがいい」

少女の言う童話とは、三木が以前に出版した『アイのメモリー』という物語のことである。

彼女が暇なとき、よく朗読していた。

「そうだ、あなたの子供時代の話を聞きたい。それはいいアイデアに思える。ここに連れてこられて、しばらくたつけど、あなたのことを何も知らないのだもの」

少女は唇の端を曲げて笑みを浮かべる。

「そもそも、三木俊（しゅん）というのは本名なの？」

首を横に振る。三木というのは、本を書くときの筆名である。

ソファーに腰掛け、少女の頭に手を載せた。髪を整えると、少女は眼を閉じる。三木は昔のことを思い出す。


三木は医者の子供として生まれた。父親が外科医で、家は大きな病院である。

子供のころと聞かれて最初に思い出すのは、決まって自分の家に入院していた患者のことである。小さかった三木が病院の廊下でおもちゃの車を走らせていると、開いている病室の扉から、寝台に横たわる患者が見えた。包帯を体中に巻いた人や手足を吊られた人が窓を見ている。おもちゃで遊んでいる三木を見つけると、無表情な、まるで空虚な穴を思わせる瞳で凝視する。

小学生のころ、近所の子供と昆虫を捕まえて遊んだ。家からほど近い場所に、持ち主も定かではない放置された土地があり、そこは雑草が生い茂っていた。眼の高さまである草をかきわけて、バッタやコオロギを探した。

それは小学四年生のころだったと記憶している。友人の一人が、バッタを針で刺して殺すという遊びを発明した。彼は落ちている板切れに、無数のバッタを縫いとめ、三木に掲げて見せた。針に貫かれたばかりのバッタは、痙攣するように足を動かし、やがて静かになる。

三木も真似をしようと思った。捕まえたバッタを板切れの上に載せて、家から持ち出したまち針で胴体を刺す。しかしバッタは死ななかった。

不思議だとは思わなかった。刺したところが、偶然、命にかかわらないところだったのだ

ろう。そう思い、他に何本か針を刺してみる。

首、胸、胴、その三箇所に針を刺したが、バッタは動きを止めなかった。何事もないように、六本の足で宙をかく。触角を振り、針を刺したところから体液がもれようと、もがくのをやめない。

結局、バッタが死んだのは、十二本のピンで体中を貫いたときだった。板に留められたバッタは、すでに昆虫という原形をなくし、針の塊（かたまり）となっていた。

やがて、他の昆虫でも似たようなことが起こった。クワガタを何回も壁へなげつけたが、なかなか死ななかったのだ。足が外れ、外殻が壊れても、ツノを動かし続けた。

昆虫とは、そういうものだと思っていた。鋏（はさみ）で蟬（せみ）を二つにしたり、カブトムシの角をつまんで首をもいだりしても、しばらくは足や羽根を動かす。なかなか死なない。しぶとい種類の生物なのだと思っていた。

しかし、それは普通ではない、まわりにいる子供のだれも自分のように考えないのだということを、そのうちに知った。もしかすると自分が殺そうとした昆虫だけが特別に強い生命力を持っていたのかもしれない。そうも推測できたが、三木は自分の手を見て、漠然とそうではないことを理解していた。

自分には、不思議な力が備わっている。

一時期、親の経営する病院に、三木と同い年の子供が入院していた。たまたま病室の扉が

開いており、その子と眼があった。以来、病室を訪ねては話をするようになった。

三木はもともと親しい友達が少なかった。昔、一緒に昆虫をつかまえて遊んだ友人も、もっと楽しい友達を見つけて、三木とは疎遠になっていた。それで、小学校から戻ると、その子のところへ話をしに行った。

三木が病室を訪ねると、その子は顔をほころばせて喜んだ。包帯の巻かれた腕を振り、招き入れてくれる。

その子の両腕は、肘から先がなかった。線路の側で遊んでいて、事故に遭ったのだそうだ。特急の電車が通り過ぎる瞬間、両腕を線路の上に差し出したらしい。

「そうしたらどうなるかをためした」

その子は寝台の上で腕の包帯を見ながら言った。

「電車が通り過ぎる瞬間、パン、って肘から先が弾けた」

毎日、その子と話をするのが楽しかった。三木はよく、父親からぶたれた話や、母親に罵られた話を聞かせた。それから、物語を作った。

三木が頭の中で空想した話を、その子は真剣な顔で聞いてくれた。

ある日のこと、三木がその子供と話をしていると、病院に急患が担ぎ込まれた。二人で手術室の前に陣取り、どんな酷い傷を負った患者なのかを一目、見ようとした。

看護婦や三木の父親が手術の準備をする。やがて車輪のついた寝台に載せられてきた患者を見た。若い男だったが、どこも怪我をした様子はなく、眠っているように思えた。

しかし、その男は手術中に死んだ。

「打ち所が悪かったんだ」

父親は三木にそう言った。患者は自転車で転倒しただけで、外傷などなかったのだと説明を受けた。

「打ち所、ってどこなんだろうね」

肘から先のない友達が言った。「その部分さえうまくよけていれば、生き物は死なないのかな」

無意識のうちに打ち所を避けて傷を負わせる、という才能が、この世にあるものだろうか。三木はそう質問をした。

「さあ、どうだろう」

その子は腕組みをしようとする。肘から先がないので、うまくできなかった。

三木はバッタを捕まえ、どの程度の傷で死ぬのかを一人で研究した。最初は、比較的、すぐに死んだ。多くの針で串刺し（くしざし）にすると、一分ともたない。しかし、研究を繰り返しているうちに、死ぬまでの時間は長くなっていく気がした。

下半分をつぶしたクワガタが、一週間、生き長らえたこともある。ただし、頭部をつぶしたり、切りはなしたりすると、すぐに死んだ。

蛙（かえる）を解剖したこともある。魚の腹を割き、内臓を取り出したこともある。傷を負わせた後

で、また池の中に戻すと、しばらくは何事もなく泳いだ。内臓を細長く引きながら、蛙は足で水を蹴っていた。

哺乳類でもためした。よく家のそばで見かけた猫を餌付けして、近づいてくるようになったところで半分に切ってみた。病院の裏にあるだれもこない物置で、包丁をつかって胴体を上下に分けたのだ。

猫は生きつづけた。その際にわかったことがある。三木に傷を負わされても、痛みを感じないらしい。

猫は、自分が切られたことに気づいていないようだった。胴から後ろがないのに、後ろ足をなめようとする。出血もほとんどなく、食欲もあった。食べたものは、剝き出しになった胃袋から流れ出た。一週間もするとしだいに元気がなくなり、眠るように死んだ。

また別の猫でもためした。今度は二週間、死ななかった。エサも与えず、水も何もない状態だった。

この研究結果を、病院で親しくなった肘から先のない友人に伝えたいと思った。その子はすでに退院していたが、自転車で三十分の場所にある、隣の小学校区に住んでいた。退院した後でも遊びに行って、よく話をした。

自転車をその子の家の前にとめて、玄関のチャイムを鳴らす。母親が扉を開けて出てきた。

「あの子は一昨日、死んだわ」

とくに悲しんでいる様子もなく、そう言った。

「家の階段から転げ落ちたの。以前、よく手すりの上を滑って遊んでいたから、きっと同じことをしようとしたのね。体を手すりに乗せた後で気づいたにちがいないわ、バランスを崩したときしっかり手すりを握ることもできないってことに。あの子、自分の肘から先がないことを忘れていたのよ」


三木が最初に人間を殺したのは、高校二年の秋である。

その日は曇りで、寒かった。三木は何か目的があるわけでもなく、バイクで山道を走っていた。家からほど近いところにある山だった。

峠にさしかかったところで道が膨(ふく)らみ、車をとめるスペースがあった。自動販売機も置かれていた。

三木が来たとき、他に車は見当たらなかった。バイクをとめて、そこから麓(ふもと)を眺める。端が崖(がけ)のような急斜面になっていた。見下ろすと、剝き出しの岩壁があった。近くにガードレールの切れている部分があり、そこから下へ階段が続いている。

しばらくの間、秋の景色を眺めた。曇りだったため、視界全体が灰色に見えた。紅葉しているはずだが、むしろ逆に色彩が乏しいと感じた。

背後で車の音がして、振りかえる。一台の車が、駐車場にとまった。中から若い女性の運転手が出てくる。他にはだれも乗っていない。彼女はスーツを着て、手に地図を持っていた。肩をすぼめて、寒そうにしながら三木の方へ近づいてくる。

「すみません、市街へ向かうのに一番、近い道を教えて欲しいのですが」

　彼女は三木のバイクに眼を向けた。

「格好良いバイクですね。でも、もうこの時期だと寒いのではないですか？　私が寒がりなだけかしら？」

　その女性はガードレールに手を載せて、冷たい、と小さく叫んだ。そこを後ろから押してみる。彼女はガードレールを越えて斜面を落ちた。三木が辺りを見まわして、だれにも見られていないのを確認したのはその後だった。

　彼女の落ちた先を見下ろす。はるか下に生えている木の影に、彼女の長い髪の毛が見えた。階段を使って下へ降り、そこに向かう。

　地面に叩きつけられても、彼女は生きていた。手足はおかしな方向にねじれている。眼や口から血が出ていた。何が起きたのかわからないらしく、彼女はぽかんとした表情で三木の顔を見つめた。かたわらに、彼女の持っていた地図が落ちている。それを三木は拾い上げた。

　ほとんど垂直な斜面を見上げる。彼女が落下する途中、叩きつけられた岩肌があり、その上に小さくガードレールの白色が見えた。

　木のそばに倒れていた彼女を引きずり、上から見えない森の奥へと移動させた。その間、彼女は力なく口を動かしていた。太い木の枝が胸を貫いており、喋れなくなっている。三木がそれを引き抜くと、胸に大きな穴が開いた。折れた肋骨が覗き、空気がもれてしぼんだ肺がある。赤く、鼓動し続けるものが見えた。

痛みはないらしく、彼女は顔をしかめたりもしなかった。しかし体を動かすことができないらしい。落下の衝撃でほとんど全身が壊れたのだろう。彼女は眼と口を動かすことしかできなかった。

イエスのとき、まばたきを二回。ノーのとき、一回。そういう合図を求める。それでいいかどうかを彼女にたずねた。

まばたきが二回、三木に返される。どうやら耳も聞こえるらしいとわかった。

痛かったかどうかをたずねてみる。まばたきが一回。いいえである。

恐いかどうかをたずねてみる。彼女は不思議そうな顔をした。そして、三木の手にある地図を眼で追う。

三木は彼女の前に地図を掲げて、市街へ向かうのに近い道を教えた。それから、これで納得したかどうかをたずねる。彼女はまばたきを二回、繰り返した。

三木が別れを告げて立ち去ろうとすると、彼女が何かを問う眼で見ていた。これから自分はどうすればいいのか、困惑しているようだった。それを無視して階段を上がり、バイクにまたがった。彼女の乗ってきた車はエンジンがかけられたままだった。運転席の扉を開けてキーをひねり、エンジンを止める。触ったところを拭いた。

次の日に再度、峠へ向かった。車は昨日と同じ様子でそのままあった。階段を降りて、下にいる彼女の様子を見に行く。

まだ生きていた。三木の顔を見ると、ほっとしたように顔をほころばせる。

調子はどうかとたずねる。いいえ、と彼女は一度まばたきをした。

彼女の胸にある、枝の刺さっていた大穴を見る。心臓が動いている。出血はほとんどない。あってもわずかだった。

おかしなことに気づく。まだ冬という寒さではないが、気温は、昨日よりもさらに低くなっている。しかし彼女は寒がっている様子を見せない。唇や顔は青白くなっていたが、決して凍えているようには見えなかった。

寒いのかどうかをたずねてみる。彼女は少し考えるようにして、一回だけまばたきをする。

三木は彼女のポケットから財布を取り出して、名前と住所を確認した。

それから三日間、三木は彼女のもとへ通い、話をした。毎回、三木が立ち去るとき、彼女はさみしそうな顔をした。三日目に、彼女の乗ってきた車が消えていた。

行方がわからなくなったことをまわりの人間が騒ぎ出したらしい。車の捜索が行なわれ、峠に放置されていたところを発見されたようだ。

四日目に訪ねたとき、三木の顔を見ると、彼女はしきりに眼を動かした。見せたいものがあると言いたげに、眼を下へ向ける。

彼女の視線を追っていくと、胸に開いた大きな穴に行きつく。よく見ると、そこに何かが潜んでいた。すぐに、それが蛇だと気づく。折れた肋骨の中でとぐろを巻いている。赤い舌を見せながら、三木を睨(にら)んでいた。彼女の体温が温かかったらしい。鼓動する心臓に鱗(うろこ)の体を寄り添わせて、冬眠をはじめたのだろう。

三木は蛇を取り出した。そして彼女に別れを告げると、持ってきたナイフを胸の穴に差しこんで心臓を突く。彼女は眠るように眼を閉じ、息をしなくなった。

しばらくして、彼女の死体が発見されたという記事を新聞で見つけた。白骨化したものが、溶けた雪の下から現れたそうである。

なぜ、自分は彼女を崖の上から突き落としたのか。そのことを深く考えたことはなかった。おそらく、昆虫にピンを刺すのと同じなのだ。それができるから、そうした。

そして、見たかったのだ。どうなるのかを。

いつのまにか少女は、三木の話を聞きながら眠っていた。

書斎に、ベルの音が響いた。机の上にある電話が鳴っていた。受話器を取ると、編集者からだった。

「次の話、楽しみにしてますよ」

原稿の催促というよりは、三木が生きているかどうかを確認する電話のように思えた。もともと、三木の執筆は早いほうではない。本業は作家ではないのだ。童話を作るのは、ひまな時間ができたときのみである。それに、編集者とこまめに連絡を取らず、ほとんどの場合、沈黙していた。たまに原稿が書きあがったら、編集部へ送りつけるだけである。

三木が童話を書いて賞をもらったのは、高校三年のときだった。受賞作は、子供のころ、肘から先がない友人へ語って聞かせた物語を、そのまま文章にしたものだった。

一作目は、鴉が人々の眼球を集めて飛び去る話。

二作目は、医者が手術をしやすいように、患者の背中にファスナーをつける話。ファスナーを開ければ中は内臓なので、いちいち切り開く必要はなくなる。ただし、その患者はファスナーの閉め忘れで、内臓をこぼしてしまい、最後には皮だけとなった。

三木の書く童話は『暗黒童話集』と名づけられ、一部の人間に好評で迎えられた。

もともと作家になるつもりはなかった。子供のころ友人に話した物語が尽きると、書けなくなるだろうと思っていた。しかし、胸の内からあふれてくる物語が途絶えることはなかった。

「今度、会って話ができませんか?」

編集者の言葉を黙殺する。出版関係の人間に会うことはほとんどない。インタビューも断り、パーティへ出席することもなかった。ただ童話を書き、送る。向こうはそれを受け取って出版し、金を銀行に振りこむ。ただそれだけのことだった。

三木俊という童話作家の存在自体を怪しむ者もいると聞いた。それでいいと思っている。

電話を切ると、ソファーで横になっていた少女の体を抱き上げて書斎を出る。彼女の体は軽い。十キロ程度である。

彼女と知り合ったのは街中だった。友人とはぐれてしまい、困っているところを連れてきた。相沢瞳、と彼女は名乗った。

地下室で彼女の眼隠しをとったときのことをよく覚えている。

「そこにあるマネキンの手足はなに？」

瞳は首を傾げて、部屋の隅に散らばった手足を見つめた。やがて、自分の肩や腰にあるべきものがないことに気づいた。

「それ、私の？」

切断にはのこぎりをつかった。麻酔はなかったが、顔に布を巻かれた彼女は痛がる様子を見せなかった。止血も施していない。出血はほとんどなかった。そして、傷口は今も癒えていない。新鮮な赤色のままである。

瞳は普通の服を着ることができなくなった。そこで、体に合うような袋を仕立てて、それに胴体を入れた。花柄やチェックの布で袋を作ったが、彼女は気に入らなかった。

「首のところがちくちくするのはいや」

最終的に、薄い青色の生地で作ったものを選んだ。袋の口から、ちょうど瞳の首が出る。そこを赤いネクタイでとめた。

眠っている彼女を抱えて、屋敷の階段を下りる。自分の胸にあずけた瞳の頬が濡れていた。時折、両親のことを思い出して泣く。

地下室の入り口は一階の奥、階段の裏側にあった。扉は壁の色と同じである。そのため、少し見ただけではわからなくなっている。山中にあるこの洋館を借りているのは、地下室が気に入ったからだ。

電灯のスイッチを入れて、階段を下りる。地下は煉瓦が剝き出しの空間である。温度は低

く、吐いた息が白くなる。天井は低かったが、普通に歩くだけなら問題はなかった。

地下室は大きな四角の空間である。広いわりに電灯の力が弱く、部屋の端は闇が濃い。

地下室の中にはいくつか棚を置いている。前に住んでいた人間が残したものだ。工具や古着の詰まった箱が並んでいる。

瞳のベッドは、林立する棚の手前にある。そこへ彼女を寝かせた。

「ねえ……」

棚を一つ隔てたところから、久本真一の声が聞こえた。瞳の上から視線を外し、そちらを見る。棚の中にある箱と箱のわずかな隙間から向こう側を覗くことができた。そこに真一の眼があり、三木を見つめていた。

棚の向こう側、光のろくに当たらない空間で、巨体の動く物音がする。わずかな隙間から見えていた真一の眼が消えると、かわりに別の眼が箱の間から三木を覗く。持永幸恵の眼だった。

「おじさんの様子がおかしいの。見てあげて」

おじさんというのは、地下室にいる四人のうち、一人につけられた愛称だった。本名を金田正と言う。

三木がうなずくと、幸恵の眼が隙間から消える。彼女が長い息を吐き出したのが聞こえてくる。

「そこの隙間まで顔を持ち上げるのが、重労働なの……」

棚の向こう側にある暗闇の中から、彼女が言った。

ベッドに寝ている瞳へ毛布をかける。三木が傷をつけた人間は、寒さや暑さをあまり感じなくなることは知っていたが、そうした。

気温の変化にただ鈍感となるだけではなかった。それによる体調の変化が生じなくなるのだ。凍死をする、ということはなくなる。また、飢えや病気などからも解放された。三木の手に傷つけられた者は、死へと繋(つな)がる時間の流れが止まったように生き続けた。

生命力を与える力。死への引力を断ちきる鋏。それが自分の持つ力だと理解している。

持永幸恵が闇の奥で歌い出した。それは悲しげな印象の、英語の歌である。彼女はもともと英語教師をしており、発音が美しい。地下室が、彼女の震える繊細な声で満ちていく。

そのとき、瞳がうめき声を上げた。夢の中でうなされている。唇が動き、言葉を発しようとしていた。三木は耳を近づける。

彼女の寝言は、言葉にならなかったが、一部分だけ、聞き取ることができた。瞳は口にした。

「鴉が……」

2

鴉がゆれていた。黒い翼を持ったかわいらしいキャラクターのキーホルダーが、車のミラ

ーにぶら下がっている。車の振動に合わせて、私の眼の前でそれがゆれていた。

「この町に知り合いでもいるの？」

運転している若い男の人がたずねた。私は緊張して首を横に振る。まったく知らない人の車に乗りこむというのは、ひどく勇気のいることだった。しかし、行き先である楓町方面のバスは一日に二本しかなく、まだ夕方だというのに二本目が終わっていた。そこで、行き先が同じだれかの車に乗せてもらう決心をした。

私は鴉のキーホルダーから眼を離し、窓の外を見た。灰色の空が広がっている。山が近く、道はその側面に沿って曲がっていた。白い枯れ草が一面に生えた斜面を見る。寒々しい気持ちになった。

車が一度、両側を杉林に囲まれる場所で停車した。眼の前に黄色と黒の遮断機が下り、断続的な鐘の音が耳を劈いた。車の前を、線路が横切っていた。やがてしばらくすると、一両だけの赤い電車が通り過ぎる。運転をしていた男が、市営の電車だと教えてくれた。

男はよく私に話しかけてくれた。しかし、私は知らない人間とどのように接すればいいのかわからず、恐かった。

車に乗せていただいたのだから、彼の気分を害しては失礼になると思う。何か話をしなくてはならないと焦る。でも、私には語るべき物語などないのだ。記憶がないというのは、過去がないということで、それは経験のないということだった。聞かせるべき人生はなく、彼に素性をたずねられてもうまく答えられない。記憶が消えたということを、あまり人には聞

かせたくなかった。

はじめて会った人間は私のことを何も知らないはずだから、適当な嘘をついてしまえばいいのだと思う。けれど、咄嗟に嘘が出てこない。口籠もってしまい、緊張と不安の圧迫されるような苦しさから、うまく喋れなくなる。運転をしながら話しかけてくれる男の人に、私はかんたんなうなずきを返すばかりだった。

高校は春休みに入っていた。もちろん終業式前から私は学校をさぼっており、あまり関係はないかもしれない。それでも、普通に授業が行なわれていた日には、登校していないことに対する罪悪感があったのだ。

しかし正式な休日となると、少しだけ楽な気持ちになる。迷惑をかける権利が私にもあると自分に言い聞かせ、なんとか家出に踏み切ることができた。

両親には、置手紙を残した。それには、しばらく家を出るということや、一日に一回は無事だという電話を入れることなどを書いた。

「菜深」の貯めていた預金通帳を全額、引き出したのは、数日前だった。平日の昼間に、自分名義の通帳を持って銀行へ行った。それは机の奥に隠されていたものだ。記憶をなくす前の私が、こつこつ貯めていたお金だ。

暗証番号を、私は知らない。正確には「忘れた」ということになるのだろうか。銀行員に声をかけ、そのことを説明しようかと考えた。学生証や印鑑も持っていたので、私自身の名義だということは証明できるに違いない。

しかし、「菜深」の預金通帳が、まるで自分のものではないように感じていた。他人のお金を下ろす気分であり、目立ちたくはなかった。

そこで、ATMに可能性のある番号を入力してみて、お金を下ろせるかどうか試すことにした。まずは自分の誕生日を入力してみた。両親に言われて、誕生日は暗記していたのだ。

「1021」

だめだった。警備員に見咎(みとが)められるのではないかと、気が気ではなかった。

次に、別の番号を入れてみる。

「4156」

それが正解だった。押し入れにしまったぬいぐるみの『よいころ』を、私も好きになれそうな気がした。

記憶をなくす以前、おそらく大切に貯金していた「菜深」のお金を、申し訳ない気持ちといっしょにすべて手に入れた。もともと自分のお金なので気にしてはいけないという考えは当てはまらなかった。

私は身支度をして、決心が固まるのを待った。地図や鉄道の路線図を眺め、どのようなルートで行くのかを考えた。

和弥が生まれ育った楓町という町は、県境の山間(やまあい)にあった。おそらく人口の少ない町なのだろう。地図の上でその町名は見落としそうなほど小さな文字で書かれていた。

出発する支度を整えている間にも左眼の映像は蘇(よみがえ)り、和弥の子供時代を見た。しかし、

図書館で彼の死に触れてからは、どんなに楽しい記憶でも、左眼の熱が引いた後で私は泣きそうになった。

「なんであの何もない町に行くの？」

運転をする男の人が興味深そうにたずねる。

「……大切な知り合いがいるんです」

「さっきは、この町に知り合いなんていないって言ってたじゃないか……」

「ええと、それは……」

私はうまい返答が思いつかず沈黙した。

車から見える景色が、次第に左眼の映像で見た景色へ似てくる。和弥と砂織が暮らした土地が近いのを感じる。

針葉樹の木々、空を突く鉄塔、それらは時折、眼球の記憶に出てくることがあった。肌の表面が静電気を帯びたようにぴりぴりする。落ちつかない。春だというのに、景色はまった くの冬だった。植物の鮮やかな緑色というのが見当たらない。枯れてしまった草や木、ほとんど黒に近い針葉樹の葉。窓ガラスの隙間から、外の冷たい空気が漏れてくる。雪が降ってもおかしくはない寒さだった。

車が信号で停車した。まわりに他の車は見当たらない。道路の左手は乾燥した白い地面の広場になっており、そこに錆びたトレーラーや古タイヤが放置されていた。その向こうは鬱蒼とした森である。信号のそばに巨大な看板がそびえ立っていた。

左眼が温かくなってきた。ああ、これは……。

「……すみません、車を発進させるの、待ってもらえませんか？」

勇気を出してそう言うと、男がいぶかしげな顔をする。信号は青へ切り替わる。右眼でそれを見た。

「どうしたの？」運転席の男がたずねた。「もしかして花粉症？」

私は涙を拭いた。左眼の、記憶の入った小箱は閉じた。

「ちょっと、下りてもいいですか。すぐに戻りますから」

助手席の扉を開けて、外へ出る。ヒーターのきいた車内と違い、外は凍える冷たい空気だった。

巨大な看板のもとへ近づく。二本の金属でできた柱に支えられている。真下から見上げると、それは絶壁のように思えた。

看板には、鮮やかな青い空と入道雲が描かれている。実際の空は薄暗い雲に覆われていたため、その看板のところだけ四角く切り取られ、明るい夏が訪れたように見える。どこかの会社の看板らしい。

私は少しの間、看板の下へ潜ったり、柱を叩いてみたり、裏側から見上げてみたりした。自分が笑顔になっているのに気づいていた。

車の運転席から、男の人が私を見ていた。待たせてはいけないと思い、車に戻る。

「ずっと前、知り合いがあの看板の下で遊んでいたんです。まだ、あれが作られている最中

に……」

眼球の記憶の中、作業着のおじさんがペンキの刷毛(はけ)を動かし、看板の青空を描いていた。

ぼんやり看板を見上げていて、うっかり、置かれていたペンキの缶に躓(つまず)いてしまった和弥。その視線は高い位置にあり、もうずいぶん成長していたころの記憶だと推測できた。しかし、ペンキをこぼしてしまった彼は、子供のように逃げ出した。

その様子を思い出して、笑いがこみあげてくる。なぜか、悲しくもあった。

車が走り出す。リュックからバインダーを取り出し、さきほど見た映像の記録をつけた。

私は今、左眼の記憶と同じ場所に立っていた。嬉(うれ)しさがこみあげてくる。看板の前で私は、実際の景色と左眼で見た景色が、ぴたりと重なったのを感じた。私と和弥はまったく別の人間で、育った場所も遠く離れていたのだと考えると、これは奇跡だった。

「もうこの辺は楓町だよ」

運転をしながら、男は言った。私は窓の外に広がる景色へ釘付(くぎづ)けとなった。

「あのさ、ちょっと寄りたいところがあるんだけど、先にそこへ寄ってもいいかな」

彼の申し出に異論はなかった。もともと私は、どこへ行けばよいのかわかっていなかった。和弥や砂織の住んでいた楓町へ着くことをまずは目的にしていたのだ。そこから先のことはあまり考えていない。

まずは泊まれるような場所を見つけなくてはいけない。そこを中心に動いて、まだ生きているはずの砂織を見つけよう。和弥が死んだのはほんの二、三か月前のはずだ。彼女はまだ

この地で暮らしているに違いない。

そして、青い煉瓦の屋敷を探そう。

窓の外はいよいよ山間の小さな町である。中心を動脈のように国道が通っていた。交通量は少なく、道は閑散としている。

窓の外を過ぎ去る風景に高い建物は見当たらない。まばらに小さな商店や民家があるだけだった。その隙間に枯れ草の生い茂る荒地があり、痩せ細った野良犬が首をもたげてごみの臭いを嗅いでいた。

途中、反対車線を巨大なトラックが通りすぎた。荷台に切り倒した針葉樹を何本も積み重ねていた。男の話では山で杉の植林を行なっており、林業を中心に町は成り立っているのだそうだ。とすると花粉症の人はつらいのではないだろうかと私はぼんやり考えた。ほとんどの記憶はないのに、杉花粉といった半ばどうでもいいような知識は残っていた。もしかすると、砂織がいつも鼻水をたらしていたのは、花粉症だったからだろうか。

ほとんど客がいないのではないかと心配してしまうスーパーがあった。看板のペンキはくすんで、気の滅入るような色になっていた。駐車場に錆の浮いた古い軽トラックが駐車されており、タオルを首に巻いたおじさんが面倒そうに酒のケースを積み下ろししていた。

活気のない町だった。空気の密度が薄いように思え、曇り空の下で町全体がくすんで見えた。道路に描かれている表示も、ほとんど消えかかっている。駅前から二十分も走っていないのに、寂れた印象が強かった。

走っている間、何度も声をあげそうになった。左眼で見たことのある店、風景、道、それらが通りすぎる。

和弥がかつていた町だということは疑いなかった。見覚えのあるものを目撃するたびに車を止めて出て行きたくなる。しかし、運転している男の人に迷惑だろうから我慢した。窓ガラスに両手と額をつけて、町の観察につとめる。

「もうちょっと行ったところにある店へ、届けたい荷物があるんだ」

やがて車は国道からそれた。建物の数が減り、左眼の映像で覚えのあるものは見当たらなくなった。少々残念に思っていると、ある店の駐車場で車は止まった。男が運転席から出て、後部座席に置かれていた箱を抱える。

「ここの用事が終わったら、きみの行きたい場所に送ってあげるよ」

そう言われたが、その必要がないことに私は気づいた。助手席から出て、男の入っていった建物を見る。

丸太で作られたロッジ風の喫茶店だった。看板に、『憂鬱の森』と書いてある。何度も左眼の映像に現れた、砂織の働く店だった。

木の扉を押して店内に入ると、暖房の温かさに包まれる。入り口から見て左にカウンター、右にテーブル。それらすべてに見覚えがあった。

歩くたびに、床板と靴が打ちつけ合う、妙にいい響きの音がする。私はカウンターに座っ

た。

「いらっしゃい」

店の奥から、店長が出てきて言った。胸が高鳴る。何度か左眼の映像に出てきた人だ。彼は口ひげを生やして、熊のような顔である。実際に見ると、やはり彼は大柄で、カウンターの裏が狭苦しいのではないかと心配になってしまうほどだった。

「どうかしたんですか？」

私は彼の顔をじっと見てしまっていた。

「なんでもありません、ごめんなさい」

恥ずかしくなって眼をそらす。店内を見まわした。見覚えのある花瓶、花、置物。木のテーブルに、木の椅子。店内は温かい黄色の明かりに満たされている。その色も、左眼で見た映像の通りだった。

「注文、何にする？」

急いでメニューを開き、眼についたものを咄嗟に言う。

「ホットのカフェオレをお願いします」

私を連れてきてくれた男の人が、店の奥から出てきた。この喫茶店に荷物を運んできただけのようだ。店長と知り合いらしく、仲がよさそうに話をしていた。個人的な付き合いで買い出しを頼まれていたのではないかと思う。彼は店内を見まわして、だれかの姿を探していた。

二人、客がいた。一人は白髪の女性で、年齢は六十歳くらいではないかと推測する。彼女は窓辺に座り、ハードカバーの単行本を読みながらカップを傾けている。皺だらけの手でページをめくる。品のいい服装をしていた。この辺りに住んでいるのだろうか。そのたたずまいは常連であることを感じさせた。

もう一人は店の奥にいた。電灯の明かりがあまり当たらない席で、最初はそこにだれかがいるとは気づかなかった。どうやら男の人らしく、黒い服を着ているために暗がりと同化しているように思えた。

私を連れてきてくれた男の人が、カウンターに腰かけた私を見て、もう店を出るつもりであることを説明した。

一瞬、考えてから、私は決心する。

「ここに残ります。送っていただいて、どうもありがとうございました」

彼は心配そうに私を振りかえりながら、手を振って店を出ていった。その様子をどこかで私は見た気がする。左眼の記憶に彼の姿があったのかもしれない。この店に立ち寄るような人なので、その可能性は高い。バインダーは分厚いものになっていたから、咄嗟に思い出せない顔は多いはずだ。

店長がカフェオレを運んでくる。

「おまちどお」

想像していた通りの声なのだ。彼を間近で見るチャンスだった。本当に、眼の前で動いて

いるということが信じられなかった。

姉が働いていたせいか、和弥はこの喫茶店をよく訪ねた。左眼の記憶にここがよく登場したから、それは間違いない。この店が開店したときにも、和弥は立ち会ったのだ。それは彼が中学生くらいのころだった。その当時、店長は別の人で、もう少し年上のおじさんだった。

私が自分の家でコーヒーカップを見た瞬間、左の眼球が熱を帯びて、その映像を見た。まだ真新しい、余所行き（よそい）きの服装のような喫茶店。学校をさぼって制服のまま店の奥に座り、和弥の眼はカウンターの後ろにいる白髪のおじさんを眼球に焼きつけた。

何もかも、過去を持っている。この店もそうなのだとあらためて気づく。もしかして店内で過去を持っていないのは私だけなんじゃないかと思う。

不思議な感じがした。リュックのバインダーに、人や町の持っている過去の断片を記録して持ち歩いている。しかし実際には、それらすべてに面識というのがまるでないのだ。

「あの……」

店長に声をかけてみる。しかし、口にしてから、何と言えばよいのか迷った。私にとって彼は見知った人間なのに、彼にとって私はただの客なのだ。

彼が眉（まゆ）を上げて、「何か用ですか？」という表情をつくる。

「突然、変なことを聞いてしまうようですが……」私は決心して、気になっていたことをたずねる。「お名前を教えてください……」

左眼の映像には音声がついていないので、名前が長い間、不明だったのだ。どうしても、

名前をたずねたかった。

彼は呆気にとられた顔をした。

「木村だけど……？」

「あ、ありがとうございます」

私は、恥ずかしいことをしてしまったと思い、頬が熱くなるのを感じる。その一方で、木村さんか、なるほど、と感動した。

カウンターに肘をついて木村は私の顔を覗きこむような格好をした。体が大きいので、それだけで威圧感がある。彼は熊が歯をむき出すような笑みを浮かべた。他の客を気にしてか、笑い声などはなかったが、ちょっと恐かったので思わず私は悲鳴を上げるところだった。

「どうして名前を知りたかったの？」

返答に困った。

「つまりその……、以前、この喫茶店に来たことがあって、そのときに名前をだれかの話し声で聞いて、ためしに聞いてみたんですけど……」

自分の言っていることが途中でわからなくなり、声が先細りになる。

「以前って、どれくらい前に？」

「……二年くらい前」

すべて嘘だった。木村は腕組みして、不審な眼を向ける。

「嘘ついちゃいけないよぉ、オレは客の顔を全員、覚えているもん」

「嘘じゃないです」

焦りながらそう言ってしまった。

「じゃあ、そうだな……」木村が考えるようにした。「この店には、つい最近、置いたものがある。それを当ててみな。それ以外は、ほとんど二年前と同じなんだ」

そのとき、窓際のテーブルに座っていた年配の女性が言った。

「木村さん、それはあんまりよ。難しすぎるわ。私だってわからないもの」

彼女が私たちの会話を聞いているなんて気づかなかった。恥ずかしくて仕方なかった。

「なんだ、京子さんも話を聞いてたのか」

木村が彼女の方を向いた。京子と呼ばれた女性は、本を閉じて咎めるように木村を見ていた。

「そうだな、ちょっとこの質問は……」

私は店内を見まわす。

「わかりました」

私はそう宣言して、壁に飾られている絵を指差した。湖を描いた絵である。黒々とした森の中に、輝く湖。それは、左眼の記憶にはなかったはずだ。だから、つい最近、飾られたものだと考えた。バインダーを見れば、店内の内装について細かい記録があるはずだった。しかし、それを見るまでもない。

木村は驚いたように、丸い眼を大きく開けた。正解したことを私は知った。

店の奥、暗がりにいた男の人が立ちあがった。さきほどまで影が落ちていてよくわからなかったが、美しい顔の人だった。髪が長く、眼鏡をしている。黒いコートが私のそばを通り過ぎる。静かな動き、床を踏む足音が聞こえなかった。会計をするらしい。

「まいったなぁ」

木村が頭をかきながら私を見て、レジにつく。男から金を受け取り、釣りを返す。

男が店を出るとき、私の方を見た気がした。私たちの会話を聞かれていたのだということを知る。

「今、出ていった人が描いたんだ、あの絵」

店長が言った。

「潮崎、という名前の画家さん、知らないかな？」

私は首を横に振る。

「そうか、記憶にないか」

記憶にない、という表現は私にとって本当に正しいと感じた。

「なんでこんな辺鄙なところに引っ越してきたんだろうね。そういえば、きみはどうしてこの町に？」

私はどう答えようかと考えた。いっそのこと、正直に話してみようか。少女が誘拐されているのだ。協力を仰いだほうがいいかもしれない。

しかし、信じてもらえるのだろうか。私は自信がなかった。移植した左眼が、かつて網膜

に焼きつけた景色を私に見せてくれるなんてこと、嘘だと思わないだろうか。少女が監禁されているなんて話、笑われるのではないだろうか。

「人を探しにきたんです」

私はそう説明する。間違いではない。砂織と相沢瞳、そして犯人をさがしている。

「そうだ、この店に女の人が働いていませんか？」

木村は笑みを含んで言った。

「きみも砂織を目当てにこの店へ来たのかい？」

一瞬、どきりとする。他人の口から彼女の名前を聞くのははじめてだった。

「目当て？」

「あの子にはファンが一人いてね、きみを車に乗せてきたあのバカ、あいつは砂織を見るためにこの店へ通ってるんだよ。今日は風邪で休んでいるって言ったら、すぐに帰っていった。あのやろう、なんか注文して帰ればいいのに」

木村は毒づいた。

今日、砂織はいないと知り、残念な気持ちと、安堵する気持ちが同時に湧いた。突然、眼の前に現れたら、きっと私は戸惑う。心の準備がまだだ。

しかし、左眼で見たように、今でも『憂鬱の森』で働いているということが確定した。彼女は和弥が死んだ後も、この店での仕事をやめなかったのだ。

店内にはやわらかい音楽が流れていた。気づかないほどの小さな音だった。私はそれを聞

きながらカフェオレを口に含んだ。昔、和弥もこれと同じ味を感じたのだろうかと考える。カウンターをなでる。かつて、和弥が座っていた席。触った椅子。立ちあがったり、かがんだりして、左眼で見たことのある構図から店を眺める。木村と京子が、そんな私を不思議そうに見ていた。私は、静かにしていようと思い、かしこまってカフェオレをすすった。

そのとき、店の奥から女の人が現れた。

「店長、ごみ、捨ててきました」

彼女は長い髪を後ろでしばりセーターの前で手をはたいた。さっきまで外にいたのか、頬と、そして鼻が赤かった。

「さっきのやつには、嘘教えたんだ」

木村が私に言った。

彼女はカウンターの裏でティッシュを取り出すと、鼻をかんだ。私が見ているのに気づくと、決まりが悪そうにはにかんだ。

「ごめんなさい、生まれつき鼻が悪くって……」

どうやら彼女、花粉症というわけではないらしい。はじめて聞く彼女の声。それは想像していた通り、鼻がつまったような、それでも彼女に似合ういい声だった。

「冬月(ふゆつき)砂織……さん」

彼女は首をかしげた。なぜ、私が名前を知っているのか、不思議そうにしていた。

「はじめまして、私……」止められなかった。私はいつのまにか口走っていた。「……和弥さんの友達です」

砂織と木村が、息を呑むのがわかった。

本当は、はじめてではない。ずっと昔のあなたを知っている。小さな頃からずっといっしょだったように感じる。表面では冷静を保っていたが、内心、私は泣きそうだった。

## 3

「うちへいらっしゃい」

今晩、泊まる場所がないということを告げると、砂織が言った。宿を借りるお金はあったが、楓町には適当な宿泊施設がないらしい。私は申し訳ないと思いながら、砂織の申し出を受けることにした。実を言うと、少しだけそうなることを期待していたし、家をじかに見ることができるということがうれしかった。

「ここの店が閉まるまで、待っていてくれる?」

私はうなずく。仕事の手があいているらしく、砂織は私と話をしてくれた。

動いて喋る彼女を見ているのが、半ば信じられなかった。私は砂織の顔ばかり見つめてしまった。はなればなれになっていた肉親に出会ったとき、きっとこんな心地にちがいない。

これまで、思い出せるものがほとんどなかった私にとって、左の眼球が覚えていた彼女の姿

は、どれだけ近い存在になっていただろう。

しかし彼女にとって私は、突然現れた人間なのだ。そのことを忘れがちになる。

京子が会計をして店を出ると、木村が言った。

「今日はもう切り上げていいよ。きっとお客さんこないだろうし。その子をつれていってあげな。せっかく和弥くんの友達なんだからさ……」

その口ぶりは、砂織を気遣うようなものだった。まだ、和弥が死んだことの影響が、この世界には色濃く残っているのだということを知った。

砂織と店を出る。実際に並んで歩くのははじめてなのに、記憶の中では何度も同じ状況にいるのを見た。その光景を覚えている。

外は寒く、店を出た瞬間に体が冷却されていくのを感じる。暖房で緩んでいた頬が、平手打ちされたように引き締まる。すでに夕方で日は落ちている。喫茶店の壁や看板がライトに照らされ、暗闇の中で切り取られたように浮かんで見えた。杉林にはさまれた道は、静かで暗い。

「これから行くとこ、正確にはおじさんの家なんだけどね」

彼女は鼻をすりながら言った。

「和弥さんから聞いてます」

両親を失った後、二人は近所に住んでいたおじさんの家に引き取られたのだ。左眼で見た。

「今はおじさんと私の二人暮しなの」

「おばさんは……？」

「和弥が事故に遭う少し前、風邪をこじらせて亡くなった」

それは左眼で見ていない情報だった。私にはまだ、知らないことがたくさんあるのに気づく。左眼で見た映像は、和弥が人生で見た光景のひとかけらにすぎない。

辺りは寂しく、民家はほとんどない。喫茶店を出てからおじさんの家まで、十五分ほど歩くという。私は寒さでがちがち歯が鳴った。道の両側は木が多い。捨てられた廃車が重なり合って錆の巨大な塊となっているのを目撃した。無人の小屋があり、暗闇を中に充満させていた。

鳥が翼をはためかす音。暗くてよくわからないが、針葉樹の天辺（てっぺん）に鴉らしい鳥がいた。

喫茶店『憂鬱の森』で、砂織に声をかけたときのことを思い出す。

「和弥はここにいないの」

砂織はまず、そう言った。その言葉が、一瞬、不思議な感覚を私に与えた。まるで弟はどこかに出かけて席を外しているという印象だった。声に含まれた悲しみの色は薄く、説明的に思えた。

「交通事故に遭ったというのは、知っています」

「そう……」

彼女は眼を伏せる。

「和弥さんが亡くなったときの状況を、教えていただけませんか？」

そして私は、和弥の死がどのように扱われたのかを知った。

今から二か月前、道路上で和弥は車に轢かれた。運転手が救急車を呼んだものの、到着する前に息を引き取ったという。砂織は病院で、彼の遺体に出会ったのだ。私はその瞬間を想像し、胸が痛くなる。彼女にとって弟は、両親が死んで、たった一人の肉親だったのだから。日付を聞くと、私が移植手術を受ける直前だった。事故現場はここから車で十分ほど行ったところにある山道らしい。

事故現場から近い場所に、相沢瞳を誘拐した犯人の青い洋館があるはずだった。もしも和弥の死について、だれかが責任をとらなくてはならないとしたら、それは犯人だと思う。すぐに事故現場へ行き、犯人を見つけるべきだという気になる。二か月しかたっていないなら、相沢瞳もまだ生きていると考えられる。彼女が誘拐されたのはほぼ一年前、これは古新聞で知った。和弥が彼女を見たのは二か月前、これは、彼の死んだ日付からわかる。十か月、犯人が相沢瞳の命を奪わなかったのなら、今も彼女は無事であると考えることができる。しかし、私は気を静める。相沢瞳の救出については、屋敷を見つけ、証拠を得てから警察に通報すればいいのだ。

砂織と歩きながら、明日、犯人を見つけるために具体的な行動を取ろうと決心する。恐かった。自分にできるだろうかと、不安になる。

そのうちに、おじさんの家が見えてきた。

砂織と和弥がおじさんの家に引き取られた日のことは、左眼に教えてもらった。玄関にある、『石野』という表札。それがおじさんの苗字だった。

まだ和弥の視線は低い位置にあったから、子供のころのことだったのだろう。砂織に手を引かれて家に上がった。その心細い気持ちは、左眼から伝わった。和弥は必死に砂織の手を握り締めて、見なれない壁や置物に眼を向けていた。

姉は私の眼を……つまり和弥の眼を見て微笑む。大丈夫よ、心配しないで。でも、砂織にしても、小さな子供だったのだ。不安だったに違いない。それでも勇気づけてくれた。

姉弟の、石野家での生活がはじまったのだ。おじさんは子供に対して無関心な人だった。トラックの運転をする場面を左眼で見たことがある。彼の職業はトラックの運転手ではないかと推測していた。でも、砂織と和弥に笑って話しかけてくれたという記憶は、和弥の眼球に入ってない。姉弟の世話をしていたのは、いつもおばさんだった。

「ここがおじさんの家。和弥の住んでいたところよ」

砂織がそう言って、先に家の中へ入る。おじさんに私のことを説明してくるという。

私は玄関で待った。退屈ではない。

門のところまで戻って、家のまわりを眺めてみた。たまらない気持ちになる。新聞受け。小さな門。普通の民家だ。

病院で目覚めて、自分の家に戻ったときのことをよく覚えていない。ほとんど何も感じなかったのだろう。でも、和弥の暮らしていたこの家を前にしたとき、懐かしさで息がつまり

そうになった。はじめて来たのに、昔から知っているようだった。

玄関先での思い出もたくさんある。眼球を通じて体験したのだ。

和弥がここで歩いた。ランドセルをゆらしてここから小学校に通った。高校から帰る途中、ゲームセンターに立ち寄って、夜遅くに戻ってきた。玄関で砂織に怒られた。

「菜深さん、入ってきて」

砂織が玄関から言った。腰に手をあてて弟を叱る思い出の彼女と、私を手招きする実際の彼女が重なった。

「なにか楽しいことでもあったの?」

彼女は不思議そうにたずねた。

他人の家なので緊張すると思っていたが、不思議とそれはなかった。見知った場所の気軽さというものが私の心に生まれていた。小さな玄関をあがり、廊下を歩く。やや角度の急な階段があり、その上が和弥の部屋であることを知っている。

居間は八畳ほどの和室で、炬燵が中心にあり、その上やまわりに雑誌やみかん、テレビのリモコンなどが散乱していた。

ジャージを着た白髪の男性がいた。彼は私を見ると、頭を下げる。おじさんだった。

「こんばんは」

想像していたよりも高い声だった。年齢は六十歳くらいだろう。会う前は、恐い人だと認識していた。和弥の記憶では、いつも奥さんに怒鳴ってばかりいたからだ。

しかし、私の眼の前で頭を下げた彼は、思ったよりも小さかった。髪も白くなって、弱々しい笑みを浮かべていた。私が左眼の記憶で見たのは、何年前の彼だったのだろう。今のおじさんは、記憶と違う。ただ老けただけにとどまらず、覇気とも言うべきものが抜けきって乾燥していた。

おじさんはまだ現役で働いているらしい。毎日、砂織が身の回りの世話をして、ごはんも用意しているようだった。

「本当に、散らかっていてごめんなさい。菜深さん、夕食はまだだよね？」

居間の炬燵に座らせてもらった。

私の場合、自分がここにいて迷惑なのではないだろうかという、正体不明の肩身の狭さが何をする時にもついてきた。おそらくそれは、「菜深」に対する劣等意識があるせいだろう。

しかしこの家では、その感情が薄かった。ふと、見覚えのある棚や小物入れを、ずうずうしく手にとって眺めまわしたい衝動にかられる。

砂織の勧めで、私は夕飯をご馳走(ちそう)になる。彼女が夕食の支度をする間、私はおじさんと話をした。

「この町には、和弥の墓参りに？」

おじさんがたずねた。

「はい、遅くなってしまいましたが……」

それはこの旅を決心したときから考えていたことだった。

「砂織に案内してもらうといい」

台所から、砂織が食器を扱う音。居間の引き戸を開けたところが、台所だった。

「あの……、和弥さんから、お姉さんのことや、おじさんのことはよくうかがっていました」

「そうか……、和弥はきみのような友達がいるなんて少しも話さなかった」

「それは……」

私は口籠もる。

「来てくれてありがとう」

彼はそう言うと、頭を下げた。不思議な気持ちだった。左眼の記憶では、彼が和弥に笑いかけたことはあまりなかったのだ。でも、その言葉は心の底から出たように思えた。

まさか自分が、砂織やおじさんと食卓を囲むなんて想像できただろうか。茶碗(ちゃわん)を受け取りながら、感激すればいいのか、困惑すればいいのか、心が迷っていた。

二人は私のことを、どのように思っているのだろう。突然に現れて失礼だと感じただろうか。

しかし、二人はそのような素振りを見せず、ほとんど会話もなく食事をした。それぞれ、お互いがいるということに気づいていないようだった。三人でいても、自分一人しかいないようだった。

記憶の中では、もっと明るい食事風景だったように思う。そのときはおばさんも健在で、

四人で食卓を囲んでいたから、そう感じたのだろうか。

しかし今の二人は、どこか疲れて、憔悴した雰囲気なのだ。私は緊張してうまく料理の味がわからなかったけど、何も言わずに食べている二人を見ているうち、悲しい気持ちになった。

沈黙の濃い中で、私は思いきって、和弥がどんな人間だったのかを聞いてみた。

「臆病で、面倒くさがりだった。勉強もできないし、運動ができるわけでもないし……。ほんとうにいいところのない弟だった」

砂織が答える。

和弥は高校を卒業し、なんとか大学に入学した。しかし勉強がつらくなったのか、途中で退学していたらしい。事故に遭う前の一年間はこの町で何もせずに過ごしていたという。

「……でもやさしい子だったのよ」

私はうなずいたが、実は和弥のことをあまり知らないことに気づく。左眼の映像で、彼はいつも自分の眼なのだ。鏡やガラスに運良く反射したときだけ、顔を見ただけだ。でも、記憶の断片から、彼が決して優等生ではないことを知っていた。みんなに囲まれるほど友達が多いわけではないことも知っていた。記憶があったときの私、つまり「菜深」のような人間と正反対の子供だったということは、漠然と感じていた。

それに、眼が何に向けられているのかで、大方の人間像はつかめるのではないかと思う。同じ風景を別々の人間がカメラで撮影すれば、きっとできあがった写真はそれぞれ違ったも

のになるだろう。

和弥はいつも何に眼を向けていただろう？　私は、咄嗟に答えを出すことができなかった。

トイレへ立つ。ついでに顔を洗って、洗面所の鏡を見る。墓に入り損ねた和弥の眼球は、この場所に戻ってきたことを懐かしがっているだろうか。洗面所の脇に、おそらく二か月間、放置されたままの、和弥の歯ブラシがあった。さすがにそんな細かいところまで記憶で見たわけではないが、和弥の使っていたものではないかとなぜか思えた。

居間に戻ると、二人が不思議そうな顔で私を見る。

「よく、トイレの場所がわかったね。この家に来た人、みんな迷うのに」

客間で寝かせてもらうことになった。押し入れから砂織が布団を出してくれる。しかし眠りにつく前、どうしてもしたいことがあった。それが言えなくて困っていると、砂織が私にたずねる。

「どうしたの？」

それでようやく、口にする決心がついた。

「和弥さんの部屋を見せてください」

砂織は一瞬、きょとんとすると、微笑みを浮かべた。

和弥の部屋は、左眼の映像で見たままの格好で保存されていた。

「掃除しているの」部屋の中を見まわしている私へ砂織が言った。「無駄なことだと自分で

も思うんだけど、布団まで干してる」

大きなジグソーパズルがある。絵柄は、羊のぬいぐるみを持った子供がバイクに腰かけた写真である。それを見ていると、不意に左眼が熱を帯びてくる。記憶の箱が開き、和弥の見たものが蘇る……。

「このパズル、ピースが一個だけ見つからなくて、大騒動だった……」

私は知らないうちにつぶやいていた。砂織がうなずいた。

「掃除機の中から見つかった。私が勝手に部屋を掃除したから」

そうか、それで喧嘩（けんか）しているのか。私は納得する。左眼の中で、幼さが残る砂織と現在進行形で喧嘩をしている。声は聞こえないから、何と言って争っていたのかわからない。

砂織は部屋にあるティッシュで鼻をかむと、寂しそうにした。

「いろんなことをあなたに話したのね」

パズルの記憶が終了すると、左眼はまた別の映像を流し始める。私の意思を無視して、幾度も記憶は蘇る。机、本、それらが鍵（かぎ）となり、映像を引き出す。笑ったことや怒ったこと、すべてが私の胸に染み込んでくる。

映像は閃光（せんこう）のように一瞬で終わるわけではない。現在の時間と同じ速さで上映される。だから過去の時間と現在の時間、同時に私は見ていることになる。左眼で幼い砂織が微笑み、右眼では寂しそうな彼女が見える。

砂織は、和弥のベッドに腰かけた。

「弟が死んだこと、だれがあなたに伝えたの？」

私は戸惑う。だれであるべきなのだろうか。不自然にならない回答をさがしているうちに、砂織は次の質問をした。

「あの子、本当は自殺だったんじゃないのかって、警察が言うの」

耳を疑った。交通事故として処理されたのではないかとは推測していたが、そこまでは想像していなかった。

「和弥を轢いた運転手の話によると、あの子、道路に突然、飛び出してきたそうだから。それに、事故の少し前から、様子がおかしかった。頭を押さえて、何か考えこむようになっていた。気分が悪そうにしていたの」砂織はすがるように私を見た。「あなたなら、和弥の悩みを何か聞いているんじゃないかと思って……」

胸が苦しくなる。和弥の悩みについて思い当たることがある。おそらく誘拐されている少女のことを知ったからだ。

和弥の眼球が見せた、相沢瞳の記憶。逃げようとして、車に衝突した映像。それのあった日よりも前から、屋敷に少女が監禁されているという考えを抱いていたのではないだろうか。彼は、相沢瞳のことをだれにも言わなかったようだ。今の私と同様に、確かな証拠を得てから警察に通報しようとしたのではないか。そのために不自然な態度をとってしまったのではないか。そう考えた。

「自殺なんかじゃありません」

私ははっきりと、砂織に言った。

彼女は私の眼を見つめる。一瞬、はっとした表情を見せた。次の瞬間には、それも消える。

砂織は、深く息を吐いた。

「そうね、自殺なわけないか」視線を下におろし、つぶやくように言った。「私……、どうしてかわからないけど、和弥が死んだときに泣かなかったの。いまだに、悲しさがわいてこない。まわりのみんなが泣いているのに、姉の私だけ、なぜか平気なの。どうしてだろう」

砂織はいつのまにか、手の中で何かをもてあそんでいた。よく見ると、和弥の大事にしていた腕時計だった。金色で、それはベルトが壊れていた。

私がそれを見ているのに気づくと、砂織は言った。

「あの子の成人式の日に、私がプレゼントしたものなの」

そのことは知らなかったが、和弥がそれを大事にしていたことは知っていた。ベルトが壊れても、ポケットに入れて持ち歩いていた。

「事故のとき、壊れて動かなくなった。和弥が死んだ時間を差したまま止まっているの」砂織は時計を差し出した。「あなたが持っておく?」

私は首を横に振る。

「砂織さんに、持っていてほしい」

きっと和弥はそう思う。私がそう思うのだから。それに、私は和弥の大事な形見をすでに持っている。

砂織は立ちあがった。

「明日、和弥のお墓に行こうか」

私はうなずく。行ってみたい。

二人で彼の部屋を出て、階段を下りる。その途中、彼女は言った。

「さっき、あなたの眼を見ていて、驚いちゃった。瞳が和弥にそっくりだったから……」

彼は両親と同じお墓に眠っていた。その墓地は町の外れにあり、おじさんの家から歩いて一時間の距離だった。

「車で行きたいなら、運転免許を持っている知り合いに声をかけるけど」

砂織は免許証を持っていなかった。私は、歩きたいと申し出た。

見晴らしの良い山の麓に無数の墓石が並んでいた。あまりにその数が多かったので、どれが和弥のお墓なのかわからない。

規則正しく置かれた墓石の間を砂利道が通っている。砂織は迷いなく、その道の一本を選んで歩く。目印はないのに、彼女には道がわかっているのだ。私はおいていかれないようについて歩いた。

冬月家の墓は墓地の端にあった。砂織は掃除をして、落ち葉を取り除く。

私たちは手を合わせて、お墓に祈りを捧げた。

和弥に、心の中で感謝をする。眼をくれてありがとう。

彼の見た記憶が、どんなに私を救ったかわからない。他になにもなかった私にとって、それはほとんど世界のすべてだった。

二人の両親が亡くなる瞬間を、私は思い出す。ホームセンターで見た、悲しい記憶である。

「お父さんとお母さんは、運が悪かったの」墓地から帰る途中、砂織が鼻をかみながら言った。「トラックに積んであった丸太を縛る縄が、たまたま、切れてしまった」

私たちは喫茶店『憂鬱の森』を目指していた。その途中、町の中心を通る国道を横切る。和弥の記憶にあったいくつかの場所を通りすぎる。

「和弥さんは、ご両親が事故に遭われる瞬間を見てしまったそうですね……」

砂織が立ち止まって、驚いたように私を見た。

「それも和弥が言ったの？」

彼女の様子に戸惑いながら、うなずく。

「その場にいた人たちの話だと、そういうことだった。でも、あの子は覚えていなかったの。両親が事故に遭う瞬間なんて、見ていないって言い張った。ひどい記憶だから、自分を守るために忘れてしまったんだと思う」

砂織の話は、非常に理解できた。私もそうなのだから。

どうやら、頭が忘れていても、網膜に焼きついた映像は消えていなかったらしい。

「……お父さんたちの事故の原因、その季節に新しく製材所へ入社した若い子にあったみたい」

「若い子……？」

「まだ高校を出たばかりの男の子が縄を縛ったの。でも、締め方がよくなかったって……」

砂織はその人を恨んでいるようではなかった。むしろ、その彼こそ本当にかわいそうだと哀れんでいるように見えた。

墓地から『憂鬱の森』まで、やはり歩きでは一時間ほどかかる。

はじめて来たはずなのに、見覚えのある町並み。文房具店やお米屋の店先は、和弥の記憶と変わっていない。

お菓子屋を見つけた。はたして営業しているのか、店内はやけに暗い。棚にお菓子の袋が並んでいるから、まだつぶれていないのだとわかる。でも、袋の上にうっすらと埃がつもっている気がする。

「よってく？　昔、和弥とよくここへ買いにきたんだ」

店内に入ると、奥の方からお婆さんが出てきた。奥の間でテレビを見ていたようだ。

「おばあちゃん、かわらないね」

砂織がにんまりと口を広げた。そういうときの彼女の顔といったら、まるで猫にそっくりなのだ。

お婆さんの顔は、少年時代に見た和弥の記憶から、まったく歳をとっていなかった。

お菓子屋で棒つきの飴を買って、なめながら歩く。

砂織が鼻をかみ、肩を震わせる。鼻をかんだティッシュは投げ捨てている。

「ごみ、投げ捨てていいんですか？」

「やがて土になると信じている」

訳のわからない言葉で、私を納得させせようとした。ただ持ち帰るのが面倒なだけなのだろうと理解する。

枯れ草の中に電柱が並んでいる場所を眺める。時折、通りすがる人へ砂織が頭を下げていた。その人は私を見て「何者だろう？」という眼をしていた。

自分では、はるかに以前からこの町に住んでいる気がしていた。見覚えのある景色ばかりだったからだ。だからそのような表情をされて、自分はこの町にとって来訪者なのだと気づかされる。

来訪者。その言葉が胸の中に沈む。私は自分自身のことが、どこかから間違いでこの世界に来てしまった旅人のように思えていたからだ。なぜなら、自分は「菜深」に違いないが、「菜深」ではないように思える。それなら、「私」はなんなのだ。どこからきたのだ。つまりそういうことをたまに考える瞬間があったからだ。

何かの偶然が働き、この世界に到着し、この楓町というところにいる。私は来訪者。

空は曇りで、太陽は弱々しい。昼間なのに薄暗い。今にも雪が降ってきそうな気配だった。町全体が静かだった。道は乾燥し、冷たい空気に覆われている。細い風が金網の隙間を通り抜け、枯れた木の枝を震わす。見かける人もまばらで、笑っている人は少なかった。寂れているように感じた。生気が消え、緩慢に死へと向かっているように思えた。灰色の、

消えてしまいそうな町である。

『憂鬱の森』まであと五分というところで、砂織が立ち止まる。

「少し、寄り道しようか」

わき道に入り、しばらく山の方へ歩く。そこはゆるやかな斜面で、進んでいるとしだいに町が下に見えてくる。道の片方は杉林の斜面。もう片方はガードレールがあり、その向こうもまた林となっている。濃厚な木の匂い。見上げると両側に立つ杉の木がまっすぐ灰色の空を差している。

しばらく歩いたところで砂織は立ち止まった。アスファルトで舗装された地面に眼を向けて黙る。

私は理解した。そこが、和弥の生が終わった場所だということを。

砂織は無表情だった。路上に彼女の瞳は何を見ているのかうかがい知れない。和弥の遺体を見ても泣かなかったという話を思い出す。みんなが悲しむ中で、自分だけ涙が流れなかった……。

彼女の心が、私の眼には巨大な穴のように見えた。何もかもが無くなった、深く底のない暗闇だ。砂織はまだ、弟が死んだというショックから抜け出ていないのではないだろうか。

砂織が弱々しく見えて、そのまま消えてしまうのではないかと思えた。砂織の手を握り締めると、彼女は驚いたように私を見た。

何が悲しかったのかわからない。和弥の死なのか、それとも砂織のことなのか。ただ、仕

方のないほど胸が苦しかった。

私は、山の上に眼を向ける。ここから斜面を登ったところに、青い煉瓦の屋敷があるはずだった。左眼の記憶ではそうなっている。

私たちはお互いに言葉を発さず、静かに寄り添い立っていた。杉の木が作り出す濃密な森の気配が、和弥が命を無くした場所を包んでいた。


喫茶店の扉を開けると、鈴の音が店内に響く。ヒーターで暖められた空気に、私たちはほっと安堵する。

「寒いところから、急に暖かいところにくると、鼻水がとけるよね」

店長の木村に頭を下げながら、砂織が言った。

「鼻水ってとけるんですか？」

「だって、水みたいなのがたれてくるよ」

そう言って鼻をかんだ。店内では、さすがにごみはくずかごへ入れる。

カウンターに、昨日、私を車に乗せてくれた男の人がいた。当初、彼は突っ伏すような格好でカップに口をつけていたが、砂織を見ると急に背筋をのばした。

「砂織さん！」

顔をほころばせて手を振る。

「あら、いらっしゃい」

砂織が応対する。

彼の名前が住田だということを後で聞いた。和弥の友達だったそうだ。

彼と和弥は生前の一年間だけしか付き合いがなかったため、眼球の中に焼きつけられた映像は少ないのだ。少し後になってから、二人がいっしょに遊ぶ場面を私は見た。

住田と和弥が知り合ったのは、まだ去年のことだった。砂織が働いているこの店に、駅前で酔いつぶれたという和弥を抱えて彼が現れたのだ。どうやら、和弥と住田は居酒屋でその日、はじめて会って意気投合した仲らしい。

そして、彼は和弥が死んだ後も、喫茶店との付き合いを続けているのだ。

「大学のほうはいいの？」

砂織が住田に声をかける。

「いいんです。今は休みだから」

彼の顔は真っ赤になった。はたから見ていて、非常にわかりやすかった。

「昨日はありがとうございました」

私は彼に挨拶をした。和弥の友達だったと聞いて、親近感が湧いた。

「きみのこと、さっき店長から聞いたよ」

彼は人懐っこい笑顔を向ける。

私はテーブルについて、カウンター越しに話をする住田と砂織を眺めた。

私のもとに、熊のような店長の木村がホットミルクを運んできてくれる。それを飲むと、

体が温まった。

住田と話をしているときの砂織は、さきほど路上で見たのとは別人に見えた。まるで弟のことなど忘れてしまったように、明るい声で応対している。少し複雑な気もしたが、これでいいのかもしれないという思いもあった。

店内には、昨日、奥に座っていた潮崎という男はいなかったが、京子と呼ばれていた婦人は同じ席に座っていた。眼があうと、彼女は微笑みを浮かべて手招きをした。

「あなた、砂織ちゃんの弟の彼女だったの？」

「え？」

「木村さんがそう説明してくれたわ」

なるほど。そういう風に受けとめられていたのか、と納得する。

「私、友人だったとしか言ってないのに……」

まともに正面を見ることができない。顔が赤くなっているのが自分でわかり、それを見られたくなかった。

「私はこの土地に引っ越してきたばかりなの。この喫茶店に通い出したのは数か月前から。だから、和弥くんとはあまり話ができなかったわ」

京子は左眼の記憶に出てきただろうかと考える。和弥が生前に会った膨大(ぼうだい)な人数の顔を、ひとつひとつ私は覚えていなかった。すぐに思い出せるのは、おじさんや店長などの近しい人間だけだったのだ。

「かわいそうに。元気を出してね。私にも、あなたくらいの子供がいたの」

京子は私の手を握った。皺だらけの固い指だった。

しばらく店でミルクを飲んでいた。それから会計をして出ようとする。

「いいよ、おごりだよ」

木村が言った。

「菜深さん、どこへ行くの？」

「ちょっと、散歩してきます」

「迷子にならないでね」

本気で心配する砂織に、私は笑顔でうなずく。おじさんの家に好きなだけ泊まっていいと、彼女は言ってくれた。

店を出て歩く。店内の暖房で温まっていた体温が、次第に抜けていく。

さきほど砂織に教えてもらった和弥の事故現場へ向かう。

そこまでの道すがら、和弥のことを考える。小学校の広い校庭で、彼が一人で泣いている記憶があった。彼の見た綺麗な空や植物の光景が頭に蘇る。

和弥のことが好きだった。彼の見たすべての光が、私の心に流れこんでくる。人間は一生のうちに、どれだけのものを眼に焼きつけるのだろう。

犯人を見つけなくてはいけない。そして教えたい。犯人の奪った人生の中に、どれだけ価値のあるものがあったのかということを。

和弥が息を引き取った場所は、他のところよりもいっそう気温が低い気がした。道を挟む杉林は、曇り空の下で薄闇を作り出している。時折、鳥のはばたく音が、林の奥から聞こえてくる。

体が震え出すのを感じた。二か月前、この路面に和弥は倒れていた。そして死の瞬間、見たのだ。追いかけてきた犯人が木陰に隠れ、轢かれて死んでいこうとする和弥を眺めているのを。

恐かったが、私は勇気を奮い立たせる。事故現場から直角に道を外れて、杉林の斜面に足を踏み入れた。山の上を目指す。地面は杉の枯れ葉に覆われてやわらかい。和弥の記憶では、斜面で転び、道路に飛び出してしまったのだ。私は彼の来たであろう道を逆に進んだ。

前方を見上げたが、青い煉瓦の屋敷は見えなかった。無数の杉が行く手にあり視界を遮っている。幾本も連なる柱のように思えた。その間を私は歩く。

そのうちに体が温まり、凍えるような寒さは消えると考えていたが、そうではなかった。足を踏み出すたびに、冷たい空気が体温を奪っていく。無音の杉林が体温を吸いこんでいくように感じた。

ジャンパーのポケットに手袋をした手をつっこむ。使い捨てのカメラが中に入っている。それで証拠を撮影し、警察に見せるつもりだった。和弥の見た地下室の窓、そこからまだ、相沢瞳の姿は見えるだろうか。

そのときだった。私は信じられない気持ちになった。

事故現場からまっすぐ山頂を目指せば、犯人のいる屋敷にたどり着けると思っていた。しかし、視線の先にあるのは、三メートルほどあるコンクリートの壁だった。その上にガードレールが見える。上が道路になっているらしい。左右を見たが、遠くまでそれが続いている。

混乱した。和弥の記憶では、どうなっていただろうか。屋敷の脇にある森へ入り、そこを駆けぬけているうちに、斜面を転がって道路に出た。その途中、別の道を横切ったり、ガードレールを越えてコンクリートの壁を飛び降りたりしただろうか。和弥の記憶に、たしかそのような場面はなかった。

ここはどこなのだろう。途方にくれた私は、コンクリートの壁にそって歩いた。上の道路へあがれるような場所を探した。

こんなはずではなかったという挫折感(ざせつかん)が胸をしめる。屋敷が消えてしまった。そのかわりに、コンクリートの壁が現れた。理由を考えるゆとりは生まれなかった。

やがて十分ほど歩いていると、しだいに壁が低くなり、上を通っていた道路が地面に近づいてきた。

蛇行しながら、道は杉林の中を突っ切っている。どうやら、和弥の事故現場の道をずっと先まで歩くと、見上げていた壁の上を通る道まで続くようだ。

壁が腰あたりまで低くなったところで、私は飛び跳ねて道路へ出た。ガードレールの下をくぐり抜ける。

私は犯人の屋敷を見失った。それがいかに致命的なことか、時間がたつにつれて理解した。

このままでは、相沢瞳のいる場所にたどり着けない。

屋敷を見つける方法といったら、和弥の事故現場から、彼の来た道を逆に進むしか思いつかなかった。そうすればごく自然に屋敷へ行けるはずだった。

しかし、実際はだめだった。私は混乱した。それでもとにかく、斜面になっている道を町の方へ歩く。

歩き回ることにした。そのうち、偶然に青い煉瓦の屋敷を発見できるかもしれないと考えていた。

その日、夕方になるまで町をぶらついた。古い壊れた自動販売機のある風景など、いくつかのもので左眼は熱を帯び、和弥が少年時代に見た景色が蘇った。しかし、犯人のいるらしい屋敷についてはなにもわからなかったし、なぜ和弥の記憶通りになっていなかったのか、納得できる考えも思いつかなかった。

ただひとつ、スーパーのお菓子売り場で耳にした小学生たちの噂話が胸にとどまった。それは不思議な話だった。

「本当だって。ずっと前にイトコが見たんだよ！」

その子はお菓子の袋を握り締めて、友達に訴えていた。みんなは半信半疑であるのが、端で見ていてわかった。

元気な声だったので、どのチョコレートを買おうか迷っている私の耳に、自然と飛び込んできたのだ。

「その犬、下半身が車につぶされてたのに、ずっと生き続けてたんだって！」

「うそつけよ。ありえないよそんなこと」

聞いていたうちの一人がそう言った。

「でもさ、見たって聞いたもん。その犬、平気な顔をして、前足だけではい進んだって。中身がぽろぽろこぼれて、道路にまっすぐ落ちていたって。それでも頭と心臓だけで二時間くらい生きてたんだけど、そのうちにやってきたバイクが心臓をつぶして、ようやく犬は死んだって……」

## 4

廊下を歩く足音で眼が覚め、石野家の座敷にしかれた布団を這い出す。何もない畳の部屋にあるのは、布団と私の持ってきたリュックだけだ。

眼をこすりながら居間に行くと、おじさんがいた。

「おじさん、おはようございます……」

言ってから、なんとなく気恥ずかしくなった。彼を今、本当の身内であるように感じた。

おじさんは一瞬、タバコの煙が染みついたような顔に皺を作って驚いた。

「きみがそんな服を着ているから、和弥が現れたように見えた」

彼は私の着ているパジャマを指差した。砂織の用意してくれたもので、和弥が中学一年生

のころに着ていたものだった。

砂織の作った朝食を食べて、おじさんが仕事へ出かけようとした。

彼の仕事は、山で切り倒した杉の木をトラックに積んで製材所まで運ぶことである。毎朝、着古してやわらかくなった作業着を纏(まと)い、事務所まで軽自動車で通勤していた。

車に乗りこもうとするところを私は呼びとめた。

「見て欲しいものがあるんです」

相沢瞳の写真を取り出して彼に見せる。図書館で見つけた古新聞から無断で切り取ったものだ。

「この辺りで、この子を見たことはありませんか?」

「人探し?」

おじさんは写真から眼を離して、私を見た。

「そんなところです」

「見たことないなあ」

白髪の頭をかきながら首を横に振った。

砂織にも同じことをする。居間のテレビをつけっぱなしにして、彼女は朝食の後片付けをしていたが、相沢瞳の顔に見覚えはないという。

「今日はなにをしてすごすの?」

砂織が言った。

「和弥さんがよく話してくれた場所を回ろうかと思います」

「好きなだけ、ここにいて。なんだか、他人とは思えないの。和弥がいるみたい。歩き方とか、ごはんの食べ方とかが、似ているの」

「砂織さんは、今日も喫茶店ですか？」

彼女は蛇口をひねりながらうなずいた。

「和弥が死んでから、毎日、喫茶店とこの家を往復するだけ。他のことをしてないわ。一週間に一度、注文のあった家にコーヒー豆を届けたりもするけど、この町から出ないわね」

動きをとめて、砂織は流れ落ちる水道水を見つめた。つけっぱなしにしていたテレビの画面に、朝の番組が映っていた。占いのコーナーになると、彼女は水を止めてテレビの前に急いだ。

「ああチクショウ、乙女座（おとめざ）の今日の運勢、最悪だってさ」

鼻をかみながらそう言った。

私に家の合鍵を預けて、彼女は喫茶店へ行く。

「他人の私を信じていいんですか？」

私は鍵を受け取るとき、そうたずねた。

「物を盗んだら承知しないわ」

なんだそれは、と思いつつ彼女を見送る。炬燵に入り、昨日、事故現場から屋敷へ到達できなかった問題について考える。

もう一度、図書館で見た左眼の映像を思い出そうとした。相沢瞳の顔写真で蘇り、和弥が車に轢かれるまでの映像だ。それを見てから、すでに十日ほど経過していた。リュックの中からバインダーを取り出して、その記憶に関するメモを読む。

あの映像の中で、和弥はまず、地面に近いところにある地下室の窓を見ていた。そこから相沢瞳の姿が見えたのだ。辺りを見まわして、その建物が青い煉瓦造りだということがわかった。

ここで私は、その建物の全景を見ていないことに気づく。屋根や玄関の形はどうなっているのだろう。

ともかく、和弥は相沢瞳のいる窓をドライバーで開けようとしたが、だれかが来たことに気づく。自分のいることを覚られて、屋敷の脇にある森の中へ逃げ出したのだ。

ここからが問題である。昨日、私の行く手を阻んだようなコンクリートの段差を、彼は飛び降りただろうか。メモを読むと、そのような記述はない。

彼は屋敷のそばから森に入り、そこを駆け抜け、斜面を転がった。そこが車に轢かれた事故現場である。

しばらく考えてみて、ある可能性に気づく。それは、何らかの理由があって、和弥の死体が犯人によって移動させられたというものだ。それなら、私の見た左眼の映像と、実際に言われている事故の現場とが食い違っていてもおかしくない。

いや、違う。私は自分の間抜けさに呆れた。和弥を轢いた運転手が、あの場所で救急車を

呼んだのだ。そんなことをしたら運転手が気づくだろう。犯人が出てきて、遺体を移動させるなんて考えられない。

それでは、あのコンクリートの壁は以前なかったものだと考えてみる。つまり、和弥の死んだ二か月前には、あそこは普通の斜面だった。そのために、和弥はまっすぐ杉林の中を駆け下りることができた。しかし、彼が死んだ後、道路の建設が始まった。杉林の中をアスファルトの道とガードレールが通り、あそこにはコンクリートの壁ができた。

これが正しいのかどうか、人にたずねればすぐにわかりそうだ。二か月前に道があったのかどうか、聞けばよいのだから。

私は考えをまとめると、それを確認するために喫茶店へ向かうことにした。知り合いといえば、そこにしかいなかった。

時計を見ると、思いのほか時間がたって、すでにお昼前だった。

喫茶店『憂鬱の森』へ行く。ついでにランチを食べようと思っていた。

扉を開けて中に入ると、あいかわらず暖かい空気に満ちていた。私は幸福な気分になり、犯人のことなど嫌なことが一瞬、頭から消え去った。私はにこにこしながら、カウンターについた。

店には、木村しかいなかった。

「砂織はいま、おつかいに出ているよ」

彼は言った。私はランチを注文する。それが運ばれてくる間、店内に飾られている無数の

ティーセットを眺めていた。それらの上に埃がたまっている様子はない。こまめにだれかが掃除しているのだろう。木村の指は太かったから、このような掃除は砂織がやっているのではないかとなんとなく思った。

「オレが全部、掃除してるんだぜ」

考えていたことがわかったらしく、私の顔を見て木村が言った。失敬な、という調子だった。

料理の載った皿が運ばれてくると、私は話を切り出した。

「和弥さんが事故に遭った道、その先は蛇行して山の上の方に向かっていますけど、それはいつごろ工事されてできあがったものなんですか？」

彼はうなった。記憶を掘り返しているのがわかった。返ってきた答えは、期待通りではなかった。

「ずっと前だよ。思い出せない。でも、二十年以上前なのはたしかだなあ」

私は幾分、気分を落ちこませて、相沢瞳の写真を見せた。

「この子を見たことは？」

木村は私を見ると、なんだか警察みたいだなあ、と言いながら、首を横に振った。

「知らない女の子だ」

「そうですか……。じゃあ、他に行方不明になった人なんか、この辺りにいませんか？」

「身寄りのないおじさんが突然にいなくなったって話はあったけどな」

名前は金田、このあたりに住んでいたらしいが、しばらく前から姿を見かけなくなったそうだ。

「あんまりみんなには好かれてなかったし、借金もあったみたいだから、きっと遠くへ逃げていったんだろうな」

私にはあまり関係のないことだと考える。

「それじゃあ、煉瓦のお屋敷を知りませんか？」

「煉瓦の家なら、きみと話をしていた京子さんなんかも煉瓦の家に住んでいるよ」

「青い煉瓦の家なんです」

「青いねえ……」

店長は考え深げにうなずく。

「知っているこたあ知っている」

私は思いがけない答えに驚いた。

「本当ですか!?　教えてください！」

勢い込んで立ちあがった私を、彼は制した。

「なんでその屋敷に行きたいんだ？」

少し考えて、少女が監禁されている可能性があるなどと、容易に言えないことに気づく。

「……人に聞いたんです。珍しい建物だから、一度、見たいと思いました」

「もうすぐ、ここに潮崎くんがやってくる。いつもこの店で昼食をとるんだ。彼もその場所

を知っているから、送ってもらうといい」

私は壁の絵を眺めた。潮崎が描いたという、湖の絵だ。静かな水の表面には、森が反射して映っている。

まさか青い煉瓦の屋敷がこのような形で見つかるとは考えていなかった。潮崎にそこまで送ってもらい、それからどうしよう。

いや、屋敷まで送ってもらうのはまずい。私は見つからないように建物のまわりを歩いて、証拠となるものをカメラで撮影するつもりだった。少し手前で下ろしてもらわないと、屋敷に住んでいる犯人に、私が調査しているということがばれてしまう。それは避けなくてはならないことだった。

自分に疑いを持つ者がいるということを、犯人が知ったらどうなるだろう。まだ生きている可能性のある相沢瞳が危険にさらされる。

やがて扉が開き、潮崎が喫茶店に入ってきた。まっすぐに、奥の席へ座る。あまり光の当たらない、店の暗い部分だ。そこ以外の席など眼に入らないかのようだった。

店長が彼に料理を運ぶ。潮崎は病的な時間の正確さで店にくると、いつも同じランチセットを注文するそうだ。そこで木村は、彼のために肉を抜いたセットを作っておく。肉は血の味がすると言って、潮崎は野菜しか食べないらしい。

木村が潮崎に、私のことを話しているのがわかった。その様子を見ていると、潮崎が私の方を見た。眼があう。鋭い眼だったので、私は緊張して頭を下げた。

「食事の後、車で送ってあげるって」

木村が私に向けて言った。

潮崎が昼食を食べ終えるまで、一時間ほどかかるらしい。その間、私はそなえつけの雑誌を読むことにした。

記憶がなくなってから、私はいくつか小説を読んだ。学校へ行かなくなって、喫茶店で活字と親しくなったのだ。小説だけでなく、コミックや雑誌なども無差別に読んだ。もちろん、すべてはじめて読む内容ばかりだった。

自分は記憶をなくす前にどんな本を読んでいたのだろう。美しい小説を読んで、涙を流しただろうか。詩を覚えて、そらんじることができただろうか。

それら美しい記憶を、私は放棄してしまったという罪悪感がある。忘れたのは私のせいではないのだから、そう思う必要はないのだと頭ではわかっている。それでも、自分の部屋を模様変えして「菜深」に決別したとき、それらの記憶をすべて裏切ってどこかへ置き去ってしまったのだ。

そのようなことを考えながら、いくつかの雑誌を眺めた。別の本を読もうと本棚を物色していると、不思議な本を発見した。それは薄くて、小さな本だった。手にとると、まだ新しい。それが童話だということに気づく。

『アイのメモリー』というタイトルだ。その題名の上に、小さく『暗黒童話集1』とある。

ぱらぱらとページをめくって眺めていると、数ページごとに挿絵があった。細い線で画面

が埋め尽くされている。真っ黒で、不気味な印象を受ける。

鴉が子供の顔から、嘴で眼球を取り出している絵だった。

触っているのも躊躇いたくなるような禍々しいものを感じる。そのくせ、なぜか眼が離せない、まるで魔術のような吸引力をその本は持っている。

最初から読んでみようと思っていると、潮崎の食事が終わった。私はその本を棚に戻す。

「行こうか」

本棚の前にいる私に素っ気なく言うと、潮崎は黒いコートを羽織った。

緊張しながら、潮崎の車に乗りこむ。助手席に座った。木村が店の前で手を振って送り出す。彼はなぜか笑顔だった。よくわからなかったが、私も笑顔で手を振り返してみた。

静かに車が発進した。黒い乗用車である。私は車についてまったくの無知だったが、清潔で高級そうな椅子だった。空気に芳香剤の香りが混じっている。

「途中に町で買い物をしてもいいかな。すぐに終わるんだけど」

私はうなずいた。

「白木さんは、和弥くんのお墓参りをするためにこの町へ？」

「和弥さんを知ってらっしゃるのですか？」

「何度か顔を見たことがある」

「この町にはつい最近……？」

「去年、引っ越してきた」

彼は絵のことを話した。車のこと同様、私は絵についてもよく知らないが、画家としての彼は有名なのだろうか。

喫茶店に飾ってある絵は、外国で描いたものらしい。

「なんとなく、あの喫茶店にプレゼントしてみたんだ」

彼はハンドルを握りながらそう口にした。あの絵にはどれくらいの価値があるのだろう。そして、どうして潮崎はこの町に住むことを決めたのだろう。聞いてみたかったが、私は黙っていた。彼はあまり喋るほうではなく、質問をして鬱陶しいと思われるのが恐かった。

農作業器具を扱っている店の駐車場に車がとまった。

私は助手席から出なかった。すぐに買い物は終わるからと彼が言ったからだ。

私は助手席の窓に頬杖をつき、車のサイドミラーをぼんやり眺めていた。鏡の中で、潮崎が店で購入した商品をトランクに積んでいた。

「これから屋敷へ向かう」

彼が運転席に乗りこんで言った。私は緊張した顔でうなずく。

そこに犯人と、相沢瞳がいる。屋敷が見えたら、そこで下ろしてもらおう。場所と、そこへいたる道がわかればいい。

車が走り出してしばらくの間、町を貫く国道を通った。やがてわき道に入り、山の方を目指す。

「何を買ったんですか?」

「……このまえの地震で、家の壁にひびがはいっているのを見つけたんだ」潮崎は前方を見たまま答える。「壁を修理するための道具だよ」

地震があった、というのをはじめて聞いた。私が楓町にくる前日のことだったそうだ。そういえば、私は病院で目覚めて以来、地震らしい地震を体験していない。

ぼんやりそのようなことを考えながら、窓の外を過ぎ去る風景を眺めていた。突然、見覚えのあるものを発見して声をあげる。

「とめてください！」

驚いたように車がストップする。潮崎は、何があったのかをたずねるように私を見た。

「公園があったんです！」

私は車を下りて駆け出した。

小さな林の中へ半ば埋もれるようにして、その小さな広場はあった。入り口を錆びた鎖が横切って、『立ち入り禁止』と書かれた板が下がっている。どのような理由からか、その公園はだれも使わなくなったらしい。雑草が一面に生えていた。

しかし、滑り台やジャングルジムは残っていた。そして、錆に覆われてもともとのペンキの色などわからなくなってはいたが、ブランコもあった。

眼球を移植したとき、カレンダーの写真が鍵となって見た、あのブランコだということはすぐにわかった。

ブランコの前で立っていると、潮崎が近づいてきた。

「ここで昔、砂織さんと和弥さんが遊んだの」

私は彼に説明をして、そのブランコを様々な角度から見た。

「間違いないわ」

嬉しさがこみ上げてくる。この町に来て、左眼の記憶で見た景色を実際に発見したことは何度もあった。それでも、砂織が乗って、微笑んでいたこれを見つけることは特別に嬉しいことだった。

錆だらけのブランコに飛び乗る。その後で、潮崎が見ていることに気づいた。はしたなかったと思い、恥ずかしくなった。もっとおとなしくしていようと反省する。

「きみはさっきから、挙動が不審だね」潮崎が言った。「ちょっとおもしろいけど」

それから、彼は私の眼を覗き込んだ。最初はなにげないそぶりでそうしたのだけど、何かに気づいたらしく、動きを止めた。

「どうしたんですか？」

「見間違いかな。目の色が、左右で違うように見えた気がしたんだ。本当に微妙で、気づかない程度だけど……」

私は笑ってごまかした。手術して、片方が他人の眼球なのだということがばれると、説明が厄介になりそうだったからだ。車に乗りこんで、改めて走り出す。その間も、潮崎は私の目のことを気にしていた。きっと芸術家という生き物は、こういう不思議な外見のものに興味がひかれるのだろう。私は安易にそう考えて楽しくなる。

いつのまにか見覚えのある道を走っていた。両側が杉林で、昼間なのに暗い。

「ここは、和弥さんの……？」

潮崎はハンドルを動かしながらうなずいた。和弥の事故現場がある通りだった。

やはり、青い煉瓦の屋敷は、この道の先にあるのだと安堵する。左眼の映像は、大きく外れていたわけではなかった。ただ、現実と些細（ささい）な食い違いがあるだけだ。

和弥の事故現場を通りすぎた。彼が車に轢かれた場所を、車に乗って通りすぎるというのは、気持ちのいいものではなかった。その瞬間、私は眼を閉じる。背筋が震える気がした。

さらに進むと、道は左へカーブする。やがて、さきほど進んでいた方角とはまったく反対向きになる。

助手席の側にガードレールがあった。その向こう側に地面は見えず、コンクリートの段差となっている。杉の木が下の方から突き出していた。その下の方に、昨日はたどり着いてしまったわけだ。

「この道は、いつごろできたのでしょうか？」

木村にもした質問を、潮崎にも繰り返してみた。

「わからないけど、僕が引っ越してきたときにはすでにあったよ」

わき道がある。

「その先にいくと、黒塚（くろづか）京子さんの家がある」

潮崎が言った。

道が、今度は右へ曲がる。

しばらくして、潮崎が車をとめた。外を見るようにと私を促した。

私の座る助手席側は、斜面を見上げるのにちょうどよかった。窓に額をつけて、下から山の上を見上げる。

林立する杉が視界を邪魔していたが、まっすぐに伸びる幹と幹の間から、その色が見えた。青色。それも、晴れた空のような明るい色ではない。深い、ほとんど黒色にも見える青だ。

目的の屋敷が、杉林を越えたところに建っていた。肌にざわざわとした不安めいたものを感じる。遠くから、それが煉瓦造りであるかどうかは確認できなかった。しかしその青は、左眼の記憶で見たものと同じに思えた。

あそこに犯人はいる。そして相沢瞳が隠されている。犯人はどんな人物なのだろう。考えまいとしていたが、左眼の記憶で見た、相沢瞳の姿を思い出す。見間違いかもしれないが、手足がなかったように見えた。

手足はどうなったのだろう。もしもそれが、犯人によるものであったなら、そうさせる残虐性のなんと恐ろしいことだろう。

「あの屋敷のこと、ご存知ですか？」

潮崎にそうたずねる。

彼はあの屋敷について知っていることを教えてくれた。

私は車を下りる。

「実際にあんな建物があるのを知っただけで満足しました。和弥さんと、賭けをしていただけなんです。私があの屋敷の存在を信じなかったから」

「もう帰るのなら、喫茶店まで送っていくよ」

潮崎の申し出を私は断った。

「ありがとうございました。道はおぼえています。喫茶店まで歩きたいんです」

頭を下げる。いぶかしげに私を見て、潮崎は車を発進させた。

声の震えは覚られなかっただろうか。できるだけ自然に行動できていただろうか。

彼は屋敷について教えてくれたのだ。

「木村さんの話では、きみがあの家を見たがっているという話だったけど、上がってお茶でも飲んでいくかい」

潮崎は私の眼を見ていた。

「気がねはいらない。私が住んでいる」


潮崎の車が走り去り、道路脇の針葉樹林に入ってしばらく時間をつぶした。すぐに屋敷の近くへ行くのには躊躇いがあった。彼が家へ上がり、くつろいだころに近づこうと考えていた。

彼が、青い屋敷の住人だった。犯人だったのだ。それを知らずに二人で車へ乗り、話をしていた。今思うと信じられない。

喫茶店を出発するときの、木村の笑顔を思い出す。彼は、青い屋敷の持ち主が潮崎であることを隠していたのだ。木村のいたずらに軽い憤りを覚える。もちろん、怒るのは筋違いだ。

三十分ほど時間が経過して、屋敷へ向かうことにする。その間に決意を固めていた。眼の前の道路を車が通るのは稀だった。十分のうちに一台が通るか通らないかといった程度だ。この道を下ったところが和弥の事故現場になるはずだったが、彼が路上に飛び出して車に衝突したのは不運としか言いようがない。潮崎に追いかけられた末に、たまたま通った車へ衝突したのだから。

私は屋敷へ近寄るために、道路を進むか、杉林の中を進むかで迷った。結局、道路を進んでいる最中に潮崎の運転する車が通ったら面倒な言い訳を考えなくてはならないと思い、森の中を選ぶ。

和弥の事故現場と同様、道路に面した杉林は急勾配になっていた。山の中を通るこの辺りの道路では、どこもそうであるらしい。片方が急な斜面になり、もう片方はガードレールのあるちょっとした段差となる。

私は転ばないように気をつけて斜面を上がる。地面を覆う枯れ葉が、滑りやすくしていた。上がりきってみれば、勾配はゆるやかになった。

青い屋敷へ近づくにつれて、杉以外の木が増える。触手を伸ばすように枝をつけた枯れ木である。左眼の記憶でもそうだった気がする。森に逃げこんでしばらくは、枝と格闘しなが

ら走っていた。

寒さは厳しかった。吐く息が白く森の中に消える。木のそばを通るたびに、数えながら、手袋をはめた手のひらで幹を叩いた。通りすぎた木の数が五十を超えたところで、私はその遊びに飽きた。

やがて目の前に、青い屋敷がそびえたった。二階建てで、壁はやはり煉瓦で造られている。私にはその建物が、闇を抱えて体を丸めている一匹の巨大な生物に思えた。森の奥に潜み、杉の木の間から下界の人間を眺める、あるいは眼を細めて観察する禍々しい生物。近くにいると、何か陰鬱な意思で見つめられているように感じる。

立ちすくんで壁を見上げていると、屋敷そのものが息をしているように錯覚する。動物が呼吸をするとき肺をふくらませるように、煉瓦の壁もやがて静かな収縮をはじめる気がするのだ。

足が動かなくなった。自分は今、危険なことをしているのだということを覚っていた。もしも見つかった場合、どうなるのだろう。考えまいとしても最悪の状況が思い浮かび、それ以上、屋敷へ近寄ることもできなくなる。

眼を閉じて勇気が出てくるのを待った。和弥のことや、相沢瞳のことを思い出す。

ポケットの中に手を入れてカメラを取り出す。森に浅く身を潜ませたまま気配をうかがい、潮崎が近くにいないことを確認した。

枯れ木の陰に隠れて移動し、森の中から足を踏み出した。建物の壁にぴたりと体を添わせ

る。

壁を手で触る。おそらく間違いはない、左眼の映像で見たものと同じである。手袋の上からでも、その表面は魂を凍てつかせるのに充分なほど冷たかった。

上を見る。灰色の雲へ向かって屋敷は高く突き上げている。

建物の壁に沿って移動した。地面を見ながら歩く。地下室の窓がどこかにあるはずだ。

屋敷の周囲は森である。壁と木々の間には、人が通ることのできる隙間がある。地面は剝き出しの土で、表面は滑らかだった。壁と地面が直角に交わっているところに、いくつか植え込みがある。屋敷と同じ青い煉瓦で造られているが、枯れた草しか生えていない。

玄関側だけ森に囲まれていない。しかし、目立ちたくなかったのでそちらへは行かないことにする。

左眼の映像を思い返す。地下室の窓があったのは、玄関側ではない。そして、家の角を利用して和弥は隠れていた。地下室の窓は角の近くにあるはずだ。それに、和弥は山を下りる方向へ森に入った。つまり、麓側の角ということになる。

ほどなくして、左眼の映像に近い場所を発見した。そこは南西の角である。

周囲の景色もほとんど同じである。ただし、時間が経過したためか、周囲にある植物の形や影のできぐあいが、微妙に異なっている気がした。

しかも見つからなかったのだ。地下室の窓らしいものがどこにもない。和弥が地下室の窓を見ていたと思われる場所には、かわりに煉瓦で造られた備え付けの植え込みが枯れ草を茂

らせているだけである。

おそらく、潮崎が地下室の窓を隠すために植え込みを作ったのだろう。和弥の死んだ日から今日まで、この二か月のうちに急造されたとしても、不思議はない。

植え込みを壊せば、後ろから地下室の窓が出てくるかもしれない。しかし煉瓦は頑丈そうである。

地下室の窓は潰（つぶ）されている。証拠となるような写真は撮ることができない。

悔しかったが、ひとまず今回は帰ろうと思った。それ以上、証拠を発見するため歩き回るには、もっと丈夫な神経が必要だった。

屋敷の裏側に眼をやった。壁に接する形で、古い木製の物置がある。そういえば今日、潮崎は農作業用の器具を売っている店で何かを購入していた。壁の修理をするという話である。それが中に入れられているのかもしれない。

最後に物置の中を見てみようと思い、近づこうとする。

二階の方で窓の開く音がした。

咄嗟に足を止め、壁に寄り添ったまま音をたてないよう注意してその場を離れる。潮崎が今にも窓から首を出すんじゃないかと思った。

森の中へ逃げこみ、おそらく和弥の通ったであろう道を走った。後ろを振りかえるが、潮崎の追ってくる気配はなかった。しかし心の中では、自分を追って走ってくる人影が常につきまとっていた。

最後に斜面を慎重に下りて道路へ出た。そこで私は恐怖から解放され、少し泣いた。

## 5◆ある童話作家

手のひらの上で半分つぶれている蠅を見ていた。さきほどまで、手足のない相沢瞳を困らせていたものだった。

「鬱陶しくてしかたなかった」

彼女はソファーの上で、ほっとしたように言った。

「追い払おうにも、それができないんだもの」

傷口が腐っていて、蠅が近づくわけではない。三木に傷を負わされている体は、腐敗することを忘れる。蠅は、たまたま相沢瞳のそばに近づいてきただけだった。

三木は、瞳の袋に止まっていた蠅を、手でたたき潰した。彼女の袋に、蠅の体液で小さな染みができた。

押しつぶされて、手のひらに付着した蠅を見る。まだ、それは動きを止めていなかった。

「やっかいなものね。蠅の一匹もかんたんには殺せないなんて」

三木は書斎の窓に近寄った。外へ捨てるつもりだった。

害虫は、動きを止めるまで完全に潰すか、ほとんど動けない状態にして外へ捨てるかしなくてはならなかった。

「その蠅も、生きたまま蟻の食物になるのね」

瞳が言った。

三木は窓を開けた状態で動きを止める。

慎重に、窓から首を出して辺りをうかがう。

「だれかがいたの？」

書斎の窓は屋敷の裏にある。壁と、そのまわりを包む森の間に、隙間がある。そこから物音がするのを聞いた気がした。

だれもいない。気のせいだったのだろう。

「きっと助けがきたのだわ。あなたが誘拐犯人だということを、だれかが気づいたのに違いない」

瞳をその場に残して、三木は部屋を出た。

「どこへ行くの？」

瞳がたずねる。少し間をあけて、納得したように続けた。

「ああ、そうか。おじさんを埋めるのね」

少し前に、地下室で金田正が死んでいた。

「おじさんの様子がおかしいの」

瞳を地下室のベッドへ運んだとき、持永幸恵は棚越しに三木へ伝えた。そのときにはすで

に、彼は地下室の隅で死をむかえていたのだ。

購入したばかりの真新しいスコップを抱えて、三木は屋敷の外に出る。煉瓦造りの外壁に沿って歩き、裏手に出た。

辺りを見る。さきほど二階の窓から感じた気配は、もうない。

周囲に広がる木々は静かにたたずんでいる。重なり合う枯れ木の枝、三木はそれらを押しのけて森の中へ足を踏み入れた。少しだけ歩き、金田を埋めるのにちょうどいい地面を見つける。そこへスコップの先端を差しこんだ。地面は凍りついていたが、穴が掘れないほど硬くはなかった。


金田にはじめて会ったのは、この屋敷に引っ越してすぐだった。持永、久本を地下室に引き入れる二週間前だったと覚えている。

三木は当時、ほとんど近所との付き合いをしていなかった。屋敷が山に入ったところにあるため、こちらが声をかけなければ、わざわざたずねてくる人間もいなかった。息をひそめ、屋敷にはだれも住んでいないように装って暮らしていた。

したがって、金田がこの土地の住人だということは後で知った。

彼は屋敷をたずねてきて、おかしな生物を見るように自分を見た。

「この家、だれかが住んでいるなんて思ってなかった」

屋敷に招き入れてみた。金田は戸惑ったが、玄関を抜けて入ってきた。

「靴を履いたままでいいのかい？　なんか、お城みたいな家だなあ」

金田は貧相な男だった。背が低い上に猫背である。頭髪が半分ない。彼は三木の暮しぶりや稼ぎの方法が気になるらしかった。

外で雨が降り出した。三木は金田から眼を離し、書斎に上がった。開け放していた窓を閉めるためだ。

そのとき、一階から金田の悲鳴が聞こえた。彼は、家主のいない間、勝手に冷蔵庫をあけてしまったらしい。そのため、卵を並べるへこみに一個ずつ置いていた耳や指などを見てしまったのだ。それらは引っ越してくる前から持っていたものである。

腰を抜かしている金田の腹に、三木は包丁を刺した。手近にあったガムテープで縛り、地下室まで歩かせた。

「……不思議な気分だ」

彼は、自分の腹に刺さった包丁を見て、感動したようにつぶやいた。眼に幸福な色が宿っていた。なぜ痛くないのか、という疑問を忘れているようだった。

地下室の壁に彼をもたれさせ、これからどうしたいかをたずねる。死にたいのか、もしくは生きたいのか。

死にたいのであれば、首を切ればいい。過去の経験から、脳と心臓を分け離してやれば、やがて死が訪れることを知っていた。もしくは、腹の傷がふさがるのを待てばいい。三木の

与えた傷がふさがってしまえば、体にあふれる生命力も消えるのだ。後は放っておけば、飢えと老いに蝕(むしば)まれて死ぬだろう。

　金田は生きることを選択した。

　三木は彼の腹を縦に開いた。皮膚を切り、筋肉を割く。肋骨と内臓が現れる。その時点で彼は一言も話ができなくなった。

　金田の体を裏返しにした。

　体を切り開き、内部のものを一旦(いったん)、全部、取り出す。そして表側にあるものを内側に、内側にあったものを外側に並べ替えた。

　手足が内側になり、次に皮膚や筋肉がその外側にくる。骨は一本ずつ切断し、反対向きにしてビスで固定。さらにその表面を飾り立てるように内臓を配置する。それらは支えを失って落ちようとするので、針金で固定した。

　その間、金田は死にもせず、意識を失うこともなかった。出血はほとんどなく、三木が実家から持ち出したメスは、半ば無意識に血管を避けた。流血がはじまっても、すぐに血は止まった。金田の外側に現れた内臓は、不思議と乾燥せずにいつまでも瑞々(みずみず)しい艶(つや)を保っていた。

　最後には、首から下が、ちょうど裏と表のひっくり返った形になった。剝き出しの臓器は針金の上に力なくしなだれ、あるいは落ちないよう締め付けられていた。

　金田はほとんど自分の体を支えていることができず、そのままでは自らの重さで潰れるは

ずだった。そのため、地下室の天井から数十本の釣り糸と釣り針を垂らし、彼の内臓や針金に引っ掛けて無理やり立たせた。裏返しになった胴体部分の下から、内側に折りこまれた手の指先や、足が突き出ていた。それらは時折、蛙がはねるように動いた。

金田には意識があり、眼で感情を読み取ることができた。彼の眼の中には、畏怖(いふ)があった。涙を流していたが、それは恍惚(こうこつ)からくるものだと、三木は知っていた。

あらためて眺めると、金田の顔にある鼻や唇が不必要なものに思えた。そこで顔の表面を縦に割き、皮膚や筋肉を後頭部の側へ丸める。それで頭蓋骨(ずがいこつ)が剝き出しとなった。後は、意識と眼球を内側に抱える頭蓋骨のみである。表面には殺(そ)ぎ落とすのが面倒な歯茎などの肉片が付着するだけだ。瞼(まぶた)は消え去り、眼窩(がんか)にはまっている二つの球は三木の動向をうかがって動いた。

体は天井から下がる釣り糸に支えられて立っていられる。しかし、首から上は力なくうなずいた状態となってしまう。剝き出しの頭蓋骨には、釣り針を引っ掛けられる部分が存在しなかった。

そこで、頭蓋骨の頂点に釘を打った。少々、先の方が脳に到達しても死んだりしないことがわかっていたので、長い釘を選んだ。金槌(かなづち)で叩くたびに、金田の頭は衝撃で揺れた。釘が中ほどまで刺さったら、そこに天井からぶら下がる紐(ひも)を結びつけて、顔がうつむかないよう固定した。

そこで三木はやめることにした。

まばたきができなくなったが、金田の眼球は常に潤いを保っていた。彼は喋ることができない。しかし眼球の動きで意思の疎通ができたし、下からはみ出ている内側に包まれた足が痙攣するように動いて感情を伝えることもできた。

金田の新しい姿には、貧相な部分など見当たらなかった。天井から吊るされている内臓の塊、その中心に太陽を思わせる赤い塊があった。それは一定の速度で動き、脈打っていた。全身に血液を送っている。切断された血管は修復し、すぐに全身を覆っていた。剝き出しの心臓には神々(こうごう)しい光が宿っていた。

彼の持っている持ち物から、近所の住人であることなどを三木は知った。

穴を掘り終えると、スコップをその場に置いて、屋敷へ戻った。金田の死体を運んでこなければならない。

鳥のはばたく音を聞いた。見上げると、屋敷の屋根に黒い鳥がいた。葉が落ちた森の木々は骨のようである。それらの隙間から、鴉の冷たい眼差しを感じる。

屋敷の裏に、物置がある。以前にここへ住んでいた者が残していったものだ。扉のへこみに指を引っ掛けて、力をこめた。木が腐っているのか、そうしないと開かないのだ。

引き戸がきしみながら横へ滑り、中に入れておいた金田の手足が現れた。手足以外の、持ち運びにくいものはすべてごみ袋につめている。地下室から運び出し、物置の中へ置いていたのだ。

死因は、地下室の鼠だった。鼠が、内臓の剝き出しになった金田の体を駆け上がり、心臓をかじってしまった。久本真一や持永幸恵が彼の異状に気づいたときは、すでに息絶えていた。

三木は内臓のつまったごみ袋を物置から引きずり出そうとした。

そのとき、視界の端に見なれないものを見つけて手を止めた。少し離れた地面の上に、何かが落ちている。

三木はそれを拾い上げた。三木のものではない。さきほど、窓を開けたときに感じた気配を思い出す。

やはり、だれかがここにいたのだ。そう確信した。自分の直感を信じている。

犯行に気づいたり、あるいは三木の行動に不審なものを感じたりして、調査をする者たちが時折、現れる。彼らは三木の住んでいる家の周辺を、ひそかに嗅ぎまわる。そういった者たちのことを、『来訪者』と呼んでいた。

以前、この屋敷を調査する若い男がいた。そのときも、何者かに見張られている気がしたのだ。

すでに犯行の証拠をつかまれただろうか。もしもそうであれば、口をふさがなければならない。前に屋敷のまわりを調べていた来訪者のように。

# アイのメモリー●後

# 3

窓辺に寄せた椅子（いす）へ座り、少女がある日、言いました。

「怖い……」

顔の二つの穴に、それぞれ鴉（からす）の与えた『つめもの』をはめて、体を震わせています。二つの瞳（ひとみ）はそれぞればらばらの方を向いていましたが、少女はその丸いものがかつて見た光を、しっかり感じ取れるようです。

「なにがだい、お嬢さん？」

鴉は、新しく持ってきた血だらけのプレゼントを嘴（くちばし）から出しました。

「あなたからもらった『つめもの』、これをしていると、いつも素敵な夢が頭にあふれてくる。それは何も見えないわたしにとってすばらしい体験だわ。でも、あなたが持ってきてくれる『つめもの』にいつも恐ろしいものが映っている。そのことに最近、気づいたの」

「恐ろしいもの？」

少女がうなずくと、眼窩（がんか）にはめていた目の片方が、ぽろりと落ちました。それを拾って、眼球を保存しているガラスの瓶に入れます。瓶は、すでにふちのところまでいっぱいです。

鴉は、少女をおびえさせている『恐ろしいもの』の正体をたずねました。しかし、少女は首を横にふるばかりです。

「わからないの。ほんの一瞬、見えるだけ。怪物のような姿で、それが恐ろしいものだということがなぜかわかるの。でも……」

不安そうな顔を一転させ、鴉に向かって微笑みます。

「気にしないで。あなたが持ってきてくれるプレゼント、いつも素敵だもの。わたしはいつも一人、暗闇の中、あなたの持ってきてくれる光と色だけが心を安らかにしてくれる。そのおかげで、どんなに救われたかわからない」

少女は、丸テーブルの上にとまっている鴉へ、両手を差し出しました。握手を求めているのだろうかと、鴉は思いました。大好きな映画に、これと似たシーンがあるのです。しかし少女の顔と両手は、やや上方へ向けられています。もしも鴉が鳥類ではなく、人間であれば、少女の両手は頰を包んでいたかもしれません。

「名前も教えてくれない、だれかさん。あなたは本当に存在するの？　わたしはあなたの手に、触れたこともない……」

鴉は胸が張り裂けそうでした。触れさせるわけにはいかないのです。なぜなら鴉は、鳥類なのですから。もしも人間でないことがばれてしまったら、少女は悲しむに違いありません。

「すみませんお嬢さん。わたしはあなたと握手をすることができないのです。数年前、外国へ旅行に行ったとき、ひどい伝染病にかかってしまいました。体に触れるだけで、そのひど

い症状が感染してしまうのです。お嬢さん、わたしの体に触った瞬間、たちまちあなたはしゃっくりがとまらなくなるでしょう」

そう言うと、鴉は窓から飛び出しました。少女が何か言うのを、尾羽根の向こうで聞きましたが、かまわずに翼を動かします。発達した鳥類の胸肉の中で、はじけるような悲しさがありました。それがいったいなんなのか、鴉にはわかりません。

そのまま町なかへ向かい、少女への新しいプレゼントを探します。それは慎重な仕事でした。なぜならここ最近、人間は鴉に用心深くなっていたからです。

これまで鴉は、人間に襲いかかるところをたびたび他の人間に目撃されていました。そのため、黒い鳥類が眼球をほじっているということは、町中の者に知れ渡っていたのです。

大人たちは町中の鴉を銃で打ち落とし、子供たちは襲われるのを恐れて両手で目を隠したまま学校へ行きました。

あるとき鴉も銃で狙われましたが、偶然にも狙いはそれて助かりました。しかしそれ以来、町の上を飛ぶときは、下から見えないほど高いところを飛ぶようにしました。また、少女へのプレゼントを安全に得るため、自分の噂が伝わっていない遠くの町まで行くようにしました。

眼球を取り出すための工夫も、いくつか考えてみました。民家の密集したある地域でのこと、鴉は偶然にも、穴のあいた塀を見つけたのです。穴の大きさは、人間が覗き見をするのにちょうどいいものでした。鴉は塀の裏側に隠れ、表の道をだれかが通るたびに、人間の声

を出しました。

「おーい、そこの人、立ち止まりなさい。そして、どうか穴を覗いてごらんなさい。今そうすれば、塀の裏側にある素敵で綺麗なものが見えますよ」

その言葉にだまされて人間が穴に目を近づけた瞬間を、鴉は注意深く見逃しません。裏側から穴の中へ、深く嘴を突き刺します。黒いとがったその先端が、塀に近づけていた人間の顔にもぐりこむと、その一時間後には少女のうれしそうな顔を見ることができました。

棒を持った人間に殴り殺されかけても、重くとがった石で追い立てられても、鴉は人間に近づき、嘴を赤く染めました。

木の上や、屋根の上から、じっと人間を観察し、隙をみて飛びかかります。

突然、前に立ち塞がり、黒い大きな翼を広げます。人間が驚きのために大きく目を開いた瞬間、顔に飛びかかりました。

長い乱闘のすえに、意識をもうろうとさせながら眼球を取り出したこともあります。殴られたとき、おもわず嘴で眼球をつぶしてしまったこともありました。またあるときは、少女へプレゼントする前に飲み込んでしまったこともありました。

ある日、鴉の与えた眼球をはめて、少女は思いのほか喜びました。その眼球の持ち主は、どうやら外国へ旅行することが多かったらしいのです。さまざまなおもしろい光景が『つめもの』からあふれてくるのだと少女は語りました。

屋敷を出た後、鴉は偶然、墓地の上を通りかかりました。そこは小高い丘の上にあり、周

囲に民家はありません。太陽も寝静まり、辺りは月の光に満たされていました。その中で、立ち並ぶ墓石だけが白く連なって見えました。

だれかが埋葬されようとしていました。墓掘り人の男が、スコップで土を掘っていました。鴉は枯れ木にとまってその様を眺めました。

布をかけられて穴のそばに横たえられている人間がいました。布のはしから少しだけ見えている服に見覚えがあります。その死体が、さきほど自分が眼球を奪った人間だということに、鴉は気づきました。どうやら目を取り出したときのショックで、死んでしまったようです。

墓穴に死体が埋められると、鴉は枯れ木から飛び立ち、黒い翼を動かしました。すでにあたりは暗く、ただ淡い月が出ているだけでした。

日を追うごとに、人々の警戒心は強くなっていきました。

**4**

「ねえ、聞いて。私、手術することに決めたの」

あるとき、少女は言いました。

これまでの技術では、少女の目を再び見えるようにすることは無理でしたが、医学の進歩は案外速い足を持っていたようです。

「目が見えるようになれば、あなたの姿が見えるわね」

少女は嬉しそうに言いました。

「お嬢さん、よかったね。おめでとう」

鴉はそう言ったものの、本当は困惑していました。もしも少女に視力が戻ったら、自分の話していた相手が人間でないことに驚くでしょう。

そして、『つめもの』と称していたものが、他の人間から抜き取った眼球であることを知るでしょう。

鴉は、少女のためならば、だれが死んでも気にはしませんでした。自分の行なっていることが、悪いことだというのは知っていましたが、残念ながら鳥類のハートに罪悪感は生まれなかったのです。

しかし、このやさしい少女は、自分のためにだれかが死んだことを知ると、きっと悲しむに違いありません。そして、鴉のやったことを非難するでしょう。それが耐えられないのです。

嫌われたらどうしよう。鴉はそう考えると、ほとんど恐怖で眠れなくなるのです。

ああ、自分が鳥類ではなく、人間に生まれていれば、どんなによかったか!

そう思う鴉の目の前で、少女は眼窩にはめた『つめもの』の映像を眺めていました。

突然、少女が大声で悲鳴をあげました。

「どうしたんだいお嬢さん」

驚いて鴉がたずねると、少女は震える声で言いました。

「怪物が見えたの。いつも、映像の最後のほうに現れる恐ろしいもの。色は暗黒の色。黒色の怪物。それが現れると、映像がプツンと途切れるの。終わりを告げる怪物。夢の最後になると、その黒い獣がわたしに飛びかかる。本当に恐ろしい顔をしているわ」

少女は小さな肩をすくめ、顔面を蒼白にしています。苺のような唇が、真っ白になっていました。

鴉は気づきました。少女を心から恐れさせている黒い怪物とは、自分のことなのだ！この子の見ている魔物は、眼球に記憶されていた、自分の姿だったのだ！

どうしたらいいのだろう、少女はもうじき、手術を行ない、目が見えるようになる。そうすれば、自分の話し相手が、芯から魂を震え上がらせる黒い怪物だということを知るだろう。いっそ手術などしなければいいのに。鴉は思いましたが、目の見える日を楽しみにしている少女に、そのことを言えませんでした。

「手術が怖いわ……」

少女は言いました。

「でも、あなたを見るために、私はがまんする」

毎日やってくる声だけの不思議な存在に、目で挨拶することができる。少女はただそのことを勇気の糧として、手術を決意していました。

「明日の夜、手術をするために、遠くの町へ行かないといけないの。だから、その前にまた来て。お話をしたいの」

少女の言葉を聞きながら、鴉は屋敷を後にしました。

いよいよ来てしまった。鴉は小さな頭で、少女のことを考え続けていました。幾度、わかれを告げて南の国へ飛んでいこうと思ったことでしょう。いっそ何も言わずに、二度と少女のもとを訪れないのもいい。

しかし、鴉はそうしませんでした。突然にいなくなったら、少女は悲しむに違いない。そして何よりも、鴉自身がつらかったのです。

手術の話を聞いても、鴉はこれまで通り、少女のためにプレゼントを運び続けていました。

しかし、今では眼球もなかなか得ることができなくなっていました。人間たちは慎重に目を隠し、特製の固い眼鏡をする者もおりました。

人間たちに、鴉を見分けることなどできません。そのため、黒色の罪のない鳥類が、銃弾によって無差別に取り除かれました。おそらくその中には、鴉の両親や兄弟も混じっていたことでしょう。

度重なる恐怖が人々の警戒心を呼び起こし、眼球が手に入るような隙はほとんど見られなくなりました。

少女が手術のために行ってしまう前日、鴉は眼球を手に入れるため、休まずに飛び続けました。これまでに行ったことがない遠くの町まで行きました。

やがて辺りが暗くなり、夜が明けて少女の行ってしまう日が訪れました。しかし、眼を手に入れる機会はついにありませんでした。

手術さえしてしまえば、もうプレゼントの意味などないのですが、鴉には、少女のために眼球をさしだすことしかできないのです。

少女に眼球を与えて喜ばせることしか、自分にはできないのだ。それがすべてなのだ。少女が手術をする前に、せめてもう一度だけ、自分はあの子を喜ばせたい。それができれば死んでもいい。鴉は強くそう願っていました。

人間たちから石をなげられ、命中し、嘴にひびが入りました。ふいをつかれ、翼をつかまれました。命からがら逃げましたが、羽根がごっそりぬけてしまいました。棒で強く殴られた際に、自慢だった足の爪が欠けてしまいました。それでも瞳を手に入れるためにがんばったのですが、どうにもうまくいかないのです。

鴉はぼろぼろの翼を動かして飛びました。気を抜くと落ちてしまいそうでした。

ついに少女のため眼球を得ることができなかった。そう考えると、自分はなんと惨めなのだろうかと涙があふれてきました。

すでに日は落ちて、じきに少女の行く時間となるでしょう。空は暗くなり、月が白い光を世界に降り注ぎはじめました。

月の明かりに照らされて、鴉はそれを発見しました。墓地に埋葬されようとしている死体です。鴉が墓地の上を通りかかったとき、墓掘り人が穴を掘っている最中でした。

鴉はひらめきました。

「おーい、こっちにまだ他にも人が死んでいるぞー！」

少し離れたところから墓掘り人に向かって、人間の言葉で声をかけました。

墓掘り人が驚いた顔でスコップを下ろし、声の方を向きました。やがて不審な顔をしながら、死体から離れて鴉のいる方へ近づいてきます。

それを確認すると、鴉は彼に見えない位置から飛び上がりました。墓掘り人の頭上を通って、穴の脇に横たえられていた死体の上へ降り立ちます。

鴉は死体にかかっていた布を嘴で取り払いました。女性の死体です。どのようにして死んだのか、鴉には興味がありませんでした。顔や体に無数の傷跡があります。鼻や口が殺ぎ落とされて、片方の目はつぶれてなくなっています。ですが、もう片方の眼球はどうやら無事でした。

それまでの罪深い行為のため、人間の血で赤味をおびた嘴を、鴉はその死体の顔に差し込みました。


「だれかさん、今日は来てくれないのかと思ったわ」

屋敷に到着すると、すっかり旅支度を整えた少女が言いました。手術のためにこれからすぐ、車に乗って遠くへ行くそうです。

「しばらく帰ってこられないの。でも、絶対にもどってくるからね」

丸いテーブルの上に、死体から取り出した眼球を置きました。

テーブルには花瓶の他にガラスの瓶が置かれていました。これまで持ってきた眼球を溜めこんでいる瓶です。どうやら少女は、思い出としてそれを旅先に持っていこうとしているようです。

「お嬢さん。きっと手術は成功するでしょう。がんばっておいで」

少女はかわいらしいえくぼを浮かべます。

「ありがとう」

「さあ、最後のプレゼントを用意しましたよ。テーブルの上にあるから、それをはめて夢を見なさい」

鴉は、胸がつぶれるような気持ちになりました。そして、決心しました。今日、この部屋の窓から飛び立つとき、言うことにしよう。

お嬢さん、もうわたしはここに来ません。

そして二度と少女のことを思い出してはいけないのだ。

少女はテーブルの眼球を手に取ると、顔のポケットに入れました。

鴉は少女に背中を向けて、窓から飛び立つ用意をします。

「お嬢さん……」

別れの言葉を言いかけたとき、鴉の言葉は少女の悲鳴にかき消されました。

長く鋭い絶叫の後、少女は爪で顔をかきむしり、吐瀉し、床に倒れて手足をがむしゃらに

うごかしました。髪がばらばらに乱れ、手でそれをつかむと、耐え切れないというように引き抜きました。

眼球を溜め込んでいたガラスの瓶が倒れ、あたりに人間の眼球が散らばります。腐ってやわらかくなったものや、まだ新しく弾力のある眼球が少女のまわりを囲みます。

やがて獣が絶命するようなひび割れた声とともに、少女は動かなくなりました。

鴉は近づいて少女の胸に耳を押し当てました。心臓の動きはなく、どうやら死んでしまったようです。少女の顔は、何か恐ろしいことがあったようにゆがんでいました。つややかな黒い髪の毛も、苺のようだった唇も、真っ白になっていました。

鴉は知らなかったのです。眼球を抜き取った死体は、死ぬ直前までいたぶられ、傷つけられ、この世界の悲しい部分を目にやきつけた人間だったということを。

少女は見てしまったのです。本来の目の持ち主が体験した地獄と、その死ぬ瞬間を。

鴉は、胸に押し当てた頭をそのままにしていました。はじめて触れる少女の体は、やがて冷たくなっていきます。

そろそろ出発することを告げに、少女の母親が部屋に足を踏み入れたとき、床には無数の眼球に囲まれて絶命している娘の死体と、その胸に頭を押し当てていっしょに冷たくなっている鴉の屍骸がありました。

END■

# 3章

## I ◆ ある童話作家

人間が球状になる、という夢を三木は見ていた。

まず、夢のはじまりはこうだ。場所は、どこかの狭い部屋である。六畳程度の広さで、小さなテレビと押し入れがある。三木はその部屋の中央で、一人の人間と向き合って立っている。

人間は腕を怪我していた。数センチほどの長さの切り傷がある。

三木はその腕を取り、傷を撫でた。すると不思議なことに、触った皮膚は粘土のようにやわらかく変形し、腕の表面は滑らかなものとなった。傷も塗りつぶされたように消えた。

三木はおもむろにその人間の指紋を見る。そのこまかな凹凸を撫でると、やはりヘラで平らにしたような表面となる。

三木は粘土をこねる気持ちで、その人間から凹凸をなくしていく。

手の指をぎゅっと握り締める。すると五本だったものが圧力でひとつにまとまる。三木が力をこめて練り上げると、その人間の体はへこみ、次第に丸みを帯びてくる。

その人間には、終始、意識があった。何も喋らないが、意思を持った眼を三木に向けてい

た。

やがて人間はほとんど突起をなくした、腰までしかない、つるりとしたただの球状になる。それは白く、そして恐ろしく丸い。それがかつて人間であったのを示すように、ところどころから黒い毛が生えている。また、滑らかな表面の中に、ぽつんとひとつだけ、練りこまれずに残った眼がある。

その眼はまばたきをしたり、歩いている三木の姿を追ったりする。

すっかり球状になったその人間は、身動きすることができなかった。三木が六畳の部屋から出るときも、じっと小さな眼で見ているだけだった。

「また眠っていたわね」

眼が覚めると、相沢瞳が言った。書斎のソファーで、少女は腹筋を動かし、袋に入った胴体を跳ねさせてひまをつぶしていた。ソファーの弾力で小さな体が跳ねかえる。それが楽しいらしい。

三木は書きかけの原稿を整えて窓を見た。曇り空である。じきに雪が降るだろう。三木はストーブの火力を強め、湯気を出している薬缶でコーヒーを作った。

「甘そうなコーヒーね」瞳が言った。「ねえ、なぜストーブをつけているの？　あんまり寒くないじゃない？」

自分に傷つけられ、傷のふさがっていない人間は、寒さをあまり感じなくなるのだということを少女に説明した。

「私の傷はふさがっていないの？」

両手足を切断したままの状態で、いまでも傷口は真新しい赤色だと説明した。

カップを持ちながら窓のそばに立ち、金田の死体を埋めた場所に眼をやる。枯れ木が邪魔をして、地面までは見えなかった。二階の窓からは、森が見渡せる。屋敷のそばは枯れ木が多い。しかし、離れるにつれて杉林となっている。

隣の山に、自分の屋敷に似た煉瓦造りの建物が見える。屋根の形も同じであるが、ただひとつ、色だけが違っている。

「また、だれかのいる気配を感じたの？」

瞳が言った。

金田正を裏庭に埋めた日から、四日が経過していた。

三木は窓から離れ、机の引き出しを開ける。そこに、屋敷のそばで拾ったものが入っている。

「あなたは調べられているのね。そのことを、それが証明している。でなければ、だれかの持ち物が、突然に空中から現れるはずがないものね」

しかし、姿を見たわけではない。だれが自分に疑いを抱き、屋敷の周辺を探っていたのかを特定しなくてはならない。

引き出しの中を見て、それがだれのものだったかを考える。三木の知っている人物が持っていたものだろうか。

「これから、どうするつもりなの？　ねえ、私はお母さんに会いたい。家に帰りたいよ」

瞳がソファーに倒れたまま、首だけを三木に向けて言った。長い髪の毛が顔全体にかかっていた。

「自首をするといいと思う。きっと警察の人も許してくれるよ」

自首するつもりはないことを、瞳に説明した。

「じゃあ、私はまだ帰れないのね……」

少女が沈んだ声を出す。物語を聞かせてあげようかと、三木は提案した。

「何の話？」

本棚から、適当な本を何冊か持ってくる。一冊は、自分の書いた本だった。

「あなたの『暗黒童話集』ね。その話、もう聞かせてもらったわ。たしか、真一兄さんや幸恵姉さんのような話だった」

『人体知恵の輪』という童話である。数人の人間が一度に皿の上へ立たされ、巨大な悪魔によって両側から手のひらで勢いよく押し潰される。そのような話である。

悪魔に潰された結果、人間たちは絡まりあってしまう。手足がよじれ、胴体が引っ張られ、それぞれの首や踵に引っかかり、ひとつの大きな塊となる。人間たちは、絡まった手足を解きほぐそうともがきながら残りの人生を送る。

その様が、地下室にいる久本真一と持永幸恵に似ている、瞳はそう感じているらしい。

「他の話がいい。そっちの文庫本。違うわ、あなたが右手に持っているほうの」

瞳が読んでほしがったのは、昔のＳＦ小説の短編集だった。三木はソファーに腰掛け、表題作である短編を読んで聞かせる。

読み終えるのに、それほどの時間はかからなかった。

「なんだか悲しい最後だった」

瞳は短編にショックを受けたようで、顔を青くしていた。物語の最後は、幸福な結末ではなかった。

「もしも、あなたが、今の短編の主人公みたいな立場だったらどうする？」

瞳が問いかける。それはおおよそ、次のような条件と問いであった。

**条件**

・あなたは一人で小さな宇宙船に乗っている。
・積荷をある星へ運んでいる途中である。その積荷とは血清で、一刻も早く届けなければ多くの人間が死ぬ。
・積荷をできるだけ多く運ぶため、宇宙船に燃料は最小限しか入れていない。すなわち、スピードを上げるための燃料と、ブレーキをかけて星に着陸する燃料のみである。
・宇宙船に密航者がいた場合、宇宙へ放り出さなくてはならない。なぜなら、密航者の体重だけ宇宙船は重くなり、最小限の燃料でブレーキをかけることができなくなるからだ。密航者の体重と同じだけ積荷を捨てることも、宇宙船を壊すこともできない。

**問い**

宇宙船に密航していた人間が小さなかわいらしい女の子だった場合、あなたはその子を宇宙に放り出さなくてはならないのか？

「引き返すということはできないの。星で多くの人が積荷の到着を待っている。密航者である女の子を宇宙に放り出さないと、宇宙船は速度をゆるめる燃料が足りなくて、星にうまく着陸できない。今の短編と同じね。何か、少女を救う解決法はありえないのかしら？」

瞳は、眼を閉じて考え始めた。

三木も少し考えて、場合によっては救える、と説明した。瞳は顔を輝かせて、おもしろがるように声をあげる。

「本当にできるの？　女の子も、血清を待っている人も救えるの？」

宇宙船に積まれている装備品や操縦方法、密航者である女の子の体重と、そしてパイロットである自分の体重に好条件が重なったときに救うことができる。そう説明した。

まず、女の子の手足を切断する道具がなくてはならない。とにかく、切るものが必要となる。

「宇宙船に斧(おの)なんかついてないわよ」

瞳が言った。

女の子の手足を切断し、できるだけ軽くする。切り落としたものを宇宙の外へ捨てる。ここで、密航者がまだ子供だったという条件を有利に活用することができる。密航者が小柄で軽く、パイロットである自分が大柄で重いと都合がいい。

頭と胴だけになった女の子、その体重分だけ、自分自身の体を切り落として宇宙船から捨てればいいのである。結果、宇宙船全体の重さが、最小限の燃料で星に着陸できる予定の重量に差し引きされる。

「でも、自分が体を切り落としたら、うまく操縦できなくなるよ。自分の両足を切り落として、女の子の分だけ宇宙船を軽くしても、ブレーキが踏めないよ」

瞳はそう言ったが、一応は納得した顔である。

「でもね、もうひとつ。あなたは忘れているわ。麻酔がなくてはだめね。女の子は両手足を切られて、ショックで死んじゃうかも。あなたは痛みで操縦できないかも。ええそう。女の子がみんな、手足を切られて平気な顔できるとは思わないで」瞳は自分の体を見て、付け加えた。

「私、以外にね」

眠ってしまった相沢瞳を抱えて地下室へ下りた。屋敷の地下は薄暗く、湿っている。煉瓦が積まれてできている壁は、表面に水滴が付着し、わずかな電灯の明かりを反射している。

地下室の隅で、天井から釣り糸が数十本、垂れ下がっている。糸の先端についている釣り

針には、赤い肉片が付着していた。金田正の内臓の一部である。それもやがて、腐り始めるだろう。

瞳をベッドに横たえると、体を包んでいる袋を一度、蠢かせて、寝言をつぶやいた。

「お母さん……」

三木は少女に背を向けて立ち去ろうとする。

そのとき、棚を一つ置いた向こう側から、久本真一の声が聞こえた。

「瞳の家族について聞いたことはありますか？」

地下室はいくつかの棚で仕切られている。どこかの棚の陰で、常に真一と持永幸恵は体を潜めていた。

三木が彼らの前に移動すると、真一の頭部が正面にあった。幸恵の頭部は陰になって見えないが、どうやら眠っているらしい。

「あの子、棚越しに思い出話をするんです。例えば、家族でキャンプへ行ったときのこと。体育のマラソンで、いつも一番になっていたことや、遠足のとき持っていく弁当に、嫌いなウインナーを母親がいつも入れてしまうこと」

瞳はよく、思い出を語る。まだ手足があったころの日常生活を懐かしそうにしていた。自分で髪に櫛を入れ、寝癖を直した朝。手でコップをつかみ、牛乳を飲んだこと。学校の友達と、足をつかって、机の蹴りあいをしたこと。

それらを語るときの瞳は、実際にはない手足を動かして、仕草を真似ていた。

「何をしているところか当ててごらん」

あるとき、瞳はソファーの上で三木に言った。視線を自分のすぐ手前に向けていた。袋に包まれた左肩が、忙しく上下していた。

「わからないの？　オムレツを作っているところに決まってるじゃない」

見えない左手に握られたフライパンを小刻みに動かし、どうやらオムレツをひっくり返そうとしているらしいとわかる。

「瞳は愛されて育ったんだ」久本真一が言った。「あなたは、だれかを好きになったことは？」

三木は、わからないと答える。

「あなたが以前、私に話をしましたね。子供の頃、親しい友達がいたという思い出です。もしかすると、その子のことを好きだったのではないですか？」

三木は首をかしげた。

久本真一は、心細い顔をする。声を低めて、耳打ちするようにつぶやいた。

「僕は胸が痛い。彼女のことを考えると、途方にくれてしまう。どうすることもできなくなり、いっそ死にたくなる」

彼は持永幸恵のことを愛していた。しかし、そのことをひたすらに隠しつづけている。彼女の頭部が眠っているときのみ、小さな声で三木にその気持ちを打ち明ける。

久本は巨体を動かした。通常の人間に比べ、胴体が長い。一メートル半ある。その両端に、

久本真一の頭部と持永幸恵の頭部が繋(つな)がっている。三木が手術を施し、今のようになった。

二人は、胴体を共有している。もともとはまったく別個の人間だった。

「あなたは、自分に宿る不思議な力をためすために僕や彼女をこんな形にしたんだ。それを感謝していいのか、呪(のろ)わしく思えばいいのか、わからない」

真一は悲痛な叫びを上げた。

別々の人間同士を繋げてみたらどうなるのか。その問いを満たすために、三木は手術を行なった。

まず真一の右腕、肘(ひじ)から先を切断した。幸恵の左腕も同じようにして、それらの切断面同士を繋げてみた。それぞれの骨を金具で留め、血管や筋肉を糸で繋いだ。三木には医療の知識がほとんどない。父の持っていた本を読んだだけである。しかし、切断面はやがて塞(ふさ)がり、二人の腕は繋がった。血管も問題なく回復したようだった。真一の体内にある血液が心臓により押し出され、右腕の肘へ向かう。切断面のところで、彼の血管から、幸恵の血管へと流れこむ。二人は、血液を共有する体となった。二人の血液型が同じだったことも、結果に影響しているかもしれないと、三木は考えていなかった。たとえ血液型が違っていても、似たような結果になっていたのではないだろうか。

また、少しずつではあるが、筋肉や神経も、切断面からお互いの体を侵食し始めた。彼らの体から、境目が薄くなっていった。

二人には意識があった。お互いの存在を知っており、自らの体がどうなっているのかも知

っていた。彼らはこの地下室で、はじめて顔を合わせた仲だった。片方は屋敷の近くで見つけ、もう片方は自殺をほのめかすファンレターを送ってきたので呼び出したのである。

三木は、二人の各部を何度も切断しては貼(は)りつけた。

真一と幸恵の体は奇妙な一個の肉塊(にくかい)として見えた。胴体はそれぞれ二つか三つに切断し、また貼りつけた。その腹部は、二人分の絡み合う内臓を内側に保っているだけの膨(ふく)らんだ袋に見えた。手足はそれぞれ通常と異なる場所に縫合した。

そこに、相沢瞳から切断した両手足を二人の体に移植した。そのときは、骨や筋肉も、ろくに繋ぎとめなかった。ただ、血液は行き渡るように、大きな血管だけ二人の体内のものと繋ぎ合わせた。

三木が傷をつけた人間は腐敗の運命から逃れられるようになっていたが、切断した部分は違った。正確には、頭部や心臓など、生命の意思が宿っていると三木の考える部分から切り離された個所である。それらの部分はやがて腐り始め、普通の人間のように土となる。

相沢瞳の手足も、そうなるはずだった。しかし、真一と幸恵の体に繋げて血液を循環させていると、いつまでも腐敗が起こらなかった。移植した部分は最初のうち動かなかったが、やがて真一か幸恵の、どちらかの意思で少しずつ動き始めた。

いつのまにか骨らしい固い物質が二人の体内に生成され、瞳のものだった新しい手足の骨を支えていた。それは通常の関節に形が似てはいたが、まったくの新しい形状だった。また、筋肉や神経もお互いの体に伸び、植物が根を生やすように、手足は肉塊と完全に一体化して

いた。

　はじめは眠たげな動きだったが、後に指先までしっかりとした意思のある動きができるようになった。

　どちらの脳が瞳の手足を動かしているのだろうかと、二人にたずねた。

「わからないの。私かもしれないし、彼かもしれない。ひどくぼんやりとしていて、もう何もわからない」

　幸恵は日差しの中でまどろむようなうっとりとした表情で言った。

　真一と幸恵の、二つの脳を持った肉塊は、どちらの意思で動いているという明確な区分けがなされていなかった。また、不思議とそれで困っているようには見えなかった。

「僕たちはいつも、話をしている。お互いがそれぞればらばらだったとき、どんなに心細くて、寂しかったのかを」

　真一は言った。彼は孤児で、身寄りがなかった。そのため、常にそばから離れない幸恵の存在に温かさを感じているらしかった。生きることに絶望を感じ、自殺しようと決めていた幸恵を、彼はだれよりも近い場所から励ました。

「でも、あなたはなんて残酷なのだろう」真一は泣きそうな顔で訴えた。「せめてもう少し、僕らの首が近いところに縫合されていれば……」

　二人の首は胴体の正反対にそれぞれ繋がっている。

　三木の眼の前で、二人の巨大な塊が身じろぎし、蠢いた。電灯の作る彼らの影が、地下室

の壁で大きく揺れる。

「起きてたのか。眠っていると思っていた」

三木の前にあった真一の頭部が言った。彼とは反対側、体の陰になっている場所から声があがる。

「ねえ、まだ見つからないんです」持永幸恵の、苦しそうな声だった。「具合のいい格好ってないものかしら」

彼らはいつも、楽な姿勢を探していた。

真一の顔が上を向くと、幸恵の顔は床に頬（ほお）をつける形となる。彼女が楽な姿勢をとると、真一の突き出た肘の上に二人分の体重がのしかかり、痛みを訴える。お互いに楽な姿勢はないだろうかと、多くの時間、体を蠢かしている。それでも、常にどちらかの体が犠牲になり、圧迫されなくてはならないらしい。

この仕草を見て、相沢瞳は、『人体知恵の輪』に出てくる人間たちに似ていると言ったのだろう。

「あなたの力は、いったい何なのだろう」真一があらためて三木に言った。「普通だったら、僕らは死んでいる。あなたはきっと、神の子なのだ。あなたが傷つけたものは、その瞬間に死から逃れてしまう。溢（あふ）れ出す生命の奔流を傷口から感じる。その恐ろしい矛盾。あなたは、常にだれかを生かし続ける。死へと落ちていく自然の摂理から解放させる……」

三木は真一と幸恵に背を向けた。

地下室を出るとき、奥に積み上げられている木材や煉瓦に眼を向ける。地下室の入り口を埋めなくてはならないかもしれない。そのための材料はある。この屋敷を建てた際に使ったらしい煉瓦が、まだ残されている。

もしもこの屋敷を調べている来訪者がつかまらなかった場合、そうしなくてはならない。

三木の家に客が来たのは、それから数日後のことである……。

2

潮崎が犯人であると確信をしても、私には、彼を訴えるだけの証拠がなかった。何度、警察に電話をかけようと思ったかわからない。そのたびに受話器をあげたり、おろしたりを繰り返した。私が体験し、たどり着いた結論を話したところで、信じてもらえるとは思っていなかった。みんなを納得させるだけの確かな証拠がない。

一週間、私は潮崎に関する情報を集めた。といっても、彼について話を聞かせてくれというように、はっきりとだれかへたずねるわけにはいかなかった。目立つようなことは避けたい。私が彼を疑っているということを覚（さと）られては、相沢瞳に危険が及ぶかもしれない。

「あの人、昔、結婚していたという話を聞いたことがあるよ」

ある日、喫茶店『憂鬱（ゆううつ）の森』で住田（すみだ）が言った。彼はいつものようにカウンターへ腰掛け、

コーヒーを入れる砂織に熱心な眼差しを向けていた。

「住田くん、あなた大学に行かなくても大丈夫なの？」

砂織が困った子供を見るように言った。

「ここへ来ることと、大学に通うこと、どっちが重要だと思ってるんですか」

住田は心外だという顔でそう返事をした。私はそばでいつも見ていたが、彼がそのような返事をしていると、いつも店長の木村が怒り出す。銀色の丸いお盆で頭をたたく。もちろん、本気で怒っているわけではなく、そのときの木村には、冗談の笑みが浮かんでいた。

「潮崎さんに奥さんがいたんですか？」

私がたずねると、住田は喫茶店の壁に飾られている絵を指差した。

「よく見て。湖のほとりに、ほとんど見えないくらいの赤い点があるだろう？」

私は絵に顔を近づけた。潮崎の描いた絵である。それまで気づかなかったが、彼の言う通り、不自然な赤色がある。

「僕にはその点が、湖をじっと眺めている女性の姿に見えたんだ。それを潮崎さんに話すと、昔、結婚していた女性がそこに立っているんだってあの人は言ったんだ」

それは絵の大きさに比べるとごく小さなもので、顔を近づけないとわからない。点が、私にも立っている女性に見えてきた。爪の先ほどの大きさに描かれた、赤い服を着た女性だ。

絵の中の森や湖は、その瞬間に消えてしまった。私はその赤い点の女性へ釘付け（くぎづ）けとなった。

彼女のために、その他の背景が描かれている気がした。森も、湖も、絵に閉じこめた彼女へ

捧げられた広い庭に思えた。

「本当に結婚していたのかどうかは、僕も知らないよ」

住田は肩をすくめた。

潮崎について、その家族や経歴など、有力な情報は何もわからなかった。彼に屋敷を紹介したのはだれなのか。なぜ、わざわざこの町へ移り住んだのか、だれも知らなかった。

潮崎のことを調べている間、おじさんの家に滞在させてもらっていた。砂織やおじさんと朝ごはんを食べ、廊下ですれ違い、炬燵の中で足を蹴られた。私は恐縮したり、ときには和弥と入れ違いで入ってきた家族のようななれなれしい顔で住まわせてもらったりした。

毎日、両親へ電話をかけた。謝り、家を抜け出した罪について考えた。

「以前のきみは、家出なんてすることなかったから」

父は受話器の向こう側でいつも戸惑っていた。母とは電話越しにも話ができなかった。私と母、どちらも黙りこんでしまい、いつも最後には母が父へ受話器を手渡した。

「そのうちに戻っておいで。きみは病院へ定期的に検査へ行かなくてはならない」

父はそう話した。

潮崎のことから考えが離れ、気分に余裕のある時間ができたら、私と砂織は皿洗いをして過ごした。喫茶店で、あるいはおじさんの家で、エプロンをした私たちは並んでたあいのないおしゃべりをしながら皿やコップを泡だらけにした。

彼女の両手が大量の食器を抱えているときのこと。

「あ、たれるたれる……！」

と砂織がわめいた。彼女は鼻水を流していたが、手が離せずに鼻をかむことができなかったのだ。

「はい、これでいい？」

私がティッシュをあてて、それを拭（ふ）いてやると、彼女は子供のような情けない鼻詰まりの声で感謝した。

大風の日、ゴーゴーと外の空気が唸（うな）っている中、私たちは二人でトランプしながら夜を過ごした。炬燵やストーブだけでは寒さを防げずに、二人とも厚い綿入れを着て、背中を丸め向かい合う。風の音のほかに何も聞こえず、世界には私たちしかいないのではないかと感じた。

スペードのエースを出しながら、彼女は和弥と私のことをたずねた。自分の知らない和弥のことを知りたがっているようだった。そのたびに私がはぐらかすと、砂織は突然に笑い出したりする。実に先が読めないなあと思う。

「和弥が、トランプを食べ始めたときのことを思い出した」

彼女がカードを配りながら言った。

「まだ小さなころだった。私はお姉さんで、あの子の世話をしなくちゃいけないと思っていた」

和弥は紙のトランプをもぐもぐ噛（か）み始めて、彼女はどうすればいいのか困ったという。そ

のときの思い出を幸福そうに語った。

私は笑いながらうなずき、なぜか胸がつまるような愛しさを砂織と和弥の二人に対して感じていた。それは、泣き出してしまいそうなほどだった。

「砂織さん、ご両親のお葬式を覚えてる?」私がカードを切る番になると、そのことを聞いた。「和弥さんに聞いた不思議な話なの。お葬式のとき、家から少し離れたところにある丘で和弥さんは砂織さんと並んで立っていた。そこからは黒い喪服を着た人たちがたくさんいるのを見下ろすことができた……」

それは、左眼で見た映像だった。

丘に並んで立っている姉弟のもとに、喪服を着た青年が一人、近寄ってきた。彼は二人に話しかけ、砂織は眼を開いてみるみる涙を浮かべた。青年も、悲しい眼をしていた。

彼がそのとき、何と言ったのかが、私には気になっていた。左の眼球は声まで伝えてはくれない。

まだ小さかった砂織は、その青年に抱きついて泣いた。

「そんなことがあったっけ。でも、かすかに覚えてる」砂織は両手に顎をのせて眼を閉じた。

「その男の人、たしか、両親が事故に遭う原因を作った人だった。しっかりと積荷をロープで固定していなかった男の子……」

砂織は、その青年がかわいそうで仕方なかったという。今、考えれば、まだ高校を出たばかりの子供だったのだ。彼は砂織と和弥に何度も詫び、自分が故郷を離れてこの町で働き出

したことや両親のことなどを話して聞かせたという。

「なんで、そんないろいろなことを砂織さんへ聞かせたのかしら」

「きっと、聞いて欲しかったのよ」

その青年は、葬式から二週間後に首を吊った。遺書には、責任を感じているという彼の文章があった。

砂織はそのことを静かに教えてくれた。


潮崎に関する調査の合間に、左眼の記憶を記したバインダーをリュックに入れて町を歩いた。それは重く、抱えて歩いているうちに、自分が修行僧のように思えてきた。

誘拐と監禁の証拠を見つけなくてはならないはずなのに、そうやって和弥の足跡をたどることを止められなかった。

町を歩き、彼の見た景色の中に立つ。和弥の通った小学校へ行き、懐かしい記憶に思いを馳せる。

町を貫く国道沿いにスーパーがあり、その裏側に壁と金網の狭い隙間がある。少年のころ、和弥はそこを歩いた。私も、同じ場所を進む。視線は、今の私のほうがはるかに高く、完璧に左眼の映像と同じ風景が見えるわけではない。それでも、私は少年の和弥になった気がして、胸が高鳴った。

電柱の並ぶ通りを歩き、人気のない寂れた公園で静かに耳をすませる。

林業の町である。チェーンソーの音を響かせながら、木を切り倒している場面に出会った。作業着を着た男の人が、切りくずを飛ばしながら高速で回転する刃を幹にもぐりこませるのだ。よく見ようとすると、危ないから、という理由で私は遠ざけられた。やがてメキメキという枝の折れる音を響かせながら木は倒れる。

リュックからバインダーを取り出して、それを眺めながら町中を歩いた。ガイドブックの役割を果たしていた。

片手で夢の記録を支え、もう片方の手でページをめくる。手袋をしているのでそれが難しい。そのうえ、支えているほうの腕が重みで痛くなる。

そうして冷たい風に吹かれながら歩いていると、民家から少し離れた場所で、廃線の錆びたレールを見つけた。枯れ草の茂る丘の上が砂利の道となっており、そこを真っ赤になった二本の線がどこまでも続いていた。

バインダーをリュックにしまい、片方のレールに飛び乗って落ちないようにその上を進んだ。以前、記憶があったときの私は、運動神経が抜群に良かったらしい。しかし今では、数メートルも行かないうちに体がよろめいて、レールから落ちてしまう。

廃線のある丘の上から、山間にある楓町を一望できた。町は、和弥の見ていたころと変化している。なくなった道があり、できた建物がある。左眼で見た景色を発見しても、紙に記録していない家が背景にあったこともある。

今はもうない光景を、左眼は記憶しているのだ。和弥から移植された左眼は、過去の塊な

のだと感じる。それが飴玉のように、ゆっくりと溶けて、視神経に流れこむのだ。

廃線のレールは、やがて森の近くで途切れていた。そこは、いつか駅のホームで見た場所だった。季節が違うせいか背景が枯れ木だった。それでも、あの廃棄された電車の車両はそのまま残っていた。冷たい風に吹かれ、子供たちの遊ぶ声もない。静寂の中で巨大な錆の塊は、少しも左眼の記憶にある場所から移動していなかった。

私は白い息を吐きながら車両に駆け寄ると、中へ入ってみた。風が壁に遮られて、心もちそこは暖かい気がした。でも、車両の中は予想以上に空っぽで、座席さえ取り外されていた。左眼の映像ではわからなかったが、車両は外殻だけが捨てられていたのだ。少し、寂しい気がする。

そうだ、ここで和弥は仲間はずれにされたのだった。遊びの輪に加えてもらえなかった。そのことを思い出す。

左眼の記憶の中で、彼は一人でいることが多かった。友達と遊んでいる映像もあったが、一人きりで歩いている場面を頻繁に見た。それとも、瞳に焼きつけた映像というのは、だれでもそういうものなのだろうか。

その後、私は製材所に行った。中へ入ることは躊躇われ、建物の前から、和弥の父親が働いていた場所や、命を落とした場所を眺める。敷地は金網で囲まれていたが、木材の香気がむせるほど辺りに漂っていた。砂織に貸してもらったマフラーに顔の下半分を埋め、足踏みして寒さに耐えながら中の様子を想像した。建物の中は木屑でいっぱいなのだと勝手なこと

を考えた。

それは偶然だった。製材所の事務所があるらしい入り口の戸を見ていると、知っている顔の女性が現れた。砂織だった。私が声を上げて手をふると、彼女は驚いた顔をした。

「あまりここには来ないんだけどね。たまたま、親のことで聞きたいことがあったから」

砂織はそう言った。両親といっしょに働いていた同僚が、まだ現役で勤めており、いろいろな思い出話を聞いていたのだという。

私と砂織は、喫茶店『憂鬱の森』へ向かって並んで歩いた。押し黙っている彼女は、亡くなった両親や、事故の責任を気にして自殺した青年のことを考えているように見えた。

『憂鬱の森』の入り口を開けて店内に入る。木村と、顔の知らない数人の客がまず見えた。流行っているようには見えないが、こうしてお客さんが時には入るのだということを知った。

カウンターに腰かけようとしたところで私は動けなくなった。ヒーターで温まった空気も、やわらかい黄色の明かりも、すべて消えた気がした。

薄暗い奥の席に、潮崎が座っていた。彼は店内を出入りする他の客など世界に存在しないと考えている。テーブルに両肘をつき、指を交差させてじっとしている様は、そう私に思わせた。

私は緊張した。いっそ店内から出てしまいたかったが、入ってきたばかりでその行動は不自然に見えるかもしれない。静かにカウンターへついた。

「菜深さん？」

砂織が私を呼んでいることに、最初は気づかなかった。エプロンの紐を結びながら、彼女は問いかけていた。

「お昼ごはんは食べた？　注文する？」

食べたいと返事をする。

潮崎の方を見ないようにと自分へ言い聞かせるのに、視線を向けてしまう。

私が昼ごはんを食べ終えるころ、潮崎は立ちあがった。私は視界の端でそれに気づいた。彼の靴が、床の木を踏んで音を鳴らす。靴音が私の背中を通りすぎる瞬間、息を止めずにはいられなかった。

私の背後を少し通りすぎたところで、彼の靴音が止まった。

「白木さん、ひさしぶりだね」

彼の声に、私は必死でうなずく。頭の中で、囚われている相沢瞳のことや、死んでしまった和弥のことが浮かんだ。憤りもあったが、私には、恐ろしさのほうが勝っていた。自分はまるで、眼をつぶり怪物が通りすぎるまで静かにしていることしかできない小動物のようだと感じる。

潮崎が店内から出ると、息を吐き、自分のふがいなさが悲しくなった。

潮崎とほとんど入れ違いで京子が入ってきた。彼女は片手にハードカバーの本を持っており、私を見つけると手を振って挨拶した。

いつもの席に座り、カウンターの裏にいる砂織へ声をかけた。

「砂織ちゃん、ブレンドコーヒーね」

「はい……」

砂織がどこか元気のない返事をする。

窓際のテーブルで、京子は本を広げていた。


砂織がだまっているとき、彼女の頭の中では、死んだ者たちが蘇っていた。はっきりそうだと説明してはくれなかったが、私にはそう思えた。

例えば彼女がぼんやりと居間の窓から外を眺めていたとする。おじさんの家は斜面に建っており、そこからは、家の下を通る道が見下ろせた。だれもそこを通る人間がいなかったとしても、砂織の眼には、学校へ行く和弥や、会社へ向かう父親の姿が見えていた。

低い唸り声をあげながら動いている洗濯機を、じっと見つめて立っていたこともある。砂織の意識は洗濯機の向こう側に、母親の姿を見ていたにちがいない。今、住んでいる伯父の家は、両親と暮らしていた家とは違っていたが、彼女の眼差しはそう思わせた。

そのようなとき、声をかけることができなかった。彼女の後ろ姿は悲しいほどに細く、疲れているように見えた。

私は左眼の中に過去を見る。砂織は、頭の中に過去の映像フィルムを持っている。私が和弥の見た映像を欲したように、彼女もまた、もう今はいない者たちへ思いを馳せるのだろう。

「もう二か月以上たつのに、まだ和弥が死んだという実感がないの。なぜだろう。あまり悲

しまなかったからかな」

おじさんの家で夕食の後、砂織はそう言った。おじさんは帰るのが遅くなって、二人だけの食事だった。テレビの消えた静かな夕暮れの気配に、彼女の声と鼻をすする音がよく聞こえた。

生前に和弥がよく使用していたというコップが炬燵の台に載っており、それを私たちは眺めていた。

「逆だよ。実感がなかったから、悲しまなかったのでは？」

「菜深さんは不思議ね」

驚いて首をひねる。

「だって、弟がまるで今もそばにいるみたい」

彼女はそう言うと、忘れて、と手を振った。

「そういえば、知ってるかな。和弥の眼が、今ごろだれかの体に移植されているはずなの」

非常に聞きたい話題だった。

「片眼だけ、事故に遭った和弥から摘出して、どこかに運ばれていった。それが、あの子の希望だったから」

「そう望んでいたの？」

「あれは一年くらい前のことだけど、あの子、ものもらいで眼科へ通っていたの。片方の眼に眼帯をして、しばらく暮らしていた。ほんの三日間くらい」

和弥は病院で、眼球移植についてのパンフレットを読んだのだそうだ。そして、提供者となる決意をした。

「和弥は綺麗な眼をした子供だった。大きな瞳で、じっとものを見つめるの」砂織は思い出すようにつぶやいた。「あの子は人生の中で、何を見たのだろう」

彼女は死んでしまった人間の面影を、いつまでも追い続けていた。

喫茶店で住田が陽気に声をかければ、彼女は笑顔を返す。最初はそれだけだと感じた。しかし、そばで見ているうちに、どこかで彼女の心は死人へ耳を傾けているように見えはじめた。会話の途中で、時折、砂織は和弥のよく座っていた席に眼を向けるのだ。

過去は流れていく。死んで、消えてしまう。町の中で、道や線路が消えていくように、人間もいなくなる。そしてまた別の、それまでとは少し異なる世界になるのだけど、彼女は時間が止まってしまったように、今はもういない人々のことを考え続けていた。

和弥の形見である、壊れた金色の腕時計。時間が止まった砂織の世界は、そのことを思い出させる。

おじさんもそうだ。

私の寝泊りしていた座敷と襖(ふすま)をはさんだ隣の部屋に、仏壇が置かれていた。そこに、和弥やその両親、おじさんの奥さんだった人の写真が置かれていた。

ある冷たい朝、私が布団の中で温かいという幸福をかみしめているときだった。隣の部屋で物音がするので、起きてみた。四つんばいのだらしない格好で襖を開けると、おじさんが

仏壇の掃除をして、手を合わせていた。

「起こしちゃったかい」

私を見て彼はそう言った。

首を横に振り、おもむろに彼の隣へ正座して手を合わせる。おじさんは、私が寝ぼけていると思ったようだった。

「生きているころ、妻を殴ったことがある」おじさんは弱々しく言った。「理由も忘れてしまった。なぜだか、しょっちゅう、いらついていた」

奥さんの遺影に眼を向けた。彼女は、風邪(かぜ)で命を落とした。

それからも時々、仏壇を掃除するおじさんの姿を見た。声をかけづらくて、その小さな背中を見つめた。

彼は、深く後悔していた。

私はある日、喫茶店の手伝いをしていた。砂織がどこかへ行ってしまったかわりに、私が木村にスカウトされてしまったのだ。といっても、その日、『憂鬱の森』に客はほとんどこなかった。私の仕事といったら、木村の愚痴を聞いたり、住田をいじめる木村を制したりするだけだった。

やがて、木村がどこかに消えた。

「住田さん、かわりにお願い」

私はエプロンを彼に渡し、木村を探しに行こうと思った。

「え、待ってよ。僕は何をすればいいの?」

　住田は眼を丸くして困っていた。

　木村は店の裏にいて、何をしているのかと思ったら、大量の靴を干していた。すべて履きふるされており、全部で三十足はあった。それらがひなたで一列になっている。小学生が履くような小さめの靴から大きめの靴まで、いろいろそろっていた。

「なんですか、これ」

「友人の残した靴だ。昔、靴を捨てずに保存しておく変な趣味の友人がいてね。そいつは死んでしまったけど、これらの靴だけが残されているわけ」

　木村はひまなとき、地面に並べて干しているのだという。外見は熊のような大男だったが、神経が細かいなあと思う。

「そいつが履いていた順番の通りに並べているんだ。左端が、子供のころに履いていた靴。右端が、死ぬ直前まで履いていた靴。ほら、この革靴のときに、その友人とオレは出会ったんだ」

　木村は、左端に近いまだ小さなサイズの靴を指差した。そこから右に何足か飛び越えて、また別の靴を差す。

「この靴を履いていたときに、喫茶店がオープンした。そのときはまだ、オレは店長じゃなかったけどね。オレの親戚のおじさんが喫茶店を開いたんだ」

　一列に並んだ靴の中に、歴史がこめられている。まるで年表みたいだ。

木村が、右端の、もっとも新しいと思われる靴を指差した。

「この靴を脱いで、その友人は鉄橋から飛び降り自殺した。靴は家の玄関に残されていた。あいつは自殺した夜、冷たい中を、裸足(はだし)で家から鉄橋まで歩いたってわけさ」

それを聞いた後、店内に置いていた自分のリュックからバインダーを引っ張り出した。木村の話を聞いて、私は左眼で見たある奇妙な映像を思い出したのだ。

「なにやってんの？」

住田が細い体にエプロンを巻きつけて、私を興味深そうに見た。その姿が思いのほか、似合っていた。彼はいい主夫になれるだろう。

「これは秘密の本なので、見せるわけにはいかないんです」

彼の眼からバインダーを隠し、こっそりと確認する。

思い違いかと思ったが、そうではなかった。和弥の眼球は、ある夜、見ていたのだ。

中学校から帰る途中、薄暗い道を和弥は歩いていた。自転車を押していた。彼が自転車通学をしていたのは、中学校時代だ。

街灯の下で、前から来た男の人とすれ違う。その人は空を見上げながら歩き、和弥のことなど見えていないようだった。

おかしなことに、その男は裸足だったのだ。

きっかけとか、発端とか、そう呼ばれるものが和弥の身にも訪れていたのだということを、

私は知った。

それは、潮崎の屋敷まで行ってもう一度、調べようかと迷っていたときのことだ。そこへ向かう蛇行する斜面を、私は歩いていた。和弥が命を落としていた場所を通りすぎ、京子の屋敷へ向かうわき道が見える。両側は静かな杉林で、どこまでも続く木の連なりが、一切の音を吸いこんでいるように思えた。

一台の車が、後方から近づいてきた。潮崎の車かと身を固くしたが、見覚えのない軽自動車だった。

それは私の前方で停車し、運転席の窓から男の人が顔を出した。

「すみません、道を教えて欲しいのですが……」

車へ近づこうと歩き始めたとき、不意に左眼が熱を帯びはじめた。杉林のそばに停車している車、そこに近づこうとする光景。それが左眼の中に隠れていた映像に重なった。

私はこの町にきて、何度も左眼の記憶が蘇るのを体験していた。そのため、突然の映像再生になれており、気に留めず運転手へ近寄っていた。

「あの……、私もこの辺り、よく道を知らないんです。ごめんなさい」

右眼に見える運転手へそう言った。

左眼の中では、和弥が杉林に囲まれた道を歩いている。おそらく、今、私のいるこの道ではないかと想像する。前方に車がとまっていた。ちょうど、今の私が見ているものと同じような場面だ。彼は車に近づき、その横を歩いて通りすぎる。

右眼で見えるものと左眼で見えるものとが食い違っていると、いつも平衡感覚を失って私の足はふらついてしまう。そうならないため、いつも左眼の記憶が再生されるときは瞼を閉じていたのだが、そのときは他人が目の前にいたのでそうしなかった。

「そうですか……。あの、この道をずっと行くと、隣の県に出るはずですよね……？」

その質問にうなずきかけたとき、私は心臓がとまるような気分を味わった。

左眼の中で、和弥の見た車。脇を通りすぎようとして、ふと視線を向けた後部座席の窓。その中に、女の子が寝かされていた。眼を閉じていたが、それは幾度も写真を見て頭に焼きつけた、相沢瞳の顔だった。

和弥は気に留めた様子もなく、すぐに窓から視線を離して前方を見た。運転席も、車のナンバーも見ていなかった。

そこで左眼の記憶は終わる。

道をたずねる男の人の声が聞こえなくなった。驚きのため頭が真っ白になり、質問を理解できなくなった。やがて彼は諦めたように私との話をやめ、車を発進させた。

和弥は、相沢瞳の乗った車を偶然に目撃したのだ。おそらく、そのときはまだ相沢瞳のことなど知らなかったのだろう。今見た映像の中で、彼女の手足はどうなっていただろうか。よく確認できなかった。

やがてニュースや新聞などで、相沢瞳の顔写真を和弥は見たにちがいない。それは、彼女が誘拐されてすぐのことなのか、ほんの二か月ほど前のことなのか、わからない。とにかく

彼は、後部座席に寝かされていた少女のことを思い出した。

和弥は、その車が潮崎のものだと知っていたのだろうか。今、映像で見た車は、現在、潮崎が乗っているようなものではなかった。買い換えたか、二台持っているかのどちらかだろう。

もしかすると、車を目撃した場所が、潮崎のいる家へ続く道だったのかもしれない。そこから、青い煉瓦の屋敷が犯人の家であることを導き出したとも考えられる。

私は、潮崎の屋敷へ続く道を調べてみようと思った。たった今、見た映像と同じ場所があるかもしれない。しかし、どこも似たような杉林に挟まれた道で、特定は難しい。結局のところ、私は何もわからないまま、『憂鬱の森』へ戻ることにした。

その帰り道、京子が住んでいるという屋敷へのわき道から、砂織が現れた。声をかけると、少し驚いた表情で私を見る。

「今日は配達の日だから」

彼女はそう言った。


ある日、潮崎が喫茶店にコートを忘れていった。椅子（いす）にかけられたままであるのを、木村が発見したのだ。

迷ったすえに、勇気を出して宣言した。

「私が、潮崎さんの家に持っていきます」

「いいよ、どうせ明日もくるだろうから」

木村はそう言ったが、この機会を逃してはならないと思った。彼の家をたずねる正当な理由など、滅多に得ることができない。忘れ物を届けに行くのなら、調査していると疑われずに屋敷へ入れるかもしれない。

結局、私が届けることになった。

一部始終の会話を聞いていた住田が、私を青い煉瓦の屋敷まで送ってくれた。彼の運転する車で潮崎家の門を抜け、敷地内に入る。見咎められる心配はない。そう理解していても、屋敷が近づくと、不安でしかたなかった。

屋敷の正面に砂利の敷き詰められた広い空間があった。潮崎の黒い乗用車があり、車はそれ一台きりである。その隣に住田は車をとめた。

助手席を出て、屋敷を正面から見上げる。城のように大きいわけではない。むしろ周囲に密集している枯れ木のほうが高いだろう。葉を落とした木々の枝は細く、まるで逆立つ髪の毛のようである。それに包まれて屋敷は建っていた。

太陽の角度で、ちょうど正面には影ができていた。青い色は黒に染まり、屋敷は影の塊となっていた。それは空間に開く洞穴のように思えた。世界に穴が開いてしまえば、その裏側はもともと底無しの空虚な暗闇だったのだということを、その暗さは教えてくれた。

この屋敷の地下室に、相沢瞳がいる。そう考えると、震えが走る。

「すぐに用事は済むよね」

住田はそう言うと、運転席に残りたがった。暖房のきいた車の中から一歩も外に出たくないという強い意思が感じられた。

彼のいたほうが少しは心強い気がする。

「住田さんも行こうよ」

彼は聞こえないふりをした。

私は仕方なく、コートを抱いて屋敷へ近づいた。だれにもさとられないよう、コートのポケットを探ってみたが、何も入っていなかった。

緊張を抱えて、玄関の前に立った。扉は黒い木材でできており、取っ手は金色である。呼び鈴を鳴らす。家の中に響く澄んだチャイムが、玄関の前に立っていても聞こえた。

しばらくして潮崎が現れた。細いフレームの眼鏡(めがね)をかけており、その奥から鋭い眼で私を見下ろす。

私は心臓が早くなり、うまく喋れなくなる。乾いた口で、コートを届けに来たことを伝えた。

「ありがとう」彼は言うと、私の背後にある車を見た。「あれは住田君の車だね。彼もいるんだ」

そのときほど、私以外に別の人間がいるのだということを心強く思ったことはない。彼は私に、何も手出しはできないはずだ。

「せっかく来てくれたんだから、中でコーヒーでも飲んでいくかい？」

潮崎の提案に、私はうなずいた。

車へ戻り、住田に潮崎の申し出を伝える。彼は眠たそうな眼をしながら車を出た。

私たちは屋敷に入った。洋館で、靴は脱がない仕組みらしい。

はじめて内側を眺めた。壁や床は質素なものである。シャンデリアも赤い絨毯(じゅうたん)もなく、そこは修道院や古い学校のような冷徹さがあった。

造りの古さから陰鬱としたものを感じた。蛍光灯の真っ白な明かりではなく、電灯のぼんやりとした光で中は照らされている。屋敷の内部全体が、心の底辺にある不安の糸に触れて細かく震わせるのだ。

私と住田は客間に通された。ソファーと低いテーブルが中央にあり、壁際に低い棚がある。棚には洋書が隙間なく並んでいた。

黒い額縁に入った絵が壁に飾られており、たずねてみるとそれは潮崎の描いたものだという。林檎(りんご)の入った袋を抱えた老人が、そこに描かれていた。

潮崎がコーヒーを運んできた。

私は部屋のいろいろな場所を見て、左眼が熱を発さないか確かめる。しかし、記憶の箱は開かない。和弥はこの部屋に足を踏み入れたことはないのだろうか。

「古い家具ですね」住田は客間の沈みこむようなソファーを撫でた。「これ、僕の住んでいる部屋には大きすぎて入らないなあ」

「ほとんどの家具は、前にこの屋敷を借りていた人が残していったものですよ」

潮崎が言った。

「前に住んでいた人も、その前に住んでいた人から譲り受けたんでしょうか？」

私がたずねると、潮崎は首をひねった。

「会ったことがないので、わかりません」

彼は半年ほど前にこの屋敷へ引っ越してきた。相沢瞳が行方不明になったのは一年前だったので、彼女を連れてここに来たのだろう。

住田と潮崎が話をしている最中、私は何気ない風を装ってトイレに立った。潮崎に場所を説明され、客間を出る。

聞かされたトイレの場所を、意図的に忘れることは容易だったし、そのために別の部屋の扉を間違えて開けるのは不自然ではないと感じた。

私は廊下を歩き、だれもいないことを確認しながら他の部屋の扉を開ける。中に入って細かく調べたかった。しかし、いつ潮崎に見つかるかと気になり、踏み入ることはできなかった。少しだけ覗いてみて、何もないようであればすぐに扉を閉める。アトリエとして使っているような部屋があれば、家具が何も置かれていない部屋もある。

屋敷の中は広かった。廊下は動物の消化器官のようにうねり曲がっている。複雑な造りではないはずなのに、廊下の分かれ道で自分の居場所を見失いそうになる。黒い床板を踏みながら歩いていると、腸が蠕動するように、そのうちこの廊下も物憂げに動き出すのではないかと錯覚する。

屋敷のどこかに相沢瞳がいるかもしれない。そう考えると、まともに呼吸ができなくなった。近い場所にいるというのに、いまだ助けられないのだ。もどかしい。

屋敷の中央付近に階段があった。天井は吹き抜けになっており、二階の廊下に備え付けられた手すりが見える。上には何があるのだろうか。さすがに上がってみる勇気はない。二階にいるところを見つかったら、間違いなく不審に思われるだろう。

別の部屋の扉を開けた。時間がない。早いところ潮崎たちのいる部屋に戻らなくてはいけないと気が焦る。

開けた部屋に、それがあった。

壁に女性のものらしい服がかけられている。地味な緑色の上着と、黒いスカートである。だれのものだろう。

そう考えたとき、後ろに人の立つ気配を感じた。振りかえると、潮崎だった。

「妻の持ち物を置いている」

死んだけど、捨てられない。彼は説明した。

「ごめんなさい、道に迷ってしまって……」

私は焦りながら弁解した。恐怖のために、彼の眼を見ることができなかった。

「菜深ちゃん、帰るよ」

住田が声をかける。

潮崎に見送られて、住田の車は発進した。青い屋敷が遠ざかり、杉林に挟まれた斜面を下

る。

「そういえば、屋敷の壁が壊れたから修理するんだって、潮崎さんお店でそのための道具を買ってたけど……」

私はつぶやいた。確か、地震で壁が崩れたと彼は説明していたはずだ。

「修理……？」

住田がハンドルを操作しながら聞き返す。その地震が実際にあったのかどうかを彼にたずねてみた。

「あったにはあったけど、小さなゆれだったよ」

少なくとも私たち二人が見た範囲では、壊れた壁などあの屋敷にはなかったはずである。

## 3◆ある童話作家

三木は、屋敷から出て行く客の後ろ姿を見送った。玄関を閉め、鍵をかけると、階段をあがって二階の書斎へ行く。

「お客さんは帰ったの？」

ソファーの上で、瞳がたずねた。

「最近、この家のまわりを調べていた来訪者だった？」

わからない、と三木は首をふる。

「どんな人だった？」

説明しようとして、面倒臭くなって三木はやめた。

「ねえ、私が声をあげて助けを呼ばなかったのは、あなたを救ったわけではないのよ。勘違いしないでね。私が声をあげたら、あなた、お客さんを殺していたでしょう？」

そう言って、瞳は言いなおした。

「ごめん、殺したりはしなかったわね。あなたには、何かを殺すといったことが難しいのだから」

そうでもないのだということを説明する。ただ、首を切り離せばいいだけだ。

「でも、そんな死体が見つかったら大変なことになるんじゃない？」

そのときは事故に見せかける。そう説明した。

高いところから突き落とす。あるいは機械を使って切断する、それだと命を奪えない。三木が間接的に手を下したとして、相手は死なない。三木の運転する車で轢いても同じだ。

しかし、例えば酔わせたり、睡眠薬を飲ませたりして、走っている車の前に突き出す。あるいは、海辺を歩かせて、勝手に落ちるのを待つ。

前者の場合、殺したのは三木ではなく、運転手となる。後者では自殺となる。三木が手をくだしたのではないとして、不思議な力は働かないのだ。

「試してみたの？」

返事をしないでいると、瞳はそれで充分わかったという顔をした。

三木は、屋敷の中で行なわれた客との会話を思い出す。先日、屋敷の近くにいた来訪者は、今の人間だったのだろうか。交わした言葉はごく普通の世間話だった。自分が疑われていたのかどうかわからない。

場合によっては、屋敷を捨てて、また新しい場所に移り住まなくてはならない。

その前に来訪者を特定して、その口をふさぐことができるだろうか。それができるのなら、居場所を変える必要はなくなる。

4

私は一度、家へ戻ることになった。病院で検査を受けるようにと父から言われていたし、これ以上、戻らないでいると、帰りづらいという気持ちが強くなりそうだったからだ。

本当は、気が重かった。病院で眼が覚めてあの家で暮らし、楽しい思いをしたという経験がほとんど思い出せない。私の頭を占めていたのは、いつも、和弥の見た風景、砂織や、この町の過去だった。

帰る、ということを砂織に伝えたとき、彼女は寂しそうにしながらうなずいた。

「それがいい。あなたには、ちゃんと両親がいるんだから」

「また来ていい？」

「いつごろ？」

「四日後」

彼女はあきれたという顔をする。

「そんなに家がいやなの？」

私は本気で、すぐにこの町へ戻ってくるつもりだった。まだ、大きな仕事が残っている。相沢瞳を救い出さなくてはならないのだ。今、私はその問題について対処する方法を見失っていた。潮崎が犯人であるという証拠をどのようにして見つければよいのか、検討中だったのだ。

「菜深さん……」砂織は真剣な声で言った。「あなたは、家族のことを一度も私に話してくれなかった。関係がうまくいってないんじゃないかと、勝手に心配していたの。家から逃げ出して、この家にやってきたんじゃないかって。でも、こういうのはよくないわ」

私は恐くなり、彼女にたずねた。

「……もう来ないでほしいと思っている？」

「ちがう。親とじっくり話をして、それからまたここへ戻ってきてほしいの」

住田の車で駅前へ送ってもらった。来たときと同じように、助手席から町の風景を眺める。杉林、鉄塔、山間を繋ぐ橋、それらが窓の外を通り過ぎると、やがて駅前の開けた地域へ出る。大学や市民病院があり、様々な店が並んでいた。

「菜深ちゃん、またこの町に来るんでしょう？」駅前の一画に車をとめて、住田は言った。

「そのとき電話しなよ。僕が迎えに来るから。きみがいないと、砂織さんが寂しがる。きみ

が喫茶店にいると、和弥が生きていたときのようにすべてがうまくいくんだ」

「うまくいく?」

「なんだか、和弥のいた位置に、ぴったりきみが収まってるってことさ」

私は、住田に和弥のことをたずねてみた。彼は、最後の一年間程度を友人として付き合っていたのだ。

「ちょうど一年前の、ある夜、酔いつぶれた和弥を抱えてあの喫茶店に行ったんだ」

「それは聞いたわ。その日に、和弥さんや砂織さんとはじめて会ったのね」

「うん。でも、眼覚めた和弥は記憶をなくしていて、僕のことなんて忘れてた」

おかしそうに彼は笑った。

「それから、いっしょに駅前へ出かけたり、映画を見たりしたな」

夏の蒸し暑い日、一面に青い草の生えている丘へ行ったという。住田は大学をさぼり、和弥はそのころ大学を中退して家のまわりをぶらついているだけの生活だったという。二人で何をするわけでもなく、ただ石を空き缶にぶつけていたそうだ。

「……そう言われてみれば、とくに僕たち、何もしなかった。ただ石を投げてただけなんて、ダメな人間みたいだ」

住田はショックを受けたようにつぶやいた。

「そんなことない、うらやましい」

住田が話してくれたような無為に過ごしている時期というのは素敵だと思う。ただ夏の日

差しを受けて流れる時間を感じるというのは、いいことだと思う。

「和弥さんの友達でいてくれてありがとう」

私は住田の車を出た。彼に手を振って駅の入り口へ向かう。

彼の車にぶらさがっていた鴉のキーホルダーから、喫茶店に置いてあった童話のことを急に思い出した。鴉が子供の眼球を嘴でついばんでいる挿絵の印象が強かったのだろう。今度、戻ってきたときに読もうと思った。


新幹線で数時間。

自分の家の最寄駅に到着したとき、すでに夕方だった。改札を抜けて駅前の通りに出ると、西の空が赤く輝いていた。立ち並ぶ商店街が一面、色つきのライトで照らされたようになっていた。

家の玄関までの道のりを、重い気分で歩いた。砂織はああ言ったが、両親と何を話せばいいのかわからなかった。何度も立ち止まり、家に戻ったことにして楓町に戻ろうかと考えた。

しかし、今日、帰ることはすでに父へ連絡していた。予定を変更したくはなかった。

「白木」という表札の出ている家に到着する。家を見上げて、こんな形だっただろうかと、新鮮な気持ちだった。住宅地ならどこにでもある白い家だ。

玄関のチャイムを鳴らすと、母が扉を開けた。私の顔を見ると、彼女は笑顔をやめて、複雑な表情をした。

母は、視線を外し、だまってうなずくと、私を中に入れた。

どうすればいいのかわからない。何を言えばいいのかわからない。私は、母の背中について廊下を歩きながら、泣きたい気持ちを抑えていた。

母が嫌いではなかった。でも、嫌われているのだということはわかっていた。声を出して、話をしなくてはいけない。そう思っていても、恐くて言葉が出ないのだ。母が私の声を無視して聞こえないふりをするのではないか。そう考えてしまう。

「……ただいま」

居間にいた父が、私に声をかけた。

「おかえり」

「……勝手に家を出て、ごめんなさい」

父は複雑な顔をしていたが、しょうがないよな、と言った。

三人で夕食を食べた。私と母は最初のうち、だまりこんでいた。父が気詰まりをなくすために話をして、私も時々それに相槌(あいづち)を打った。父に申し訳ない気がしていた。

「きみはいままで、どこに行ってたんだい？」

父が私にたずねた。私は電話で、正確な場所までは教えていなかったのだ。

「友達の家にいたの。山のそば」

私は、砂織や喫茶店『憂鬱の森』のこと、木村や住田のことを話した。

砂織とトランプしたことや、住田がしょっちゅう木村にお盆で頭を叩(たた)かれていることを話

す。そのうちに私は楽しくなり、顔が笑顔になるのを止められなかった。なぜだかわからないが、みんなのことや感じたことを説明していると、いつまでも話しつづけることができそうだった。

そのうちに、父がテーブルに片肘をつき、手で顎を支えてうっとりと私を見ているのに気づいた。

「よかった。きみが元気になってほっとした。きみは以前のきみではないけど、前と同じくらい笑うようになってうれしい」

母がいらついたように立ちあがり、食器を片付け始めた。

夜、私が自室から出ると、一階から両親の口論する声が聞こえてきた。内容まではわからなかったが、どうやら私のことが原因だと感じた。会話の端々に、「菜深」や「あの子」という単語が聞こえた。

真っ暗な階段に座り、二人の言い争いにしばらく耳を傾ける。内容を把握できないうちに口論は終わり、階下の電気も消えた。家の中は本当の暗闇と静けさに支配された。

寒かったが、そのまま私は座り続けた。私には両親がいるのだ、という当たり前のことを考えていた。

たった今まで、この家にいる父と母は本当の両親ではないように感じていたのだ。記憶が消えたのでそう考えるのは当然なのかもしれない。両親と話をしてくるようにと砂織から言われたときも、父や母がそれほど重要なものだろうかと思っていた気がする。

でも、二人は私のことで口論していた。話題にして、それぞれ考えてくれていたのだ。その口論は私にとって幸福な内容だったのか、不幸な内容だったのか、わからない。でも、それが行なわれていたということ自体が重要だった。私が心配されているだろうとは想像していたが、まるで他人事（ひとごと）のように思っていた。覚えていないけれど、私は、やっぱり二人の子供だったのだ。

記憶というものは不可思議なものだと医者は言う。

病院へ行き、眼球の検査をした。祖父が正規ではない手術を行なわせた、例の病院である。懐かしいという気持ちで、口ひげを生やした初老の医者と向かい合う。

医者が私の左眼の下に親指をつけて、あかんべえをさせる。その状態で、上下左右に視線を動かすように言われる。移植した左眼を、私は通常と異なる用途で酷使していたが、何も問題はなかった。

「突然に痛み出す、といったようなことはないですね？」

私はそういった質問に、すべてうなずきを返した。

「記憶のほうはどうですか？」

「……まだ、戻りません」

「そうですか。そのうちに、少しずつ思い出すかもしれませんよ」

私は驚いた。記憶が戻るなんてことは、ほとんど考えなくなっていたからだ。

れた。

「脳は気まぐれなものだから」

そう言うと医者は、知人の脳外科医が受け持っていたという患者について話を聞かせてくれた。

その患者はバイク事故で記憶障害になったそうだ。過去十年の間、自分の身に起こったできごとをすべて忘れてしまったらしい。その状態で新しい生活をはじめていたところ、二年後あたりから、少しずつ、忘れていた記憶が戻ってきたという。

「いきなり全部を思い出すこともある。ゆっくり断片的に記憶が蘇ることもある。もちろん、戻らないこともね。恋人のことも忘れて、結局、わかれてしまった例もある。でも、まだ若いのだし、きみもいつか昔のことを思い出すかもしれない」

そうなったときのことを改めて考える。私が以前の「菜深」に戻るというのだ。想像ができない。

ビデオで見た、記憶があったころの私を思い出す。淀(よど)みなくピアノを弾く自分。鍵盤(けんばん)を撫でるように指が移動し、音が溢れ出す。この不器用な自分が、そうなるかもしれないということは信じられないことだ。

不安になる。もしもそうなったとき、今、こうしている自分はどうなるのだろう。過去を思い出した瞬間に、いきなり消えてしまうのだろうか。そのことをたずねてみた。

「それはうまく言えない」

医者は口ひげを触りながら、困ったようにしていた。

彼の話では、記憶を思い出すにつれ、徐々にもとの自分へ戻っていくのではないかと言う。そのとき、記憶をなくしていた間に体験した思い出も残っているのだそうだ。私は少し、安心した。記憶が戻るにつれ、砂織や和弥のことを忘れるわけではないのだ。

「もしも、記憶があったころの自分と、なかったころの自分が、全然、違う考え方をするような場合はどうなるんですか？」

「これは聞いた話なのだが」

医者はそう前置きして話をした。

記憶があったころは前向きな性格だった男が、記憶をなくしていた間には後ろ向きな人間になっていたという。

しかし、やがて記憶が戻り、もとのように前向きな人間へ生まれ変わった。そのときに彼は言ったそうだ。

「夢でも見ていたようだ」

その男は、自分が後ろ向きにものを考えていたことを、しっかり覚えて、理解していた。それでも、すべてが夢だったように思えたのだそうだ。

「記憶をなくしていた時間は、生まれてから記憶をなくした瞬間までの時間にくらべて、たいていは微々たるものなのだよ。膨大な量の記憶の上にできた、かさぶたみたいなものだ。いったん剝がれて記憶が蘇れば、今、考えているすべてのことが、長かった夢みたいに思えるのだろうね」

病院から帰る道すがら、そのことばかりを考えた。

記憶が戻ったとき、私はどうなってしまうのだろう。みんなに好かれて、勉強もできて、ピアノも弾ける自分に戻ったとき、今こうして不安になっている自分はどうなるのだろう。

以前の私は、例えば冷たい風の中で一人、顔を下に向けて歩くような孤独を感じる女の子だっただろうか。いろいろなことをうまくできなくて、自己嫌悪で死にたくなったことはあるだろうか。みんなに愛されている人を、羨ましがったり、あるいは妬ましく思ったりしただろうか。

「菜深」はおよそ十七年間の過去を持っている。今の私には、たった二か月半の過去しかない。もしも記憶が戻ったら、今、こうして考えている「自分」というものが、夢の中の主人公みたいに、小さく、世間知らずに思えるのだろう。

最初のうち、私は眠っても夢を見なかった。でも、最近は見る。砂織や住田たちの出てくる夢だ。そして一度、車に轢かれる夢も見た。暗闇にいた私が眼を開けると、突然に斜面を転がり落ちて道路に飛び出してしまうというものだった。それは恐ろしくリアルな悪夢だった。その、深い青色の車に轢かれる夢ははっきりと瞼に焼きつき、数日間はそのことばかり考えた。

しかし、ほとんどの夢は、目覚めると内容は忘れてしまった。記憶が蘇ったら、同じように、今の自分も忘れていくのだろうか。今、こうして悩んでいる自分がいたのだという意識が、薄れていくのだろうか。

私は「菜深」のことを他人のように感じていた。でも、決してそうではないのだと知った。

不安定な気持ちで二日間を過ごした。

その間、自分の体験したいろいろなことを思い出した。

ピアノを上手く弾けなくて、悲しかったこと。あれが一番、つらかったよなあ、とため息を吐いてしまう。

そう言えば、学校で前の席だった桂由里という子はどうしているだろう。彼女は、以前の記憶がある私のことばかり話していた。それを聞くたびに、私はなんだか悲しかったよな、と懐かしむ。

左眼が突然に熱を帯びたこと。和弥の見た風景。

私が思い出すことのうち、多くは和弥のくれたものだった。私は、彼が生きているうちに見たすべてのものを愛していた。彼の過去も、それに視線を向ける彼自身も、私は好きだった。

鳥の羽ばたく瞬間を、和弥は眼球に焼きつけていた。魚が水面に口をあけて餌をねだる場面に、眼を向けていた。枯れ葉の落ちる瞬間や、ミルクのこぼれる瞬間を見せてくれた。和弥をだれよりも身近に感じた。

自分がこれまでの二か月半で見たこと、考えたことを思い出していると、いつも悲しくなった。どんなに楽しい思い出も、胸がつまりそうな気持ちになる。

ある夜、私は家の中で母と二人きりになった。父は残業で戻るのが遅くなっていた。

私たちは気まずい雰囲気だった。お互いに何も話そうとはしなかった。

何を言えばいいのかわからなかった。それは、母もおそらくは同じだったに違いない。たとえ嫌っているとしても、私にどう声をかければいいのか、彼女もわからなかったのだと思いたい。お互いに不安で、どうしたらいいのかわからないのだ。

母が食事を作っている背中を、私は見つめた。病院で目覚めて以来、はじめて眼にした気がした。

母の背中は小さく、髪には白髪が混じっていた。彼女はセーターを着ており、とんとんとんと包丁を鳴らしてにんじんを切っていた。

ただ、それだけのことなのに、私の胸は張り裂けそうになる。

「お母さん……」

そう声をかける。彼女は動くのをやめて、肩を震わせた。

私は彼女に近づき、眼を見ようとした。彼女は顔をそむけて、私を見まいとする。

「……ねえ、お母さんは、昔の私がとても好きだったから、記憶がなくなって何もできない私が嫌いなのでしょう」

彼女は何も答えなかった。それでもいい、と思った。

「この前、お医者さんに、記憶が戻る可能性もあるってことを聞いたの。その人は眼科だったけど、何年かたって治った記憶障害の人をたくさん知っていたわ。私も、以前の自分に戻

るかもしれないって」

　でも、これだけは聞いてほしい。今、こうしている私は、昔の自分に比べて何もできない、落ちこぼれなのだ。だけど、いろいろなものを見て、自分なりに考えたりする。記憶が戻ったとき、どうしてこの程度のことで悩んで、苦しんでいたのかと気にしなくなるかもしれない。でも、私には今の自分がすべてなのだ。

　最初のうち、何もできない自分が嫌でしかたなかった。でも、今は違う。

　私はたとえ記憶が戻っても、絶対に、今こうしている自分のことを忘れたくない。些細なことで傷ついて不安になっていることを、いつまでも覚えていたい。

　今の自分が好きなのだ。お母さんにも、今の私を認めてほしい。

「ごめんなさい、また明日から、家を出て行こうと考えているの。本当にごめん」

　私はそれだけ言うと、母のもとから離れて二階の自室へ上がる。

　次の日の朝早く、だれとも顔を合わせないうちに、私は家を出た。

　駅前で住田に連絡し、車で迎えに来てもらった。

「早くもどってきたんだね」

「いろいろ、この町にやり残したことがあるから。砂織さんは元気？」

「なんだか、最近、元気がないんだ」

　運転しながら、住田はそうもらした。

その日もまた、生前の和弥に関する楽しい話を住田から聞き出した。彼のことをもらさず収集するというのは、ほとんど私の生きがいなのだ。それは、楓町へ戻る前に、住田の住んでいるアパートへ立ち寄ったときのことだ。住田はビデオの録画予約をし忘れていたらしい。彼の住むアパートは駅からほど近い場所にあり、二階建てのわりと新しい建物だった。聞いてみると、まだ建ってから一年も経過していないらしい。彼は駅から車で二十分ほどの場所にある大学の三年生だ。二年生になるまでは、もう少し離れた場所に住んでいたらしいが、毎日、車で長時間通学するのが面倒で、一年前にここへ越してきたらしい。

彼が部屋に上がってビデオの予約をしている間、私は車の中で待っていた。戻ってきて運転席に座るなり、彼は建物の窓を見上げて言った。

「このアパートにも、よく和弥が遊びにきたんだ」

「本当？　よく泊まりにきたの？」

「砂織さんに追い出されたときにね」

住田は肩をすくめて、愉快そうな顔をした。

「その話、とっても聞きたいわ」

私は慎重に言葉を選びながら言った。思ったより深刻な声になってしまったらしく、彼は吹き出した。そして、エンジンをかけていない車の中で、和弥についての思い出話を聞いた。

和弥はもともと、中学生のときまでは頭がよかったのだそうだ。しかし高校に入学すると勉強が突然に難しくなり、成績が下降をはじめた。といっても、住田が彼と知り合ったのは

大学生のときだから、そんなことを知っているわけがない。もちろん、住田が彼から聞いた話である。

和弥はかろうじて大学に入学したものの、すでに興味は勉強をすることになかったらしい。ちなみに、和弥の通っていた大学と、住田の通っている大学は同じところではない。

「あいつは大学を途中でやめると、なにもしなくなったんだ」

それでも、不思議と和弥に焦りなどはなかったそうだ。学校へ行かなくなり、まるで時間がとまったように毎日、好きなことをして過ごしていた。好きなこと、といっても、特に何をするわけでもない。学校をやめたことで和弥は友人たちとのつながりもまったく消えてしまっていたそうだ。住田と知り合うまでは、かかってくる電話もなく、同年代の知り合いもたずねてこなかったらしい。思い立ったように、今日は丘からの眺めを見てみようか、とか、今日は小学校のジャングルジムにのぼってみようか、と一人で楓町を散歩していたそうだ。

「まるで、仙人みたいな表情をしていた」

住田が感慨深く言った。あまりに何もしないでのんびり生きている彼に砂織が怒ったとき、和弥は住田のアパートへ逃げこんだのだそうだ。

私はめまいがしそうになった。

楓町へ向かう間、車内で私は和弥のことばかり考えていた。住田が運転をしながら話しかけてきても、私があまりに気のない返事しかしないので、やがてこれはだめだという風に肩をすくめてそっとしておいてくれた。

私は頭の中で想像していた。地上にいるすべての生物が輝きを発するような夏の楓町、そこを和弥が歩いている場面を思い描いていた。彼は身の丈ほどもある草を、歩きながらそっと手で触る。鳥が民家の軒先にとまって囀り、近づくと恐れをなして逃げていく様を彼は眺める。ただ歩き、眺め、風を感じることは、世界と一対一で言葉を交わすことなのかもしれないと思う。

車のサイドミラーに、私の顔が写っている。その左眼を、じっと見つめた。

私は和弥のことが好きだった。それがどういう種類の感情なのかは考えないことにしている。おそらくは身近にいる人間へ感じるのと同じ愛情なのだ、そう言い聞かせている。そうでなければ、つらい。彼は死んでいるのだ。

彼に対してそういう気持ちがあるうえ、奇妙なことに「和弥＝私」という考え方もあるのだ。時々、彼の霊魂が空っぽの私に乗り移ってきたんじゃないかとさえ思う。もちろんそれは、私が和弥の見た映像をあまりに吸収しすぎたからだ。それが悪いことだとは思わない。でも、私という人間を考えたとき複雑な気持ちになる。

私はいったい何なのだろう。記憶がないので「菜深」ではない。「和弥」に似ているけど、それもちがう。

こうやって楓町に足を運び、和弥の敵討ちをしようと奔走する自分は、いつまで自分でいられるのだろう。

やがて車は楓町に入った。すでに夕暮れで、家から丸一日の旅となっていた。

喫茶店『憂鬱の森』。あらためてその外観を見る。熊のような店長の木村。カウンターの裏で鼻をかんでいる、いつも鼻炎のアルバイト。

「おかえり」

彼女は微笑(ほほえ)んでむかえてくれた。

私は泣きそうになる。記憶が戻っても、この気持ちを忘れたくない。

「菜深さん、両親と、ちゃんと話をしてきた？」

「うん、まあそこそこ」

曖昧(あいまい)に答える。

「もう、学校がはじまるころなんじゃない？　ここにいて大丈夫？」

「うーん……、大丈夫じゃないかも。でも、きっと気にしなくていいよ」

砂織はカウンターに頬杖(ほおづえ)をついて私を睨(にら)んだ。

「ひょっとして学校に行かないつもり？」

私は焦り、胸の心臓あたりを手で隠す。

「心を読んだのね……！」

みんなと話をしているうちに、消えることがつらくなる。

いや、消えるというわけではないのだ。そもそも、記憶が戻るかどうかはわからないのだし、戻ったとしても、砂織たちとの思い出を忘れるわけではない。

ただ、以前の「菜深」になって、今こうしてみんなに対して抱いている深い気持ちが変わ

るかもしれない。それが恐かった。

おじさんの家で夕飯を食べた後、私は砂織に、学校を休みがちだったことや、母とうまくいってないことを話した。ただ、なぜそうなったのか、という部分には触れなかった。

「そのうちにきっと良くなるよ」砂織は慰めるようにそっと言った。「時間は名医と言うでしょう？」

「……休業中じゃないかしら」

本当は、記憶喪失であることも言いたかった。しかし、和弥の友人であるという嘘をつき通すために、それを白状することはできなかった。

もしも、すべてが終わったら、そのときには説明しよう。どうして私が、ここにいるのかを。

夜、布団に入る前、歯磨きをしていると、玄関の開く音がした。口の中の泡をすすぎ、そちらへ行くと、おじさんの古ぼけた靴が見当たらなかった。玄関の扉はすりガラスにサッシの格子がはまった引き戸である。すぐ向こう側に、おじさんがいるのが見えた。

おやすみの挨拶をして眠ろうと、何気ない気持ちで玄関を開ける。

玄関から門まで階段状になっていて、そこに彼は座っていた。その背中は小さくて、丸かった。和弥が左眼で見たものとは別のものに思える。力が抜けて、しぼんだみたいだ。

玄関を開けたのが私だと気づくと、彼は弱々しい笑みを浮かべて頭を少し下げた。

「やあ」

「おじさん、もう寝ます。おやすみなさい」去る前に、玄関で立ったまま聞いてみる。「何をしてるんですか？」

彼は言いにくそうにした。不躾な質問だったのではないかと不安になった。

「妻のことを考えていた」

彼は、視線を家の脇にある物干し台に向けた。ちょうど、そこから見える場所にそれはあった。その辺りで倒れて、おばさんは亡くなったのだ。

「ごめんなさい、変なこと聞いて……」

私は泣きたくなった。

「かまわないよ。ちょっと、いろいろ考えることがあって……」

外は冷たく、静かだった。体温など、一切の温かさを夜の暗闇が剝ぎ取っていく。

彼はじっと、そこに座り続けるらしい。

おじさんは妻に対して懺悔を行なっているのだ。何かの罰を自分に与えているように見えた。彼は生前の彼女へ暴力を振るった。その後悔が、彼を今のようにしたのだと思う。

おじさんは凍える寒さの中で考え続ける。その神聖な儀式を、邪魔してはいけないと感じた。

しかし、私の足はそこから動かなかった。玄関前で背中を向けたままの彼に、私は言った。

「和弥さんから、おばさんのことを聞きました」

左眼で、いつかそれを見た。

夜、酔いつぶれて居間に寝てしまったおじさん。その上に、しかたがないわね、という顔でおばさんが毛布をかぶせる。ただそれだけの、なんでもない光景だった。

でも、そのときの彼女の表情は、彼へのやさしさにあふれていた。なぜ、そんな表情ができるのかわからない。

和弥からその話を聞いたという形で、彼女の示した愛情についておじさんに話をした。

「おばさんは、きっと憎んだり、不幸だと感じたり、していなかったんじゃないか。……和弥さんは、そう言ってました」

彼はだまりこんだ。

私は彼から視線を外し、家の中へ戻ろうとする。

「ありがとう……」

おじさんは私の方を見ないまま言った。

私は布団に入って考える。きっと、おばさんは知っていた。自分が死んだ後に、彼がこうなるかもしれないと考えていた。だからあんな表情ができたのかもしれない。夫の性格を見ぬいて、やさしくできたのかもしれない。

未来まで見えていたおばさん。そのことを、どれだけの人間が見過ごさずに気づくだろう。

和弥は素通りしなかった。それまでに見た多くの光景のうち、その場面を強く眼球に焼きつけていたのは、偶然なのだろうか。私はそう思わない。和弥はきっと、その光景の美しさ

に気づき、眼を向けたのだ。

　潮崎を犯人だと断定するだけの証拠を、私は見つけられないでいた。彼の住む青い煉瓦の屋敷に、相沢瞳がいるはずなのだ。それなのに、彼を告発できない。

「最近、見かけないと思ったら、実家のほうへ戻っていたそうだね」

　潮崎が喫茶店で声をかけてくる。

「ええ」

　私は、心の中で悲鳴をあげながら答える。

　和弥が事故に遭う原因を作った人間なのだ。私は緊張する。そして悔しい。恐怖を押さえつけながら、自分はおかしな返事をしていないだろうかと心配する。

　彼が何事もなく私の横を通りすぎ、奥の席につくと、ようやく私は安堵する。

　時々、日が落ちて閉店の時間になるまで、私は『憂鬱の森』にいることがあった。そして、夜道を砂織といっしょに帰る。おじさんの家まで両側を森に挟まれた暗い道を歩かねばならない。砂織は平気だと言ったが、私はその道が恐かった。

　その日も、そうするつもりだった。喫茶店内で話をしたり、本を読んだりしてひまをつぶさなくてはならなかった。

　雑誌やコミックを置いてある棚で、以前もそこで見かけた童話を眼にした。『アイのメモリー』という題名の本だ。挿絵の禍々しい雰囲気を覚えていた。そのせいなのか、だれかに

あやつられるようにして、いつのまにか私はその本を手に取っていた。

カウンターに座ってそれを読みはじめる。表紙をめくると、それにあおられた空気が私の鼻先をよぎる。不思議な直感に襲われた。それは、自分がこれから嫌なものを目にするだろうというものだった。

少しだけ読んで、この童話の主人公は、喋ることのできる鴉であることを知った。読み進めるうちに、その話の内容が自分の体験したことに似ている気がした。鴉の運んできた眼球を、眼のない少女が眼窩にはめる。少女は、眼球が見た景色を、夢の中で見るようになる。

鴉が少女のために人間から眼球を取り出すという描写が、残酷だと感じる。子供には読ませたくない。

しかし、読み終えた私の頭には、眼球を嘴にくわえて夜空を滑空する鴉の姿がはっきりと焼きついた。それは、羽ばたきの聞こえるほど、強いイメージだった。

鴉は、少女に、自分の罪を知られたくないと考えている。自分の姿が、人間ではないと気づかれたくないのだ。そのために悩む。そして、あの最後。

「ハッピーエンドにならないとしても、これではあまりにも、少女の親がかわいそうだわ」

私は砂織に言った。彼女はカウンターの裏で、私がその童話についてどんな感想を言うのか待ち構えていたのだ。

砂織は指をピストルの形にして突き出し、「同感」と言った。

「この本、木村さんの趣味なの？」

「店長のではないみたい。いつのまにかこの店の棚に置かれていたの」

あらためてページをめくっていて、ふと、あることに気づく。例えば最初のほう、「パン屋のせがれ」と呼ばれる子供の眼球を鴉が取り出すあたり。「パン屋のせがれ」は、自分の眼球をくわえている鴉を見て、まず驚き、そして怒るのだ。そこが不思議だった。普通なら、痛がるのではないだろうか。「痛み」という感覚が抜け落ちている気がする。

童話の作者名を見た。『三木俊（しゅん）』とある。どうやらこれを書いたのは男の人であるらしい。

寒さに震えながら、二人で家まで歩く。いつもは何か話をしてくれる砂織が、考え事をするように黙りこんでいた。何か心配事があるのではないかと、そういえば住田が言っていたのを思い出す。

「何を考えているの？」

「うーん……、京子さんのこと」

砂織はうなりながら言った。それは、意外な返答だった。なぜ、京子のことを気にしているのかわからない。

「そういえば、この前、京子さんの屋敷へ続く道から出てきたけど……」

「家をたずねていたの。話がしたくって」

何の話をしたのかたずねると、曖昧に笑って教えてくれなかった。

しばらくだまって歩いていると、おじさんの家が見えてくる。

「和弥さんが、自分の眼球をだれかに提供すると言い出したとき、砂織さんは抵抗がなかったの？」

「ちょっとだけ。でも、あんまり気にしなかった」

「それはなぜ？」

「だって、あの子がそれを願ったのだから。それに、今もどこかで、あの子の瞳が生きているというのは、少しおもしろいじゃない？」

砂織は笑った。そして、移植に関する同意書を書いたときのことを聞かせてくれた。

「一年前に和弥が眼科医にかかっていたって話はしたわね。そのときに病院から、移植に関するパンフレットを持ち帰ったの」

砂織の眼の前で、自分が死んだらだれかに眼球を渡すという書類を書いたのだそうだ。臓器提供には家族の同意が必要なので、砂織は同意したということだ。感慨深い気持ちになる。

二人がそうしてくれなかったら、私はどうなっていただろう。ここにいなかったことは確実だ。こんなにも愛しい思い出を作れなかった。いつか記憶が戻り、私の気持ちが変わることになって、忘れたくないという悲しみを覚えることはなかった。

和弥が書類を書いたときの光景を想像する。砂織と二人、おじさんの家の居間で、同意する文書を書いたのだろうか。

左眼の記憶で、残念ながらその重要な瞬間の映像を見てはいなかった。そのうちに見るの

だろうか。ぜひ、そうしたい気がした。

　そこで、ふと、気づく。

「ねえ、その書類を書いたとき、和弥さんは眼帯をしていたの？」

「なぜそんなことを聞くの？」砂織は不思議そうに私を見ながら、その通りであることを説明した。「眼帯をしていたのは三日間くらいだったけど、その時もしていたように思う」

「それは、右眼？　左眼？」

「たしか、左眼だった」

　後に、私の顔へ移植される眼球に眼帯がしてあった。書類を整えた時の映像が、いつまでたっても見られないはずである。眼球は眼帯に覆われていて、何も見ることができなかったのだから。

　その時、ふと、ある可能性に気づく。眼帯をしていたせいで、左眼に映像が焼きつけられることが妨げられた……。その発想をもとに、事故現場から潮崎の屋敷までの道に食い違いが生じている理由を説明できるかもしれない。

　例えば、相沢瞳のいた地下室の窓を見た後、屋敷から逃げる途中、何かで眼が覆われていた。もしくは眼を閉じていた。その、左眼の視界がない間に、一本の道を横切り、ガードレールを越えてコンクリートの壁を落ちる。そしてまた視界が復活し、杉林の中を走って、斜面を滑り転げ、事故に遭う。

　左眼が覆われていた間は、映像も真っ暗になるのだろうか。図書館でそれを見たとき、私

は動揺していたから、その暗闇の映像に気づかなかったのかもしれない。道を横切って、段差を落ちるだけなのだ。時間は五秒もなかったに違いない。

ずっと解けなかった謎が消えた。

潮崎の家に、相沢瞳はいる。間違いない。和弥の見た青い煉瓦の屋敷は、やっぱり彼の家に違いない。

少し迷ったが、おじさんの家で電話を借り、警察に電話をした。コードレスの電話機だったので、砂織やおじさんから離れた場所で話すことができた。内容を聞かれたら困る。二人は、私が両親へ電話するのだと信じていた。

１１０という、三つの重要な番号を押した。自分は間違っていない。そう言い聞かせることによって、番号を押す勇気を搾り出した。今までは警察に電話することなど無駄だと感じていたが、ためしにやってみるつもりになっていた。

受話器の向こう側で、中年くらいの男性の声。回線が警察に繋がったことを、彼の声は示した。

相沢瞳という行方不明の少女について、まず切り出した。

「あの……、その子のことを、ご存知ですか……？」

彼は知らなかった。

「一年以上前に、行方不明になった女の子なんです……」

そして、彼女が現在とある人物の家に監禁されているかもしれないという話をする。

受話器の向こうから、「はあ……」という気のない相槌が聞こえてきた。

「それでは、そのことについてこちらで調べます。その後で、また改めてご連絡さしあげますので、そちらの電話番号をお教えください」

彼は言った。私は一瞬、黙る。電話番号というのは、おじさんの家の番号なのだろう。もしも警察からの電話を、おじさんや砂織が受け取ったら、私のことをどう思うだろう。和弥と知り合いではなかったことなどの嘘を、不幸な形で打ち明けなくてはならないかもしれない。それは嫌だった。

「あの……、絶対に教えなくてはいけないのですか？」

途端に、相手は私を訝しむ口調となる。

番号を教えられないということが、相手に与える不信感について気づいた。しかし、すでに手遅れだったのだ。

彼は、私の言っていることがいたずらではないかと言い出した。私はそうではないと言い張ったが、電話は実を結ばないままに途切れた。

次の日、私はある決意を固めて『憂鬱の森』に行った。

潮崎が来るのは、いつも午後一時だった。その時間まで、私は京子と話をしていた。

彼女は、砂織に興味があるようだった。

「砂織さんは、亡くなった弟さんのことをどう思っているのかしら？」

会話の中で、何気なくそのようなことを京子が口にした。

砂織は、和弥が死んだのだということをまだ素直に受けとめることができていないのではないか。私はそう考えていたが、そのことをはっきり言えなかった。

「和弥さんのことを、今でもよく思い出しているみたいです」

和弥が事故のときに持っていた金色の腕時計を、彼女は今でも形見として持っている。そのことを京子に教えた。

「腕時計？」

「事故の起きた時間を針が指したまま、壊れて動かなくなったものです」

頭の中で、昨日、帰り際に砂織が言っていたことを思い出していた。砂織は京子と、どのような話をしたのだろう。気になったが、たずねることに躊躇いがあった。

店内の時計が午後一時を指す。扉が開き、客がきたことを伝える澄んだ鐘の音が響く。潮崎がいつもの黒いコートを着て入ってくる。彼の淀みない一定の歩幅で刻まれる歩み。カウンターの前を横切り、彼は奥の薄暗い場所へ向かう。

私は一度、顔をうつむけて、勇気を振り絞る。恐ろしかった。しかし、警察にいたずらだと思われた今、こうする以外に私は方法を思いつけないでいた。

「どうしたの？」

京子が首をかしげる。

「いえ、なんでもありません」

軽く笑って立ちあがる。潮崎の座っているテーブルに向かった。

ポケットの中から、古新聞の切りぬきを取り出す。そこには、相沢瞳の顔写真が載っていた。

「潮崎さん」

彼の座っている前で立ち止まり、声をかけた。潮崎の切れ長の眼が私に向けられる。

「こんにちは」

彼は言った。私は体が震える気がした。やめるなら今のうちだろう。しかし、私には他に、どうすればいいのかわからなかったのだ。

「おたずねしたいことがあるの」相沢瞳の写真を彼の前に差し出した。「この子を探しているの。知らないかしら」

声が震えるのを、必死で隠す。彼は、私の手から新聞の切れ端を受け取った。その瞬間、私と彼の指が触れ合う。その恐ろしい冷たさは、全身に氷を当てられたようだった。

潮崎は少しの間、瞳の写真を見て、やがて私に眼を向ける。

「知らないな」

彼はそう言うと、私に切りぬきを戻した。

その日、店内で行なわれた彼との会話はそれだけだった。

潮崎がそのような反応をするだろうとは予想していた。そして、瞳の誘拐犯人であるなら、写真を見せられて平静ではいられないだろうと考えていた。

なぜ、私が瞳を探しているのか、なぜ彼にそう聞いたのか、不思議に思うだろう。その理

由をたずねるために、あるいは私の口を封じて瞳のことを隠すために、乱暴な手段をとるかもしれない。

とるならとればいい。そう思っていた。その瞬間が、彼の正体を暴く唯一の機会なのだ。

# 4章

## I ◆ ある童話作家

「あなたは機会をうかがっているのね」

相沢瞳がソファーの上で言った。

「それとも、むやみにその来訪者を連れ去って、傷つけたり、殺したりするのは、危険だと考えているの？」

三木は荷造りをしていた。身の回りにある一切のものをまとめる。この屋敷に越してきたとき、あまり荷物を持ってきていない。運び出すものは、衣類や本など、ごく少量だった。しかし、その他の準備も合わせて進めていたため数日がかかっていた。

「私が外を見たがったとき、車で出かけたじゃない。そのときに、私の姿を見られたのね」

車のことについて、瞳は三木へ意見を言った。

「買い換えたって、きっと無駄よ。あなたは、顔を覚えられている。名前もそう。逃げられるはずがないわ。ここでつかまるの」

相沢瞳はそう言うと、眼を細めて静かに微笑(ほほえ)んだ。ソファーの上でそうしている手足のない少女は、作り物の人形に見える。

瞳をその場に残して、地下室へ向かった。ほとんどの部屋は、片付けを終えている。あとは地下室だけである。

地下室に入ると、持永幸恵の歌声が聞こえた。いつもの、悲しげな英語の曲である。それが薄暗い電灯のつくる闇の奥から聞こえてくる。剥き出しの煉瓦の壁に反響し、地下室内を満たしていた。

地下室の隅に山をなしている煉瓦を、入り口へ続く階段の真下へ移動させる。そのために何往復も必要であった。

幸恵の歌声が止んだ。

「これから、何がはじまるの？」

彼女が、暗闇の向こうから問いかける。ふと、苦しげなうめき声を出す。

「今、神経の通った足首が、真下のごつごつした石に当たって痛いの」

「ごめん」

久本真一の謝る声。二人の巨体が動く音。

三木は、屋敷を出る計画があることを説明した。

「ああ、なるほど」真一の首が、暗闇の奥でうなずくのを感じ取った。「では、おわかれですね」

「どういう意味……？」

幸恵の、問いかける声。

「あとで説明するよ」

真一が答える。

地下室を出て、相沢瞳のいる二階の書斎へ向かう。袋に包まれた少女は、三木を見ると、悲しそうな顔をした。

「私を連れていく気はないということは、ここで殺されるか、永遠にだれにも見つからないところへ隠されるかのどちらかなのね。そしてあなたは、後者の考えを実行しようとしている。ねえ、最後に私、ゆっくり光を見ていたいの」

瞳を抱き上げる。胴体と頭部だけの少女は、軽々と持ち上げることができる。濡れているように照り輝く長い髪の毛は、三木の移動にあわせて風に流される。

「あなたが捕まったとき、よくしてくれたって証言してあげるから」

三木は、瞳を窓のそばに横たえた。

2

潮崎に相沢瞳の写真を見せた直後から、私は常に恐怖と戦って過ごしていた。いつ襲われてもおかしくない。そう考えていた。

喫茶店の厨房に、一通りの武器はそろっていた。包丁は大きなものから小さなものまで、五種類以上そろっていた。しかし、私はそれらのうち、どれも持つ気にはなれなかった。懐

に隠して生活するには、不便に思えた。それに、いざ後ろから羽交い締めされたとして、彼を刺せるという自信はなかった。

結局、戸棚の奥で発見した果物用のナイフを借りることにした。折りたたみ式の小さなものである。実際に役立つかどうかはわからない。しかし私には心の支えとなる刃物が必要だった。

砂織やおじさんあてに手紙を書いた。自分に何かあった場合、彼らは私の持ち物を調べるだろう。そして手紙を見つけ、私がなぜこの楓町(かえでちょう)にきたのか、そしてなぜ忽然(こつぜん)と消えてしまったのかを知ることになる。

もしも私が消されてしまえば、警察も動かないわけにはいかない。潮崎のことは手紙に記してある。私は、襲われることによって彼に勝つのだ。

毎朝、眼が覚めた時、自分はまだ生きていることを確認した。外へ出歩くとき、家の中で自分ひとりになったとき、私は周囲に眼を配り、聴覚に集中した。心臓が常に緊張状態だった。少しの物音でさえ、私は悲鳴をあげそうになった。

しかし、潮崎が私のもとをたずねて来ることはなかった。それどころか、『憂鬱(ゆううつ)の森』にさえ、彼は来なくなっていた。

すべてのことがらには、最終的な到達点というものがある。それが幸福な結末なのかどうかはわからない。

私が潮崎に写真を見せて、三日目。

それが私と、この事件における、最後の一日となった。


その日の朝はひどい寒さで、布団の中で眼が覚めたとき、手足の先が冷えきっていた。じんじんとするゆるいしびれが足の指先にある。私は布団の中で体を丸め、足先を手でつつんで暖めた。不思議とそうしていることが安らかで、自分には貴重な時間に思えた。

そのうち。静かに心臓の鼓動が早くなっていく。私は眼を開けて、ある予感に貫かれていた。それは漠然としてはいたが、事件に関係あることだった。きっと、いつかこの事件も終息をむかえるに違いない。そして、それが起こるなら今日のような冷たい朝の一日だろう。なぜかはわからないが、それをほとんど確信していた。

和弥のことを考え、相沢瞳のことを思い浮かべ、ついに私は布団から這(は)い出した。

「四月ってのに……」

おじさんは震えながらそうぼやき、くたびれたジャンパーに腕を通して会社へ出かけた。それを見送ってから、私と砂織は喫茶店へ出かけた。

一緒に歩いている最中、潮崎が現れたらどうしようという不安はあった。何も関係ない砂織まで巻きこんでしまう。実際、最初の二日間は、できるだけ砂織とは別行動することにしていた。

しかし、三日待っても音沙汰(おとさた)ない潮崎に対して、私の様々な配慮はいつのまにか失われて

いった。朝に感じた予感が気にはなったが、一緒に歩くくらいいいかと思っていた。

「もうすぐ春休みも終わりだよね」

砂織は私に言った。口から出る息が、真っ白だった。彼女の鼻は赤く、始終、ずるずると言わせていた。

「たしか明後日くらいから新学期が始まると思う」

「じゃあ、菜深さんは受験生だ」

始業式に自分は出るのだろうか。このまま中途半端な状態で家に戻るのは嫌だった。

「もっとここにいたい」

砂織は、困った顔で私を見た。

喫茶店には大きなヒーターがついている。私はそれに一番近い席へずうずうしく腰掛け、『アイのメモリー』を読み返した。時計の針が正午を示しても、客は一人として現れなかった。

砂織は昼の少し前に、喫茶店を出ていった。エプロンを脱ぎながら、ヒーターの前で潮崎のことを考えている私に言ったのだ。

「ちょっと、京子さんの家に行ってくる。店長によろしく言っといて」

私はうなずいた。そのとき、木村は厨房にいた。砂織が出ていった後、彼にそのことを告げた。

「今日は配達の日じゃないのにな」

彼は口ひげを触りながら言った。

いつも、潮崎は午後一時に『憂鬱の森』へ来ていた。しかし、その時間になっても来る気配はなかった。私は安堵と不安の絡み合う複雑な気持ちになる。

不気味だった。彼が何を考え、現在、どこにいるのかわからない。もしかすると、すでに逃げてしまったのだろうか。

その考えに行きつくと、それが正解のように思えてくる。

「お得意さまが減った……。どうしたんだあいつは」

潮崎がこないことについて木村はそうもらし、残念そうにしていた。どこか、彼のことを心配しているようでもあった。

「旅行へ行くという話は聞いてなかったですしね」

木村と話の相手をしていた住田が、ストローを口にくわえたまま言った。彼の前に置かれていたオレンジジュースはなくなっており、すでに氷だけである。

彼は、砂織が店からいなくなって一時間後にひょいと現れた。もちろん、砂織に会うためなのだろう。彼女がいないことを聞くと、首をうなだれて残念そうにしていた。

潮崎が逃げ出したのではないかという推測について、さらに考えてみた。

もしもそうであった場合、彼の家は現在どうなっているのだろう？　証拠をすべて消した後で、屋敷を出ていったのだろうか。証拠というのは、例えば何だろう。相沢瞳を監禁しておくのに必要だったものだろうか。

まず、衣類。瞳に着せる服……。潮崎の屋敷で女性の服を見た。しかし、和弥の左眼が見た瞳には、手足が見当たらず、体は袋に包まれていた。そのような状態の瞳に、普通の服は着せられない。

もしかすると、あの家で私が見たのは、相沢瞳が誘拐されたときに着ていた服だったのかもしれない。

そこまで考えて、監禁に必要な他のものに気づく。それは場所だ。潮崎がすべての証拠を消して出て行ったとしたら、地下室の存在も消していったのだろうか。地下室の窓は、煉瓦造りの植え込みによってこの二か月以内に塞がれていたようだった。あとは入り口さえ塞げば、だれにも地下室の存在は悟られないのではないだろうか。

他に証拠となるものはないだろうか。見つかると、自分が犯人だと特定されてしまうもの。

私は立ち上がった。自分の愚かさに腹が立つ。そして、恐怖を感じる。もっとも重要で、発見されてはならないものがあるじゃないか。

相沢瞳、彼女自身だ。もしも彼女が生きたままだれかに助けだされたとしたら、潮崎にとって致命的だろう。では、どうする。

連れて逃げるか、もしくは永久に話をできなくするしかない。

私は早急に、潮崎の屋敷へ行く必要を感じた。

「車を出してほしいの！」

「え、どこに？」

焦った様子の私を見て、住田は驚いていた。

「いいから立って！」住田の着ているセーターの袖を引っ張り、半ば無理やりに立たせた。

「行き先は車の中で教えるから！」

木村がカウンターの裏から、私と住田の様子をおもしろそうに見ていた。

「行ってあげろよ」

彼が住田にそう命令する。のんびりとした口調だった。それが私の焦燥を刺激したが、そう言ってくれたことがありがたかった。

立ちあがって背伸びする住田を、後ろから押して店の外へ出した。お金を払っていなかったが、その時間も惜しかったので、後で払うことにした。

外は寒かったはずだが、興奮していたため、ほとんど感じなかった。

店の前に駐車されている住田の軽自動車を見つけて、助手席の扉を開ける。私たちは車に乗りこんだ。

「まず、落ちつきなよ」彼は運転席で、私を静めるように言った。「引っ張るから、袖が伸びちゃったじゃないか」

「ごめんなさい」私は深呼吸する。「でも、急いでいるの。ねえ、潮崎さんの屋敷に急いで」

住田は驚いたように口を開けた。

「なんで？」

「理由は走りながら。まずはお願いだからエンジンをかけて」

彼は静かにキーを回し、車を発進させた。『憂鬱の森』の駐車場を出て、潮崎の家へ向かう。

「ねえ、理由を聞かせてよ。どうして僕の車は潮崎さんの家に向かっているわけ？」

私は、相沢瞳のことを言うべきかどうか迷った。本当は、住田を巻き込むべきではなかったのではないかと、少しだけ冷静になった頭が考えた。

しかし、私は潮崎が少女を誘拐している可能性について、住田へ話す決断をした。

「驚かないで聞いてほしいの」

「もう驚かないよ、菜深ちゃんの恐い顔をはじめて見た」

「真面目（まじめ）に聞いて」

「……うん」

住田はうなずいた。その眼は真剣に車の向かう先を見据えていた。私は、急に心強さを感じた。一人で行くよりも、彼を連れていったほうがいい。そう思えた。

私は、相沢瞳のことを彼に話した。そして、潮崎の青い煉瓦の屋敷には地下室があり、そこに彼女がいるだろうという推測を伝えた。潮崎が和弥の死の原因を作ったことなどは、話題から除外する。私の左に入っている眼球について聞かせると、ややこしくなりそうだった。

「私は三日前に、潮崎さんへ新聞の切り抜きを見せたの。それには、相沢瞳の写真が掲載されていた……」

潮崎が私を狙って現れるのを待っていたが、ついさきほど、瞳の口を封じて逃げたという推測に行きついたことを説明する。

住田は真剣に私の話を聞いてくれた。

「でも、あの潮崎さんが……?」私が話し終えると、彼は青い顔で弱々しい声を出した。

「とても信じられない……」

「信じて、お願い」

「でも……」

車は屋敷へ向かう蛇行した道を進む。上り坂となり、両側は杉の木にはさまれる。和弥が事故に遭った場所を通りすぎた。

「わかった、信じなくてもいい。屋敷には私ひとりで行く。住田さんは車にいて。まだ潮崎さんがいるという可能性は高い。きっと危険だわ。私が行って、戻ってこなかったら、住田さんは警察に行ってほしいの」

決心してそう伝えた。恐かったが、彼に無理を言えない。

「危険なの?」

「たぶん……。でも一応、武器はあるよ。果物ナイフ」

住田の顔が、いっそう、青白くなった気がした。

「……でも、それなら、なおさら一人では行かせられない」

住田の言葉に、私は感謝で泣きそうだった。

車がカーブを曲がり、京子の屋敷へ通じるわき道を通りすぎた。

やがて見上げる斜面の寒々しい杉林に、背の低い枯れ木が混じりはじめる。冷酷な寒さが、一切の生物を封じこめたように、動くものは見当たらない。すべての木が、石でできているように感じられた。

低い雲が太陽を閉ざし、どこまでも陰鬱とした薄暗闇を作っている。

やがて青い煉瓦の屋敷が斜面の上に現れた。背筋に悪寒が走る。

「敷地の中まで車を入れないで。手前でとめて、歩いて行こう」

私は提案した。

「なんで？」

「まだ潮崎さんが家の中にいたら、気づかれるかもしれない」

屋敷の扉を開ける前に、周囲をもう一度、見てまわりたかった。

傾斜した道路を住田の運転する軽自動車は走る。私は眼を閉じて、押し寄せる恐怖を払いのけた。私の体は震えていた。それは寒さのせいではない。両腕で体を抱きしめて耐える。

和弥の左眼へ祈りを捧げた。

彼が相沢瞳を助けようと屋敷へ近づいたとき、どれほどの恐怖に耐えていただろうか。

私に勇気を。

そのとき、車がとまった。屋敷の門から少し離れた道の脇である。

「用意はいいかい」

住田が青い顔をして言った。
私はうなずいて、車から下りた。

## 3

私の背丈ほどもある石造りの門柱が二つ、潮崎家の敷地へ続く道の両側に立っている。錆びた鉄製の門扉は開きっぱなしになっていた。私と住田は、心持ち頭を低くしてその間を抜けた。

両側を茂みに挟まれた細い小道を抜けると、青い煉瓦の屋敷が眼の前に現れる。屋敷は二階建てでこれよりも高い建物はどこにでもあるが、私には、空を包むほどに大きく思えた。三角形の屋根は灰色の低い雲へ向かってまっすぐに尖っている。

闇を孕んだ巨大な魔物に思えた。その屋敷を見ていると、心のもっとも深いところにあるどうすることもできない部分が震え出す。どんなに幸福で正しい気持ちでいようと、それを目の前にした瞬間、自分が孤独なただの人間であることを理解してしまう。

青は暗さと寂しさの色だ。青い海が深さを増すと、やがて光の射さない深海の闇となる。海面の青と深海の闇は別のものではないのだ。目の前にある屋敷の色は、それが真実であることを冷徹に告げていた。

まだ昼間には違いないが、太陽は雲に覆われて辺りは暗い。部屋には明かりが必要だろう。

しかし、正面から見える窓はどれも静かな闇に満たされている。だれかがいるようには思えなかった。

屋敷の正面には、車を駐めておく広い砂利の空間がある。そこに、潮崎の黒い乗用車があった。彼の車はそれ一台きりである。

「潮崎さんは、まだ家の中にいるのかな」

住田に聞いた。緊張で、声がかたくなっていることに自分でも気づいていた。

「車を捨ててどこかへ行ったのかも」

彼は答えた。

私たちは、敷地を囲んでいる森の中に、浅く身を潜ませていた。辺りは耳鳴りがするほどの静寂だった。たまにどこかで鳥が翼をはばたかせた。その音が聞こえるのみである。

静けさに支配されている中、屋根の上に鴉(からす)がいるのを見た。一羽、針の先端で空間へ穴を開けたように、黒い点となっている。周囲に眼を光らせ、侵入者を見つけようと黒い首をめぐらしていた。

「住田さんは右に行って。私は左から調べる」

屋敷の周囲を、それぞれ反対側からまわりこんで調べることにした。

「何かあったら、叫ぶんだよ」

彼は緊張した顔でそう言うと、木々の間を隠れるように移動しはじめた。私も同じように、敷地を囲んでいる森の中、屋敷の左手側を目指して進んだ。

住田と別行動で一人になってみると、急に心細くなる。彼は決してたくましそうではないし、むしろ細い背中や腕は、ひ弱な印象である。それでも、だれかがいることで精神にゆとりができていたのだと気づく。

垂直に地面からそそり立つ青い煉瓦の壁。一歩、近づくたびに、それの持っている圧力を全身に感じた。やがて屋敷のそばまで近づいたとき、枯れ枝の隙間(すきま)から見上げると、壁は視界の中で空の半分以上を占めていた。

静かにその壁を見つめていると、やがて焦点が定まらなくなり、眩暈(めまい)を感じそうになる。規則正しく積み上げられた煉瓦の並びが頭の中を埋め尽くす。人間の悲鳴、絶叫、苦悶(くもん)の声をその向こう側に感じる。

吐き気をともなって不安が押し寄せた。木の幹に手をつき、眼を閉じて心を落ちつけた。息が苦しく、私は酸素をもとめて喘(あえ)いだ。

森と屋敷の気配を全身で感じる。空気の冷たい指先が頬(ほお)を撫(な)でていく。寒さと孤独を、張り詰めて緊張した皮膚が受けとめる。

和弥もかつてこうしたのだろうか。相沢瞳を助けようとして屋敷の周囲を調査したとき、恐怖を感じていたのだろうか。

相沢瞳を発見し、窓を破ろうとしたあの日の前にも、このように調査をしたのだろうか。おそらくそうなのだ。だからポケットに工具を忍ばせ、窓を破る用意をしていたに違いない。

私は今、彼と同じことをしている。意思を受け継いで、瞳の救出劇を演じなおしているの

だ。

呼吸を整えて、まぶたを開ける。

眼を閉じてじっとしていたのは十秒程度だった。しかしそれだけで、足を踏み出す勇気を一握り取り出すことができた。

木々の間から身を出して、屋敷の壁に身を寄り添わせる。物音を立てないよう、壁に沿って移動をはじめた。

私の気配を感じたのだろうか。屋敷の上にいた黒い鳥、それが翼を動かし、空へ飛び立つ音を聞いた。

## 4◆ある童話作家

三木は書斎にいた。ほとんど荷造りを終え、後は地下室に蓋（ふた）をして立ち去るのみである。屋敷は知人の手を通して、また別の人間の手に渡るだろう。

机や椅子（いす）、時計やカーテンなどは残していく。ここへ引っ越してきたときとほとんど同じ状態となる。三木の持ち物のみが、ただ消え去るのだ。

ふと、思い出して机の引き出しを開けた。そこにしまっていたものを取り出し、しばらく眺める。少し前に、屋敷の周囲を調査していた来訪者が落としていったものである。

そのとき、外で鳥のはばたく音を聞いた気がした。

いつもならば気に留めなかった。しかし、これから消え去ろうというときに、その音は胸騒ぎを感じさせるものだった。

引き出しにしまっていたそれを、ポケットの中へ滑りこませた。

書斎の窓から外を眺める。異状はない。

部屋を出て、二階の廊下を進む。階段の上は吹き抜けとなっており、一階の廊下を見下ろすことができた。吹き抜けのまわりをL字に廊下が囲み、その突き当たりに窓がある。

三木はその窓に近寄り、顔をガラスに寄せた。そこは屋敷の南側にあたる。物音をたてはいけないため、窓を開けることはできない。そのために真下を見ることはできなかった。

しかし一瞬だけ、窓下が邪魔をしない視界ぎりぎりのところに、屋敷の裏側へ移動する人間の肩を見た。

三木は、来訪者の存在を知った。その人物はおそらく、煉瓦の壁に身を寄せているのだろう。建物の側面を移動し、調査しているのだ。

三木は移動を開始した。静かに階段を下りる。

下には煉瓦や漆喰(しっくい)の入った袋を置いていた。地下室から少しずつ持ち運んでいたものである。

三木が金槌(かなづち)を手にしたのは、ほとんど偶然だった。地下室に蓋をする際、必要になるかもしれないと工具箱も階段の下に用意していたのだ。金槌はその中に入っていた。頭の部分は半ば錆びているが、充分に重く、破壊には適しているだろう。

木製の柄を握り締め、三木は来訪者のもとへ向かった。

## 5

私は屋敷の壁伝いに進んだ。体を壁に密着させていれば、二階の窓から容易に目撃されることはないのではと考えていた。肩や手のひらを青い煉瓦につけて移動する。壁は冷たく、乾燥していた。私の吐いた白い息が、四角い煉瓦の連なりを撫でて消える。

屋敷は単純な四角い箱ではない。部屋の突き出した部分が壁に起伏をもたらしている。角を曲がるたびに私は息を詰めた。眼の前に突然、現れるかもしれない潮崎の姿に怯えた。

窓をひとつずつ、慎重に覗きこむ。ほとんどの部屋はカーテンが閉まっていた。やはり、潮崎はいないのだろう。無人の家が持つ特有の空虚な雰囲気がある。

屋敷の側面には、ところどころ煉瓦造りの植え込みがあった。ほとんどは何も生えておらず、枯れて薄茶いろとなった草が伸びているだけだ。しかし時折、かつて小さな木が生えていたことを示す細く乾燥した木の棒が突き立っていた。すべての葉が消え去って死に絶えた幹である。

南西の隅、そこが左眼の記憶で見た場所に、もっとも似ている。おそらく和弥がいたのはここだと、この前に屋敷のそばへ来たとき確信していた。

私は再び、その場所に立った。しかし、和弥が見たはずの地下室の窓はやはりない。壁と

地面が接する場所にあるのは、窓ではなく、植え込みなのだ。

　中の土を少し掘ってみようとする。しかし、土は凍てついている。指で掘るのは容易ではない。植え込みを構成する煉瓦も漆喰で固定されており、外れない。

　この二か月のうちに、急ごしらえで造ったはずなのだ。どこか欠陥があるかもしれない。しかし、私の眼はそれを探し出すことができなかった。

　私は考えるのをやめた。そこにとどまり続けることは避けたほうがよい。

　屋敷の裏にまわると、そこに物置があった。以前に来たとき、発見したものだ。おそらくこの屋敷ができた当時からあるのだろう。物置を形作る木の板は古く、腐りかけていた。もともと白いペンキが塗られていたらしいが、剝がれて雨の染みができている。

　木の板はところどころ外れかけており、物置内部の暗闇が覗いている。取っ手をつかみ、中を確認しようとするが動かない。力をこめて開けた。中は何もない。空だった。

　私が窓に気づいたのはそのときだった。

　物置のそば、私が少し見上げた場所に、壁の四角いへこみがあった。どうやらカーテンは閉まっていない。かといって、カーテンがないわけではないのだ。窓の両端にたたまれている。そこからなら、カーテンに邪魔されず屋敷の中を覗くことができるに違いない。

　周囲を見て、だれもいないことを確認する。

　その窓は高い位置にある。屋敷がもともと斜面に建っているせいか、同じ階の窓でも、外からは高さの異なっている場合がある。

物置を足場がわりに利用して、中を覗こうと考えた。物置の側面に打ちつけられている木へ、つま先を引っ掛ける。窓に手をかけて、体を持ち上げる。

ちょうど、窓下が鼻のあたりになった。

私は視線を、窓の中に向ける。

## 6◆ある童話作家

三木は玄関を出て壁伝いに歩いた。二階からわずかに確認できた人影は、屋敷の南側を移動していたように見えた。ちょうどその背中を追う格好である。

来訪者、という存在について三木は考えていた。これまでもそういった人間は現れた。三木が秘密にしているものを、どこからか嗅ぎつける。

もともと、犯行を周到に隠したりはしなかった。

道をたずねてきた女性を、まったく唐突に崖から突き落とした、最初の殺人もそうだった。後から考えても、なぜ自分がそうしたのかはわからない。見つかって罰を受けることは考えなかった。もしも罰を受けても、それはそれでいいだろうと感じた。

しかし、逃げることができるのなら、そうするつもりである。三木の犯行に感づき、屋敷を調べる来訪者の口をふさぐことができるのなら、そうする。

三木は金槌を握り締めて静かに歩く。やがて、屋敷の壁が突き出した部分をいくつか越え

たところで足を止めた。

今回の来訪者がいた。その人物の着ている服が、角の向こう側でわずかに見えた。

まだ、屋敷の主に察せられているのだということを、その来訪者は気づいていないらしい。

三木は隠れたまま、息を潜めた。

いつものことである。この屋敷に来て何人目だろう。

ここへ越してくる前に住んでいた場所でもそうだった。当時のことを思い出す。そのときの来訪者は主婦だった。彼女は、外を歩いている三木を見つけると、不審な顔を向けた。近所づきあいを完全に排除していたため、不気味に映ったのだろう。その家に住んでいたとき、二人の人間を山中に埋めた。そのことについて疑われているのだろうかとも考えた。彼女を殺害するという選択肢もあったが、それを選ばなかった。彼女が突然に姿を消した場合、その家族が騒ぎ出すことを予想した。結局、決定的な証拠をつかまれる前に家を引き払い、別の場所へ移動することのほうがかんたんだと思った。

そして、三木は楓町に来た。

煉瓦の壁に頭と肩を押しつけ、再度、来訪者の姿を確認する。

その人物は白い息を吐きながら、屋敷の中を見るために窓へ顔を近づけていた。

その窓から見えるものについて、三木は記憶をめぐらす。何がそこに置かれていたのかは、すぐに思い出せた。

そして、そろそろ行くべきであることを悟る。

相沢瞳が、光を見たいと訴えた。

もしも少女がそう言い出さなければ、来訪者の口をふさぐ必要はなかったかもしれない。後はもう、地下室に蓋をして屋敷を出て行くのみだったのだから。

窓の奥には、瞳がいるはずだった。三木の手で、さきほどそこに寝かせた。

来訪者は見てしまったらしい。それは抑制されて小さなものだったが、驚きの悲鳴があがった。

7

窓の向こうにはほとんど何もなかった。ひとつだけ本棚があり、大きなサイズの背表紙が並んでいる。画集ではないかと思った。本棚の脇に、いくつかの絵が飾られないまま立てかけられている。潮崎はこの部屋を、物置にでもしていたのだろうか。

私は安堵とも困惑ともつかない気持ちで、足場にしていた物置から下りる。潮崎はやはり、もうこの家にはいないのだろうか。

突然、行く手の先から人影が現れた。声をあげそうになる。それが住田であることに気づくと、体から力が抜ける気がした。

「何かあった?」

住田の問いに、私は首を横へ振る。

私たちは屋敷の中へ入ることにした。

玄関を調べてみたが、錠が下りていて開かない。しかし、住田の調べた屋敷の北側に、裏口があった。そこには鍵がかかっておらず、取っ手をひねると静かに開いた。

屋敷内は暗い。空が曇りであるのに加えて、そこは北側だ。視界が心もとない。電灯をつけるかどうか躊躇った。潮崎がどこかにいると危険だろうか、という考えがあったからだ。しかし、住田はそういったことを考えずにさっさとスイッチを入れた。

「大丈夫だよ、きっとだれもいないから」

「もっと慎重にならなきゃ」

私はそう言ったが、内心、二人であることの心強さを感じていた。

裏口は台所へ通じていた。

小さな弱々しい電灯に照らされて、古い冷蔵庫や食器棚があった。静けさの中に、冷蔵庫の活動している音が低く聞こえる。

流し場には生ごみなどが見当たらず、最近に料理をした形跡はない。綺麗に掃除されているというより、使われることがなかったのかもしれない。

私たちはひとつずつ部屋を確認していった。どこにも人影はない。

アトリエとして使っていたらしい部屋に、描きかけの絵が残されていた。屋敷の庭を描いたものだった。絵の具で汚れたテーブルに、絵筆のささったガラスのコップが載っていた。

潮崎が妻の服だと言い張ったものも、そのままにされていた。女性の服が綺麗に折りたた

まれて、収納用の半透明な箱に積めこまれている。

相沢瞳が着るような大きさではないし、もっと大人の女性が選ぶ服ばかりだった。

無人の風呂場を覗いた後で、住田が私に言った。

「だれもいないよ」

彼の中に、緊張感がかけらも見当たらなくなっていた。それだけでなく、相沢瞳がどこかに監禁されているという話や、潮崎がその犯人であるということに疑いを抱きはじめているようだった。はっきりとそう言わなかったが、彼の口調から、それを感じ取ることができた。

薄暗い廊下を歩き、まだ開けていない扉を探す。どこかに地下室の入り口がなければならないはずだ。しかし、それらしい扉はなかった。

「菜深ちゃん、もう出ようよ。きみの考えていることは、きっと何かの間違いなんだ」

廊下の真ん中で住田が言った。私は悲しくなった。そんなはずはない。しかし、何も言い返せずに困惑するだけだった。

「まだ、二階を見てないよ」

「僕は行かない」

彼は腰に手を当てて、そこから動くまいとした。

私は一人で階段をあがった。階段の上は吹き抜けとなっている。その周囲を廊下が通り、扉がいくつか並んでいる。

潮崎が寝室として使用していたらしい部屋があった。また別の部屋には、古い木の机が置

かれていた。

私は机のある部屋で、次第に不安を感じ始めた。どこを探しても、何も出てこない。さきほど、住田が私に不審な気持ちを抱いたとき、憤りを感じた。しかし、彼がそうなるのも不思議はないと思えてきた。

ひとつずつ部屋を調べているうち、この屋敷に対して感じていた畏怖のようなものは薄れていったのだ。外から見ると、中は異様なものを抱えた魔窟のように感じていた。しかし、潮崎の描いた草原を走る犬の絵や、居間に置かれていたテレビ、録画されてラベルの貼られたビデオテープなどを見るにつけ、正体不明の恐怖は剝がれていった。

なぜ、地下室へ続く入り口がないのだろう。証拠となるものが見つからないのだろう。私は戸惑いながら部屋を歩く。

窓に、ふと視線を止めた。もしもそこのカーテンが開いていなければ、私はその建物を目撃しなかっただろう。

その部屋から森が見えた。そして少し離れた山の斜面に、今いるこの屋敷に似た建物が、もうひとつ建っているのを発見する。

おそらく、この屋敷と同様に煉瓦造りである。屋根の形も同じだろう。ただ、壁の色が違っていた。潮崎の屋敷は青い煉瓦で造られているが、窓から見える屋敷は赤色である。

あれはおそらく京子の家だ。たしか以前、木村が言った。京子も煉瓦の屋敷に住んでいると……。

位置も、ちょうどそのあたりだ。これまで京子の家には近づかなかったので、今、はじめて外観を見る。

私の中で、ある仮説が浮上する。それは、これまで考えもしなかったものである。

もしも、和弥が相沢瞳を助けようとしたあの日、彼が青い色のサングラスをかけていたら。

たとえ屋敷の壁が青色でなくても、左眼には青色として焼きつけられるかもしれない。

いや、そのようなはずがない。左眼で見た映像に、サングラスらしいものをかけていた形跡があっただろうか。私は否定する。

しかし、心のどこかでそれを完全に笑い飛ばすほどの確信はなかった。むしろ、不安は増大していった。

そうだ。和弥の記憶には、屋敷に地下室の窓があった。しかし、今いるこの家にはそれがない。植え込みがあるだけだ。

それはこの二か月のうちに急造したものだとこれまでは考えていた。しかし、はたして植え込みの土から生えていた枯れ草は、この短期間に生えたものだろうか。この二か月間、冬だったのだ。それなのに、何もないところから成長し、枯れたというのだろうか。それよりも、あの植え込みは以前から存在していたと考えたほうが自然ではないだろうか。

私は二階の一室で立ちすくんだ。もしも、和弥の見ていた窓が、京子の家の地下室だったとしたら、私はひどい思い違いをしていたことになる。

私は部屋を出た。階段を下りるのももどかしい。吹き抜けを囲んでいる手すりから身を乗

り出し、一階の廊下を見る。

「住田さん！」

叫ぶと、彼が歩いてきた。私を見上げて首を傾げる。

「諦めた？」

「車を出して！　京子さんの屋敷へ行こう！」

彼は驚いて眼を丸くした。

「理由は後で話す！」

彼は納得しない様子で、それでも玄関の方向へ走って消えた。

私は階段を駆け下りながら考えていた。

和弥の見た屋敷はここではない。もうひとつの煉瓦造りの屋敷だ。そうだとしたら、砂織が危ない。彼女は昼に、京子の家へ向かうと言っていた。

急がなければならない。私は最後の数段を、一息に飛び降りた。

## 8◆ある童話作家

窓の奥で相沢瞳はどのような表情をしたのだろうか。三木は思う。

その来訪者はおそらく、少女の切断された手足に気づいたのだろう。袋に入って蠢いている瞳が奇怪だったのだ。

小さな驚きの悲鳴は、すぐにおさまった。辺りをはばかり、声を無理やり押し殺したという雰囲気だった。

三木はそちらへ向かおうと、足を踏み出しかけた。そのとき、ポケットの中から、金属同士のぶつかる小さな音が出た。

ポケットに入っているのは車のキー、そして金色の腕時計だった。屋敷の裏に来訪者が落としていった、例の時計である。

音はごく小さなものだった。しかし、だれかがそこにいるのだということを知らせるためには、充分だったらしい。

来訪者の逃げ出す音。

三木は、身を潜ませていた屋敷の角から出る。

追いかけて、口を封じることが必要だった。

9

私は階段を下りきって、玄関の方に体を向けた。今ごろ、車のエンジンをかけているであろう住田のもとへ、一刻も早く到着しないといけなかった。

まったく予想しなかったこと、という瞬間はそのときに訪れた。

私の耳がそこで何も聞いていなければ、立ち止まるようなことはしなかっただろう。

歌が聞こえた気がした。

私は階段の下で足を止める。それはごく小さな声だった。ほとんど聞こえないに等しい。震える危うい女性の歌声である。どうやら歌詞は英語のようだった。

どこかの部屋でテレビかラジオが音を出しているのかもしれない。その歌を無視して京子の家へ急ぐべきだ。しかし、その考えとは裏腹に、音源を探そうとする私がいた。

そうなのだ。落ちつくとそう思えてくる。

青いサングラスをかけていたからといって、赤色の煉瓦の壁が青色に見えるわけがないじゃないか。それは単純なことだ……。

階段の下から離れると、歌声は弱まって聞こえなくなる。音源はすぐに見つかった。階段の裏にある戸棚、その前に立ったとき、もっとも声はよく聞こえる。

階段の裏は壁がへこんでいるだけである。そこに古い木製の戸棚が置かれていた。棚の引き戸に耳を密着させ、私は眼を閉じる。

歌声は棚の奥から聞こえた。

ほとんど確信した。裏側に何かがある。それを覆い隠すために、棚が置かれているのだ。

体中をざわめきが貫いた。すでに京子の家へ行くことなど、考えなくなっていた。

棚の中には何も入っていなかった。動かしやすくするため空にしたのではないかと思える。

棚は軽く、私でも力を入れれば、引きずって動かすことができた。ずらしてみると、背後から現れたのは穴のあいた壁だった。

もともと、周囲と同じ乳白色の壁紙がはられていたようだ。しかしそれも剝がされて一部分しか残っていない。人間ほどの大きさに開いた穴の縁は、壊れた煉瓦である。

もともとはそこに入り口となる扉があったのではないかと思われた。その上に煉瓦の層を造り、覆い隠していたのだ。煉瓦の縁の奥に、蝶番が見えた。

穴の奥は細い階段となって下へ続いていた。天井に弱々しく点灯した電灯が下がり、何かの喉を思わせる細長い空間を照らしている。

歌声は下の方から聞こえる。それがラジオなどではない、人間の発するものだという確信があった。

地下室だ。やはりこの屋敷には地下室があった。

階段を一歩ずつ、慎重に下りた。呼吸をまともにできないほど、私は緊張していた。心臓が胸の中で激しく脈打っているのがわかった。

両側は剝き出しの煉瓦である。転ばないよう壁に手をついて下りていく。

下が近づくにつれ、空気が湿り気を帯びる。それがほとんど圧力をともなって体にからみつく。粘着質の空気である。息がつまるほどにそれは濁っている気がした。まるで闇が液体となり、充満しているようである。

階段を下りきると、そこは暗い部屋だった。一階の床を支える梁が天井を縦横に走っている。ひとつだけ電灯が下がっており、私がスイッチを入れる前から弱々しい光を放っていた。ほとんど切れかかっているらしく、時折、明滅している。隅まで照らし出すことができてお

らず、階段の反対側は闇が濃い。そのため地下室は無限の奥行きを持っているように思えるのだ。数本の柱が電灯に照らされて、あるいは闇に半分消え入りながら、幽鬼のように立っている。地面は土である。充分に固められ、ほとんど石のように感じた。

手前に広い空間がとられており、そこには木製の大きな机があった。奥の方には林立する棚がある。部屋の一方に寄せられて、図書館の本棚のように並んでいる。

木製の机は、どうやら作業台であるらしい。工具などが散乱している。のこぎりや金槌が、台の上に載っていた。また、妙に真新しい大きな槌が転がっている。

手術の際に用いるメスらしいものが作業台の上に見えた。明滅する明かりがそれに反射し、鈍い銀色に照らし出す。台の表面は、一面、黒い染みに覆われていた。

私は想像したものを振り払う。その染みはまるで人間の血が付着し、変色した跡のように思えたのだ。違う、油の汚れなのだ、そう自分に言い聞かせる。

棚の手前に、木箱などの雑多なものが置かれている。この屋敷の中にある、古くて使いそうもない様々なものが寄せ集められているようだった。おそらく、この屋敷ができた当時のものだろう。文字盤の取れた柱時計や、くすんだ色の毛布に覆われた乳母車がある。

女性の歌声は続いていた。電灯の拭(ぬぐ)いきれない地下室の闇、その底辺を静かに彼女の声は流れてくる。英語の歌詞、その内容はわからないが、その声は今にもはかなく消えてしまいそうで、切なくなる。充満する暗闇そのものが涙を流して泣いているように思える。

私は呼びかけようとするが、声が出なかった。喉の奥が乾き、何度も言葉がつっかえた。

やがて出た声は、震える弱々しいものだった。

「だれか、いるの……？」

私の呼びかけが闇に吸いこまれると、歌声が止んだ。一瞬、地下室全体が静寂に包まれる。

「……だれ？」

地下室の奥、棚の陰から女性の声が聞こえてくる。さきほどの歌声と同じものだった。その声は、わずかに恐怖をはらんでいた。

「相沢瞳さんね？」

私は声の方に近づきながら言った。作業台の脇を抜け、棚のそばに近づこうとする。地下室の中を歩くのは恐ろしいことだった。そこは自分の見知らぬ世界であるように感じられた。太陽が見えず、朝も夜もない、弱々しい電灯がすべての、薄暗い世界である。

「彼女は瞳ではないよ」

私は柱のそばで足を止めた。若い男の声だった。それが、同じ棚の陰から聞こえた。

「僕は久本真一、さきほどきみに返事をしたのは持永幸恵だ」

頭が混乱した。どちらもはじめて聞く名前だった。地下室にいるのは、相沢瞳だけだと思っていた。

「……瞳さんは？」

「今、眠っているみたい。起こさないように小さな声で話をしよう」

声を潜めて、久本と名乗る彼は言った。

棚の陰から、彼ら二人の囁き合う声が聞こえた。闇の中、紙くずをこすり合わせたようなひそひそ声が私の耳をくすぐる。彼らの姿は闇によって覆い隠されている。その中から私の体に突き刺さる視線を感じる。

不気味だった。私の足は動かず、そちらへ近寄ることができなかった。少しでも電灯の力が弱まる暗い場所には近づきたくなかった。二人もの、意思のある人間が地下に潜んでいた。そのことだけで、私の思考は停止しそうだった。

「もしかしてあなたは、潮崎さんのお友達？」持永幸恵と呼ばれた女性の声。私は混乱しながら、なぜ彼の名前がここで出るのだろうかと不思議に思った。「あなたの声を聞いて、潮崎さんがかすかに反応したの」

「そこに……、いらっしゃるんですか？」

「そばにいる」久本真一の声。「喋ることができない状態なんだ。でも、きみの声を聞いて、かすかにうめいた」

潮崎がいる。そして、喋ることができない状態だと言う。何かの冗談ではないかと思った。低い天井は私の心を圧迫する。それは巨大な暗闇の手となり、今にも私を押しつぶすのではないかと思えるのだ。私は柱に手をついて孤独に耐えながら、彼らの潜む闇に眼をこらす。その奥にだれかがいる、という気配はある。立ちこめた暗闇がゆらいで動くのを感じる。しかし姿はやはり見えないのだ。

私のそばに、天井から何かがぶら下がっていた。細い、数十本の糸だ。その先端に釣り針

がついている。よく見ると針には、何か乾燥したものがところどころこびりついていた。

「潮崎さんは、なぜ、喋ることができないのですか？」

私は問いかけた。少し間があり、久本の声が返ってくる。

「膝を抱えて座った状態で、全身に杭を打たれている。動けないし、話もできないんだ。肺が貫かれているのだろう。もちろんまだ生きているけど」

「そんな状態で、生きていられるはずがないわ……！」

少し声が大きくなってしまった。それだけで、地下室の中に潜む巨大な暗闇が大きく震えるのを感じる。

「でも、そうなんだよ。うまく説明はできないけど」

彼の声は困惑していた。私をなだめて落ちつかせようとしていた。

「もうすこし、静かに話して」

懇願するような持永幸恵の声。

そのとき、彼らの潜んでいると思われる棚が大きく揺れた。だれかの体が当たったようだ。倒れはしなかったが、傾いだ瞬間、棚に収まっていた箱がひとつ、床に落ちて音を立てる。

私は口元を押さえ、後ずさりした。

棚の揺れた際、電灯の弱々しい明かりが、陰に潜んでいた彼らの姿を少しだけ照らし出した。それは幻のように一瞬だけ闇から現れ、また消えた。

何かの間違いだと思った。あるいは、私の頭がおかしくなったのだ。

「そんな顔しないで、私たちから、あなたの姿はよく見えるのよ」

持永幸恵の声。悲しい響きがこめられていた。

「なぜ……」

私は言いかけたが、呼吸困難から立ち直るのに精一杯だった。たった今、見てしまった彼らの姿が、私の頭にかろうじて残っていた冷静なものを取り去りかけた。絶叫して逃げ出さなかったのは、ただ足がすくんで動けなかったというだけだ。

「僕たちは手術された」

「手術？」

「そう、ここに来た人間は、みんな手術を受ける。幸福な手術だ。そして閉じ込められる。不思議とそれは苦痛ではない。まるで時間が静止したように、すべてから解き放たれた気分になる」久本は、少し間を置いて続けた。「そういえばきみは、新しい地下室の住人なのかい？」

どういう意味なのだろうか。地下室の住人。それは、ここへ連れてこられた自分たちのことを指しているのだろうか。それならば、違う。

「私は、助けに来たの……」闇の奥に向かって言った。「相沢瞳さんはどこ？」

まずは彼女を連れて地下室から出よう。一刻も早くそうしたかった。これ以上、ここにとどまっていると、狂ってしまう。ねっとりと手足に絡みつく闇、それが頭の奥に触手を伸ばし、侵食してしまう。早く地上に出て光を浴びたい。そして、助けを呼んで戻ってこよう。

早く久本と持永の体を、もとに戻してあげなくてはならないと感じた。

「瞳は乳母車の中にいる。そこが彼女のベッドなんだ」

久本真一の声。

私は彼らの潜む闇に注意を向けたまま、乳母車に近寄る。それは小さく、古いものだった。布は破れ、蜘蛛の巣が取っ手にかかっている。車輪のもともと銀色であっただろう部分は錆に覆われ、壊れて変形している。上に毛布がかけられており、中が見えなかった。

私は泣きそうだった。瞳は誘拐されたとき、十四歳だった。今は十五歳のはずだ。その彼女が、たとえ膝を折り曲げていようと、眼の前にある小さな乳母車に入るはずがないのだ。

私はその古い毛布を外した。ごく自然と、自分の眼に、涙がにじむ。

毛布の下に少女の顔があった。両手で包めそうなほど小さな顔である。病人のように頬は白く、細かった。皮膚の下に走る青白い血管が透けて見えた。長い間、髪を洗っていないのだろう。彼女の長い髪は乱れている。

瞳の顔に、電灯の明かりが落ちる。一瞬、まぶしそうな顔をしてうめき、彼女の眼が細く開いた。傍らの私に気づくと、まだ夢の続きを見ているような表情で口元をほころばせた。

「……やあ」

彼女はそう口にした。

私は胸が詰まった。彼女は袋に入れられていた。ほとんど胴体部分しか入る余裕のない大きさの袋だった。しかし、そこに彼女は収まっていた。首のところで袋の縁は、赤いネクタ

イによって締められている。

「だれ？」瞳は小さなかわいらしい声を出した。「あなたはだれなの？　ここへつれてこられたの？」

違う。私は首を横に振り、あなたを助けにきたのだということを説明しようとした。しかし、咄嗟に何も言葉が出ない。

その合間に瞳の質問は続いた。

「あなたも車でつれてこられたのね？　ねえ、鴉を見た？　私、今でも眠っているとき、あの鴉が夢の中に出てくるの」

彼女の質問する声は飛び跳ねる兎のように歯切れがいい。私は闇の中で、その声だけが唯一の救いのように思えた。

「鴉なら、ええ、屋敷の屋根にとまっていたわ」

私はそう答えを返す。

「ちがうわ、そんなのじゃないの。ゆれている鴉よ」

ゆれている？

「あ、あの人は車を買いかえると言っていたっけ。でも、あのキーホルダーを気に入っているようだったから、新しい車にもつけたんじゃないかしら」

瞳を乳母車に残して、私はひとまず地下室を出ようと考えた。階段へ駆け寄ろうとした時、上からだれかが下りてきた。住田だった。

「菜深ちゃん、ここにいたのか」

彼はそう言った。私は彼に近づくと、右手でその頬を叩いた。地下室内にするどい音が響く。

「あなただったのね」

彼はひるんだ様子もなく、私を見据える。ゆれている鴉のマスコット。そのキーホルダーを、瞳は見ていたのだ。彼の車でここへ運ばれたとき、眼に焼きつけていたのだ。

## 10◆ある童話作家

来訪者を追いかけて三木は森の中を走った。屋敷から遠ざかるにつれ、枯れ木の多かった森は針葉樹林に変化する。

突然、前を走っていた来訪者の背中が消えた。斜面を滑り、転がり落ちたらしい。その先は道路だった。

車の、急ブレーキを踏む音。来訪者が車に衝突する。三木は木の陰からそれを見た。

車から、運転手が下りてくる。中年の男だった。彼は辺りを見まわし、他に車が見えないことを悟ると、また車に戻った。来訪者を道路上に残したまま、その白い車は逃げるように走り去った。

11

住田は私に眼を向けたまま乳母車へ近づいた。それは猫が歩くような、ゆっくりとした余裕のある動作だった。

私は、気圧(けお)されるように退いた。

彼は乳母車の縁に手をかけると、中にいる相沢瞳を見下ろす。

「気分は？」

住田が彼女に聞いた。

「まあまあ」

瞳は眠たげに答える。

「潮崎さんが犯人じゃなかったのね？」

裏切られたという怒りよりも先に、住田に対する不気味な感情があった。すべてを理解したわけではなかった。ただ、私はあることを思い出していた。それは、この屋敷に侵入したときのことだ。

「あなたは、スイッチの場所を知っていた」

他人の家の暗い裏口で、彼はすぐにスイッチの場所を探し当てることができたのだ。偶然だったとは、今はもう思えない。彼はこの屋敷のことを熟知していたに違いない。

「先日、ひさしぶりにこの地下室をたずねたんだ」

住田は乳母車の縁に手をかけたまま、私に眼を向けて言った。その表情も、声も、喫茶店で見聞きしたものとほとんど変わらなかった。

「きみと一緒に、潮崎さんへコートを持ってきただろう。その帰り道、車の中できみが言ったことを覚えているかな」

潮崎から屋敷の壁が壊れたという話を聞いていたが、そのような壁は見当たらなかった。そのことを彼に、車中で話した。

「もしかしたらと思ったけど、当たっていた。壊れかけていたのは、僕が埋めた地下室の入り口だったんだ。僕たちがたずねてきたとき、壁のひびに彼は気づいていたけど、棚でずっと覆い隠していたんだよ」

「棚……？」

住田はうなずいた。

「ずっと前に煉瓦で埋めて、僕が棚を置いて隠していた。潮崎さんはここへ引っ越したときから、地下室があるなんて知らなかったんだよ。でも、地震でひびが入り、そこから幸恵さんの歌う声が聞こえてきたんだそうだ。潮崎さんから直接、そのことを聞き出した。幸恵さんとは話をしたかい」

彼は地下室の奥を手で差した。

闇の奥から、私と住田を見つめるいくつかの視線を感じていた。

「じゃあ、潮崎さんはこの地下室のことに気づいていたの？」

「このまえ僕一人で彼をたずねたとき、まだはっきりとは知られていなかった。歌声はラジオか何かだと思っていたみたい」

しかし、潮崎はそのうち壁を壊してみるつもりだったらしいと、彼は説明した。そのために買った槌を、私には壁の修理をする道具だと偽っていたのだ。

「あなたは、地下室の存在に気づかれそうになって、潮崎さんを……？」

彼は地下室の奥をちらりと見た。私は見ていないが、その暗闇の中、久本真一や持永幸恵のそばに潮崎もいるという。

「潮崎さんってだれ……？」

乳母車の中で、瞳が無邪気な声をあげた。

「僕の後に引っ越してきた人だよ。この前、ここに連れてきただろう」

住田が答えると、少女は納得したような声を出す。

「ああ、あの串刺し（くしざ）になった人ね」

この地下室は、地上と異なる法則で動いている。そう感じた。眩暈で倒れそうになるのを必死でこらえる。低い天井と濃密な闇が、四方から私のやわらかい脳を圧迫するのだ。

「一年前に塞いだ壁を、三日前の夜、自分の手で壊した」

私はその穴を発見してここに来てしまったのだと、住田はまるで神託を述べるように言った。

　彼は乳母車のそばから離れると、私に近づこうと足を踏み出す。

「来ないで！」

　私の涙声は地下室中に響いた。

　彼は動きを止める。

「あなたは以前、この屋敷に住んでいたの？」

　彼はうなずく。一年前までこの屋敷に住んでいたことや、そのときに地下室で瞳の手足を切断したことを説明した。

「出て行くときに、僕は地下室の入り口と窓を煉瓦で塞いだ」

　窓……。

「外に、煉瓦で植え込みを造ったのね？　そうして窓を隠した……」

「もともといくつか植え込みがあった。それを、ひとつ増やしただけだよ」

　植え込みに枯れ草が茂っていたのは、どこかから土ごと運んできたのではなかった。造られて一年の間に生え、そして枯れたものだったのだ。

　しかし理解できない。左眼の記憶では、地下室の窓は塞がっていなかったはずだ。和弥が交通事故で死んだ二か月前、そのときこの家に住んでいたのは潮崎だったはず。

　私はふと、思い違いに気づいた。それはあまりにも偶然が重なりすぎていて、考えもしなかった結論だった。

「あなたが最初に和弥さんと出会ったのは、一年前だと言ってたけど、それは本当なの

「……？」

「彼は、来訪者だった」

「来訪者？」

「犯行に気づいて、僕を調べる人間のことだよ。家のまわりを調べたり、僕をたずねて来たりするんだ。地下室の奥にいる久本さんも、以前は来訪者だった。屋敷のそばで彼を発見した」

「和弥さんは、地下室の窓を調べていて、あなたに見つかった？」

住田はうなずいてその通りであることを示した。

「ちょうど、一年前のことだ」

私は口を押さえて嗚咽をもらした。

確信は当たっていた。あの左眼の映像は、二か月前の、死んだときのものではなかった。一年前のものだったのだ。

私が図書館で見た左眼の映像、最後で和弥は車に衝突した。車は気づいてブレーキを踏んだかもしれない。でも、その音は聞こえなかった。私は当然、彼が死んでしまったと思いこんだ。だが、必ずしもそうだと言いきれるだろうか。

和弥はあのとき、死んではいなかったのだ。そう考えてみると、実際に彼が息を引き取った事故現場と、左眼の映像で見た場所との間に食い違いが出るのも当然である。その二つはもともと別の場所でのできごとだったのだから。

住田が私に一歩、近づく。悲鳴をあげることもできず、私は首を横にふりながら、一歩、後ろに下がった。

「一年前、和弥は地下室の窓を覗いていた。その一週間ほど前から、だれかに見張られている気はしていたんだ。きみが今日、相沢瞳のことでこの屋敷をたずねたのは、和弥にその話を聞かされていたからなんだね？」

私は手で両耳を塞いだ。それでも、彼の声は聞こえてきた。

「窓を覗いていた和弥は、僕がいることに気づいて逃げ出した。その最中、彼は車にぶつかって気絶した。車は逃げた。轢き逃げだったんだ」

彼がまた一歩、私に近づく。

「問題はその後だよ。きみには信じられないかもしれない。でも、それは偶然に起きた。眼がさめた彼は、何も覚えていなかったんだよ。僕のことや、屋敷のこと。過去一週間ほどのことを綺麗に忘れていた……」

記憶の喪失。ああ、そうか。恐怖のためにほとんど思考もできない頭で、不思議とそのことだけを納得する。

「僕は、彼を殺さなかった。地下室にも連れていかなかった」

「なぜ……？」

少し彼は戸惑った。考えこんで、やがて答える。

「なんとなく」そして付け加えるように続けた。「偶然に偶然を重ねてみた」

「そしてこの人は、その来訪者を喫茶店に運んだの」

瞳が言った。

「和弥が『憂鬱の森』へ運んでくれってうめいたんだ」

いつだったか、砂織は言っていた。初めて住田に会ったのは、ちょうど一年前、酔いつぶれた和弥を抱えて彼が喫茶店に来たときだったという。

和弥は、酔いつぶれていたわけではなかった。車との衝突で気絶し、意識を朦朧とさせていたのだ。しかし、住田は嘘をついた。町で和弥と知り合ったと説明したのだ。

そして、二人は友達として付き合いをはじめた。

住田は私から数歩のところに立っていた。力があるように見えない体つきは、ほとんど女性のようだった。それでも、私を捕まえて静かにさせるのには充分だろう。

地下室内の淀んだ空気は緊張のために張り詰めていた。呼吸を繰り返しても酸素がうまくとりこめずに息苦しい。

住田が恐かった。彼の眼は獰猛でも凶悪でも虚ろでもなかった。観察するような眼差しで、私を見る。実験者、医者、研究員……。彼はそういった人々の持つ顔をしている。

「それから、すぐに僕はこの屋敷を出た。駅前のアパートへ引っ越したんだ。もちろん、地下室を埋めた後で」

おそらく会話が終わるころに、私の運命は決まってしまうのだろう。強張った手足をわずかに動かして、自分にまだ逃げるだけの力が残っていることを確認する。

「おかしい……、あなたの話だと、地下室の瞳さんたちは、一年近くもここに取り残されていたことになる。普通だったら、生きていないじゃない……」

「そうなっているんだよ。彼女たちの体にある傷口は、塞がっていない。だから生き続ける。時間は止まり、太陽のないこの部屋で歌い、あるいは語らい続ける。電灯は新品に取り替えて、スイッチを入れたまま地下室を塞いだ」

彼は天井の電灯を見上げる。それはすでに切れかかり、明滅している。

「ひまだったわ」

瞳が小さな声で言った。

決心を固める瞬間は近づいていた。私は、一歩、ななめ後ろに後ずさりをする。ほとんど神に祈る気持ちだった。

「砂織さんは……？　引っ越した後も、あなたが『憂鬱の森』に通っていたのは、砂織さんへの気持ちがあったからなの？」

彼は静かな瞳で私を見据えた。結局、答えは返ってこなかったが、私は彼の心の一端を知った。

住田が一歩、また私に近寄った。それをやるのは、今しかないと思った。恐怖もあったが、それが私を逃げ出すということに駆り立てたのかもしれない。

私は足の筋肉をふりしぼり、床を蹴る。住田の正面に、肩からぶつかった。

地下室の奥、闇の中から、息を呑む複数の声を聞いた気がした。

体に重い衝撃が走る。息が詰まる。私は反動で跳ね返された。

不意打ちを受けた住田の体は、そのまま後ろに倒れこむ。彼の背後には天井から下がっている無数の釣り針があり、体はその中に倒れた。

彼はもがいた。服に釣り針が引っかかり、全身へ腕をまわすように絡みついていた。

私は走った。すぐに彼が追いかけてくるのはわかっていた。

地上へ続く階段を駆けあがる。さほど長い階段ではない。しかし、見上げた先にある廊下の明かりは、いくら足を動かしても近づかないように思えた。水中でもがくように、階段を駆け上がっているという実感がなかったのだ。

時間がかかったように思えたが、実際には短い間だったのだろう。やがて私は階段を抜けて廊下に出た。空気の新鮮さに眩暈を感じる。

玄関に向かって走る。床板を踏み鳴らし、廊下を駆けた。

外に通じる黒く大きな扉を前にする。金色の取っ手をつかんでひねった。

私は混乱した。扉が少ししか開かない。かろうじて手の出る程度の隙間である。力任せに何度も開けようとするが、だめだった。よく見ると取っ手に電気の延長コードが巻きついていた。このままでは扉を開けることができない。コードを取り外すのにも時間がかかりそうだ。

住田がそうしたのだということはすぐに気づいた。焦燥に襲われながら、私は裏口の存在を思い出す。

身を翻し、廊下を走った。

階段の脇を通りぬける瞬間、私の足は何かに躓いた。それが、地下室への入り口から突き出した住田の足だということに、私は転倒した後で思いあたった。

痛みはなかった。全速力で走っていたところを転び、開けたままになっていた部屋の扉へ派手にぶつかったが、まるで自分はクッションの上へ落ちたように、苦痛を感じなかった。まだ走ることができる。そう思い、立とうとして、私の眼はそれを見た。

自分の右足が不自然な方向にねじれている。なぜだかわからないが、痛みはない。むしろその部分が温かくて気持ちいい。

自分の体がどうなってしまったのか理解できなかった。しかし、恐怖や焦りといったものが痛みを感じさせなくしているのだと考える。

住田が私の眼の前に立っていた。頬に傷跡があった。釣り針で引っかいたのだろう。服がところどころほころんでいる。引っかかったままの釣り針もあった。力ずくで体を引き剝がしてきたに違いない。

私はポケットから果物ナイフを取り出す。手が震えた。その小さな刃で彼を脅すことも、逃げ切ることもできないだろうとはどこかで考えていた。それでも、私はそうするしかなかった。

折りたたみ式のナイフから刃を出そうとした瞬間、住田が左手を蹴りつけた。私の手は、彼の靴と、壁との間にはさまれてつぶれた。痛みは感じなかった。強い風が吹きつけたとい

う程度にしか思えなかった。

ナイフが廊下に落ちた。それを彼が拾いあげる。頭に警報が鳴った。しかし、私は動けなかった。

咄嗟に何が起こったのかわからない。彼がナイフを持った手で、私のおなかを強く押した。私はほんのわずかな圧迫を感じる。

「これじゃだめだな」

彼はそう言いながら、ナイフを見た。いつのまにかそれは柄だけになっている。刃は折れたらしい。

彼は私の首を押さえつけると、身動きできないようにして、服の上からおなかを触った。私はもがいて、その手から逃げた。私の服に引っかかっていたのだろうか。折れたナイフの刃が床に落ちて硬質の音を立てる。

どこにも痛みはない。大丈夫。しかし、蹴られた左手が動かないことに気づく。動かそうとしても、ひくひくとしゃっくりするような動きしかできない。

住田の顔を見る。彼の視線は私の腹部に向けられていた。

その視線を追ってみる。私の服は裂けていた。いつのまにか私は刺されていたのだと知る。その辺りが赤く染まっていた。でも出血はそれほど多くない。

不思議なものがおなかの傷口から垂れ下がっていた。それは切り裂かれた服の穴を抜けて揺れていた。

最初は、へその緒だと思った。

住田の手を見る。指が赤い。彼はこれを取り出すため、お腹に指を入れたのだ。そう考える。

狂気、というものに陥らなかったのは、それがとても自分のものではないように思えたためだろう。手ですくいあげると、温かかった。

傷口から、じんじんと、頭がしびれるような陶酔感。私は不思議な幸福に包まれた。

そして、地下室の住人たちが住田に恐怖を抱いていない理由に触れた気がした。

きみは逃げられない。

脳が温かい水中の中で漂っているようだった。その中で、住田の声は遠くから聞こえてきた。

傷口からあふれてくる、どうしようもない生命の力。それが指先から頭の芯（しん）まで満ちてくる。

私はそれに嫌悪した。その不自然さに、だれにも汚されることのない深い部分が抵抗を示した。

住田が私に手を伸ばす。それを振り払った。彼は意外そうな顔をする。

私は近くの部屋に入って扉を閉めた。鍵を閉めようとしたが、ついていない。閉じこもるのを諦めて、窓の方に進む。片足は完全に動かない。ひきずるように移動した。

背後で扉が開き、彼が後をついてくる。彼は、私が逃げられないことを悟っていた。観察

者の余裕ある眼で私の動向をうかがっているのだ。

　窓は引き上げて開けるようにできていた。鍵がかかっていれば力任せに突き破ろうと思っていたが、幸いに弱々しい私の力でもそれは開けることができた。四角く開いた隙間に、私は体をねじ込ませた。

　外の地面に背中から落下した。衝撃で一瞬、呼吸ができなくなる。しかしその痛みも、腹部の傷からあふれる温かさが消してしまう。

　地面に倒れたまま、現在、自分のいる場所があの植え込みのそばだと気づく。神様の皮肉だ。いっそ笑い出したかった。かつて和弥が覗いていた地下室の窓、それを隠した煉瓦の植え込みが目の前にあった。

　住田が窓から出てきた。細身の体を隙間に通し、器用に地面へ下り立つ。

「……なぜ、人を殺すの？」

　私はもう、立ちあがる気力がなかった。地面に倒れたまま、彼を見上げて言った。

「さあ、わからない」

　住田は、たいしてそのことで悩んでいる様子を見せなかった。まるでそれは重要な問題ではなく、回答するに値しないと言いたげだった。

「殺したいわけじゃない。それは口を封じるときだけ」

　私は地面を這って彼から遠ざかろうとした。左手の指は動かなかったが、腕を動かすことはできた。その肘と右手で上半身を支え、左足の側面で地面を擦る。動かない右足が、地面

の上で引きずられた。

冷たいはずの地面も今は何も感じなかった。ただ、腹と地面との摩擦が嫌だった。傷口から垂れ下がっていた中身のことを考えまいとした。

住田が私の横を歩く。見下ろしている彼の視線を感じた。

私はその顔を見ずに声を出した。

「……和弥さんが二か月前に死んだのは、本当にただの交通事故死だったの？」

質問をしているうちは何もされないという、漠然とした期待があった。喋り続けていれば、きっと殺されない。

腕が体を支えるのに疲れて震える。力が抜けて顔が地面に落ち、口に小石が入った。

「僕が、事故死に見せかけた」

住田が、私の腹部から出て引きずられている細長いものを踏みつけた。それでも私は進んだ。ずるずると、体内からそれの出る感触。その音にもならない音が、内側を通り抜け、頭に達した。おなかが、ぺったりとへこむのを感じる。

「眼隠しをして、先に手足の骨を折っておいた。そして、斜面まで引きずって行き、車が通るのを見計らって突き落とした」

直前になるまで目隠しは取らなかった。だから和弥は死ぬ瞬間まで、自分の手足がなぜ動かないのかわからなかったはずだ。そう住田は説明した。

目の前に屋敷の角があった。それに右手の指を引っ掛ける。

腸は、どの程度の長さを持っているのだろう。私は腕の力を借りて体を引きずる。地面の上を体がこすり、ふみつけられたままの腸が出る。

そこまでくると這い進むのをやめた。上半身を起こし、背中を屋敷の角に預けて座った。泥と涙でぼろぼろになった顔を彼に向ける。

「どうしてそんなことを……」

「和弥が、記憶を戻しかけた。ゆっくりと、それは徐々にはじまった。屋敷のことや、眼帯をして屋敷にたずねてきたときのこと……。和弥は混乱しながら、そのことを話し始めたんだ」

そのうちにすべてを思い出すのではないか。そう恐れた住田は、和弥の口をふさがなくてはならなかった……。

住田は私の前に立った。見下ろした彼はひどく背が高いように見えた。私が地面におしりをつけた格好だからだろう。灰色の空を背中にして、彼は子供へ言い聞かせるような声を出す。

「さあ、もういいね。きみまで来訪者になるなんて、きっと不運だったんだよ」

腰をかがめて、両手を私の首に回す。彼のほっそりした顔が眼の前にきた。

「痛くない。それに、首の骨を折るのにはなれている」

私の右手は、住田から見えない場所で動いていた。屋敷に沿って通っている側溝を探り、泥や腐った落ち葉の中から、ようやくそれを探り当てた。

「思い違いをしているわ」

私は涙声で言った。

「不運じゃない。あなたにたどり着いたのは私の意思なの……」

全身にかろうじて残っていた力をふりしぼり、それを住田に突き出した。一年。その時間を超えた、和弥の落としたマイナスドライバー。

## 12◆ある童話作家

路上で倒れたままの男に、三木は近寄った。死んではいない。ただ気絶しているだけのようだ。怪我らしいものも見当たらない。

殺すか、屋敷まで連れかえって口をふさぐか、どちらかを選ばなくてはならなかった。

そのとき、三木の手の中で、男がうめき声をもらす。眼の病気は完治したのだろうか。先日、客を装って屋敷をたずねてきたときにしていた白い眼帯が、今日は見当たらない。

男がうすく眼を開けた。焦点が定まらず、まともに三木の方を見ていない。

それでも、そばにだれかがいることには気づいているらしい。

「……だれ？」

だれかが来る前に、男の口をふさがなくてはならない。三木がその覚悟をしたとき、男が言った。

「ここはどこ……？」

男の体を道の脇まで引きずり、話を聞いた。彼は喫茶店でコーヒーを注文した後の記憶をなくしていた。三木のことについても覚えていなかった。

「きみはだれ？」

だれでもいい、と三木は答える。男は夢の中を漂うように力なくうなずいた。

三木は、まだ金槌を持ったままだった。それを振り上げる。男の脳を破壊すれば、死はおとずれる。

男は朦朧とした様子で眼を閉じていた。金槌が死を与えようとした瞬間、彼は言った。

『憂鬱の森』という店まで自分を送ってもらえないだろうか……？

男の命を奪わなかったのは、偶然だった。記憶を無くしているのなら、そうする必要はない。むしろ、金槌を振り下ろした後の処理が難しいと感じた。死体をここへ残していくのも、屋敷へ連れて帰るのも面倒な作業である。

三木は金槌を辺りの茂みに放り投げた。男に肩をかして、彼の言う喫茶店まで歩く。入ったことはないが、場所は知っている。店の前を車で頻繁に通る。

『憂鬱の森』へ到着したとき、ほとんど夜となっていた。街灯は少なく、暗闇の中で浮かぶようにその店だけ明かりがともっていた。

歩いている途中、男は気絶した。それを背負い、三木は店の扉を開けた。

「和弥……！」

カウンターにいた女が、三木の背中に乗っている男を見て叫んだ。

三木は、テーブル席の長椅子に男を下ろす。

「ごめんなさい、弟が迷惑をかけてしまって……」

彼女は男を介抱しながら頭を下げた。三木は、男が酔いつぶれてそうなったと嘘をついた。酒の臭(にお)いなどしなかったが、彼女は疑わなかった。

「大変！　こぶができてる！」

女が男の頭を触りながら言った。ここにくる途中、彼は躓いて転んだと三木は説明する。

店内を見まわした。客はいない。カウンターにいた女がこの店の持ち主なのだろうか。しかし、若すぎる気がした。ただのアルバイトなのかもしれない。

帰ろうと思い、三木は店を出た。後ろから、引きとめる女の声を聞いた。しかし、それを聞かなかったことにする。

喫茶店を後にして、屋敷の方へしばらく歩いた。暗闇の中、店内の装飾や気絶した男のことを思い出していた。

男を介抱する女の顔が頭に蘇(よみがえ)る。子供の頃に病院で仲良くなった肘から先のない少女に似ていた。彼女が成長していたら、おそらく今の女のような顔になっていただろう。

ポケットに入れていた手の指が、金属の塊(かたまり)をもてあそんでいることに気づく。男が屋敷のまわりを探っているときに落としたと思われる金色の腕時計。それをポケットに入れたままだった。

立ち止まって、しばらく考える。返す必要などないと思った。

しかし数分後、三木は喫茶店の扉を再び開けていた。

「わざわざありがとう。これ、大事な腕時計なの」

腕時計を両手で包みながら、女は予想以上に感激していた。

「あなたの名前は……？」

女は親しげに聞いてきた。

うりふたつだ。

三木は本名を名乗った。

「そう、住田さんて言うのね」

彼女はカウンターの上に腕時計を置いた。金属の立てる硬質の音。

再び立ち去ろうとすると、彼女が、三木の腕をつかんだ。

「コーヒーを飲んでいってください」

白い歯を見せて彼女は笑うと、なかば無理やり、三木をカウンターに座らせる。

眼の前に置かれた腕時計の秒針が、一定の速度で動いていた。

# 5

I

だれかと面会できるようになったのは、入院してから三日後だった。

私はその日、ベッドの上でぼんやり昔のことを思い出していた。昔のこと、と言っても、自分の中にあるもっとも古い記憶だから、ほんの二か月半ほど前のことである。

左眼と記憶を同時に失い、ここと同じような白い病室で眼が覚めた。しばらくは何もわからなかった。何を考えて過ごしていたのかも、今では思い出せない。きっと、何も考えていなかったに違いない。考える余裕もなく、方法もわからなかったのだろう。

ただひとつだけ、ひどく不安だったということを覚えている。

病室の扉が開いた。それまで私をたずねてくるのは、医者か看護婦、警察の人間だけだった。しかし、今回は違った。面会謝絶が取り消されて、はじめての見舞い客だった。

部屋の入り口に、知っている顔の女性が立っていた。

「わざわざ来てくれたの……?」

私がベッドの上に横たわったままそう聞くと、母は眼を赤くはらしてうなずいた。

母の来る前日、私の病室を、警察の人がたずねてきた。

彼らは三人いて、みんなスーツを着ていた。椅子を勧めたが決して座ろうとしなかった。ベッドに寝かされたまま、腹部の傷口が開くという理由で上半身を立てることもできない私を、彼らは見下ろして事務的に話をした。

彼らは私に、事件のことをできるだけ公言しないでほしいと告げた。猟奇的な事件である。新聞やテレビで大げさに騒ぐのはよくない。

事件のことを一切、だれにも話さない。私はその約束に同意した。

結局、左の眼球について、彼らに話をしなかった。

私があの屋敷で体験したことは特殊だった。そのことは、私の体に行なわれた多くの検査が告げていた。なぜ、あのような怪我で私が動き回れたのか、医者は不思議がっていた。痛みがないのだということを説明したが、医者は首を傾げて私の体を検査するばかりだった。

おそらく、瞳たちについても、同様かそれ以上の検査がなされただろう。しかし、あの屋敷で保護された後、私は彼女たちの姿を見てはいなかった。

三人の男は用件が済むと、病室を出て行こうとした。私はそれを引きとめてたずねる。

「瞳さんは、今、どこにいるの？」

彼らのうち一人が、私の質問に答えてくれた。

彼女は別の病院で検査中だということ、それなりの治療を受けた後、両親のもとへ帰されるということなどの説明を受けた。

「潮崎さんは……？」

少し沈黙があった後、私は、彼が死んだことを知った。検査の最中、潮崎は眠るように息をしなくなったという。刺さっていた杭が、心臓に傷をつけたのだそうだ。

嘘かどうか、私には確かめる方法はなかった。

「質問に答えてくれて、ありがとうございます」

私は礼を言った。

その男は一度、立ち去ろうとして、足を止めた。最後に彼は、それまでも幾度か私に繰り返した同じ質問をする。

あの地下室では、保護された者たち以外にも、だれかの傷つけられた形跡があったのだそうだ。そこで彼らは、救い出された人間のほかにも、だれかいたのではないかと私に聞いた。

「知りません」私はその質問をされるたびに、そう言って首を横に振った。「私が地下室で発見したのは、相沢瞳さんと、潮崎さんだけです……」

あのとき……。

住田が絶命したことを確認し、私は、腹部から垂れ下がる長いものを手でかき集めた。悲鳴すらあげなかった。ただ一心に、泥のついたそれを腹の傷口に押しこんだ。今思い出すと、とても正常ではない。しかしそのときの私は、それが最良の処置だと切実に信じていた。

痛みはなく、腹部や左手、曲がった右足は、幸福な温かさに包まれていた。頭はそのせいでもやがかかったようになっていた。

体中が重く、気だるかった。体力の消耗は激しかったが、それでも壁で体を支えるようにして立ちあがった。飛び出してきた屋敷の窓まで、動く左足だけでなんとか戻り、そこから屋敷へ入った。玄関はコードのために開かないし、裏口も同じようにされている可能性があったからだ。体を持ち上げて屋敷へ入ることができたのは、電話で助けを呼ばなくてはならないという気力のおかげだった。

警察と救急車に連絡を入れると、私は地下室に向かった。右足がつかえないのを忘れて、両足で歩こうとさえした。

住田が消えても、地下室の闇（やみ）はそのまま濃く残っていた。瞳や、奥で蠢（うごめ）いている人間に、住田が死んだことを告げた。

「ああ、やっぱりね」乳母車の中で、瞳が小さくつぶやいた。「おねがい、私を、あの人のところへ連れていって」

迷ったが、彼女を抱えて住田の倒れている場所まで戻ることにした。左手の指は動かなかったが、彼女を支えておくのに支障はなかった。瞳は軽く、小さくて、温かかった。ほとんど彼女は、体温の小さな塊（かたまり）であるように感じた。

彼女を抱えて、ゆっくりと階段を上った。片足でそうするのには苦労した。玄関の電気コードを取り外し、屋敷の外周をまわって南西の角を目指した。それだけで、私に残されてい

た力はほとんど尽きた。

住田は地面に倒れたままだった。眼にドライバーが突き刺さり、それは脳に達しているのではないかと、医学知識などまるでない私だけど考えた。

瞳は私に抱えられたままそれを見下ろした。彼女は静かに泣いていた。その涙は、後から思い返してみても、自分を傷つけた人間に対して流す種類のものではなかった。しかし、彼女が住田に対してどのように思っていたのか、私には正確なところがわからない。

再び今の体力で地下室へ戻るのは不可能に思えた。そのため、私と瞳は屋敷の玄関脇(わき)で警察が到着するのを待った。

私は座り、背中を玄関脇の柱にもたせかけた。瞳の小さな体を、正面に抱きしめていた。

「助けにきてくれてありがとう」そう彼女は言った。「家に帰れるのね?」

私はうなずく。意識が朦朧(もうろう)としていた。それは痛みのためではなかった。疲労感が暖かな毛布となって意識を包みこんでいた。

「眠ってもいい?」

私はそう聞いたものの、返事を聞く前に眼を閉じた。

パトカーの鳴らすサイレンの音で夢から覚めた。駆けつけてきた警官は、瞳の姿を見て驚いていた。

「地下室にまだ三人いるの……」

私はそう説明した。

警官は顔を青ざめさせて、屋敷へ入っていった。しかし、しばらくして戻ってきた警官は、口元を押えたまま、地下室には一人しかいなかったことを説明した。

「いいの、きっとこのお姉ちゃんは、記憶違いをしているのよ」

瞳がそう言うと、警官は恐ろしいものを見る眼つきで私たちを見比べ、応援を呼びにパトカーへ走った。

「これでいいの」

瞳が私を見上げて、片眼を閉じた。私は、まどろんでいたときに見たのが夢ではなかったことを知った。

玄関の脇で眼を閉じていた私は、扉の開けられる音を聞いたのだ。続いて、何か巨大なものがすぐそばを通り抜ける気配。その空気の圧力を頬に感じた。

薄く眼を開けると、それは人体の組み合わさった奇怪な塊だった。それについていた二つの頭部が、瞳と別れの言葉を交わしていた。いくつかあるうちの、腕のひとつを差し出し、瞳を愛しげに撫でた。その腕は細く、子供の腕に見えた。

そして彼らは手足を蜘蛛のように蠢かし、森の中に消えたのだ。

「あの二人のこと、秘密にしておいて」

そう言う瞳に、私も左眼を閉じて、記憶しない、という意思を伝えた。

## 2

事件は誘拐監禁事件として処理された。犯人は住田道雄(みちお)。彼が大学に在学するかたわら童話作家として活動していたことを、新聞の記事で知った。

砂織が頻繁にお見舞いに来てくれた。病院は市内の栄えたところにあり、車の運転ができない彼女は、木村や京子の車に乗せてもらっていた。

退屈していないかと、コミックや小説をたくさん差し入れしてくれた。

砂織は決して、屋敷で何があったのかを聞かなかった。悪夢のような思い出であることを察し、いたわってくれているのだ。

少々事実はゆがめられていたが、事件のことは、砂織の差し入れしてくれた新聞に載っていた通りだった。つまり、屋敷の前の住人だった住田が、相沢瞳を地下室に隠し続けており、そのことに気づいた潮崎まで手にかけた。そこへ私が巻きこまれて、怪我をしたのだ。

瞳の手足がなかったことや、一年もの間どのようにして彼女を生かし続けていたのかという方法などは、どの新聞や雑誌を見ても載っていなかった。雑誌では住田の人間像や、三木俊(しゅん)という名義で出版された童話について特集されていた。

彼はある病院の一人息子として生まれ、高校生のときに童話作家としてデビューした。高校へ通う際、学校のそばにアパートを借り、それをきっかけに家を出た。

高校を卒業後、大学へ入学。童話作家として活動しながら学校へ行く。大学へ行くために借りた家が、楓町（かえでちょう）のあの青い屋敷だったのだ。彼があそこに住んでいたのは入学直後から二年間。それ以降、つまり今から一年前に彼は屋敷を出て、今度は大学に近い新築のアパートへ引越しをした。

彼が立ち退（の）いた後、屋敷に入居したのが潮崎だった。

持永と久本の二人のことはまだ知られていない。もしかすると警察は感づいているのかもしれないが、雑誌に彼らのことは掲載されていない。彼らがあの地下室の住人となったのは、いつごろだろう。

一年前に瞳が誘拐され、おそらくその直後に和弥が屋敷をたずねていった。きっとあの二人が地下室に入ったのは、瞳がああなる以前だろう。

和弥はあの屋敷をたずねてきたと、住田は確か言っていた。それならば、なぜ私があの屋敷内に足を踏み入れたとき、左眼はそのときの記憶を呼び起こさなかったのだろう。たまたま眼球が、記憶の入った箱を開ける鍵（かぎ）となるものを見なかったからだろうか。運が悪い。もしも和弥があの屋敷をたずねた際の記憶が蘇（よみがえ）っていれば、すぐに住田が犯人であることがわかっていたかもしれない。

しかし、私はあることに気づいた。そうだ。一年前といえば、和弥は眼帯をはめていた時期なのだ。ちょうど、左眼に……。その状態で屋敷をたずねていたのだとしたら、何も記憶されていなかったはず。

週刊誌やテレビのニュースで、住田がなぜ人を傷つけて殺していたのか、多くの人が考えて推測していた。

例えば、人を傷つけることで快楽を得る性格だったとか、人間という存在に対して憎悪を秘めていたとか、海外の犯罪者の真似をしたのだとか、様々な憶測がなされていた。でも、どれも違うような気がする。

私の見た住田は、もっと冷静で、科学者のようだった。私は思い出す。はいつくばって内臓をひきずっている私を、彼が静かに見下ろしている。その禍々しい記憶の中で、なぜか彼は医者のような白衣に身を包んでいる。それは事実ではないが、そうイメージさせる何かがあった。彼は人間を殺していたのではない。ただ分解して、生命というのはなんなのかを見つめていたのではないだろうか。

そして、それは神の祝福なのか、悪魔の呪いなのか、私にはわからないが、彼はそのためのメスとなる不思議な力を持っていた。その力について考えをめぐらせても、決して納得できる解答は得られない気がする。私の体が傷つけられ、内臓を地面にひきずったときの、世界がやさしい光に包まれて体が羽毛になったような幸福感。それは超能力とか、薬物を使ったトリックといったものではない。この世界はきっと、スクリーンに映し出されたひとつの映画で、本当は薄っぺらで厚みがないのだ。彼の持っていた力とは、そのスクリーンに小さな穴が開き、そこから這い出してきて映画を侵食した闇のようなものだと私は思う。

調べてみると、彼は以前から幾度も犯行を重ねていたようである。そう、週刊誌は書いて

いた。以前に住んでいたアパートやその周辺から、いくつかそのような情報が得られたという。私にその真偽はわからない。

病室でそういった雑誌の記事を読んでいると、砂織は悲しげな顔をした。何も言わなかったが、住田のことを考えているのではないかと思った。それ以降、決して、砂織の前で事件の記事を読まないようにした。

結局、和弥の命が住田によって奪われたことなど、私はだれにも言わなかった。それは、和弥がただ事故死することよりも、砂織に悲しみを植えつける気がしたのだ。

「ねえ、京子さんの家で何をしていたの？」

あるとき、林檎を剝く砂織に私は聞いた。

「別に、たいしたことじゃないわ」

そう言うと彼女は、配達で京子の家に行ったときのことを話してくれた。

「偶然、見てしまったの。京子さんが子供と並んで写った写真……」

その子供に、見覚えがあったのだそうだ。成長する前のまだ幼い顔だったが、ほとんど砂織は確信したという。

「両親の葬儀のとき、私と和弥のそばにきて、謝った男の子だった」

私は驚いた。

「製材所で働いていた人……？」

砂織はうなずいた。

和弥と砂織の両親を死なせた事故、青年はその発端を作った。そして、それに責任を感じて楓町で自殺したのだ。

その後、製材所に勤めている両親の同僚に、青年の名前をたずねてみたそうだ。

「京子さんは、夫も亡くしているの」

両親の同僚が覚えていた青年の姓は、彼女の夫が亡くなる前のものだったという。

京子があの町に引っ越してきたのは、きっと、その子のことがあったからだろう。

「私は京子さんに、すぐにそのことを聞いて確かめることができなかった。でも、何日か後に家をたずねて聞いてみたの」

最初、京子は否定したという。しかし、何度か彼女の家を訪れて話をするうちに、砂織の確信が事実であることを認めたそうだ。

話し終えると、砂織は私の眼を見据えた。私は腹部の傷が塞がりかけていたものの、まだ座ることもできず、横になったまま彼女の視線を受けとめた。

頼みもしないのに、彼女が林檎のかけらを私の口に入れたので、私は顎を動かさなくてはならなかった。窓から明るい光の入る静かな病室に、林檎を噛むシャリシャリという音が響いた。

「お姉ちゃん、黙っていたことがあるの……」

そう口にすると、まるで不自然な部分などなかったかのように思えた。それは砂織も同じだったようだ。

「和弥さんとは知り合いだったわけではないの」

「うん」

信じてもらえるかどうかわからない。それでも私は、左眼についての不思議な話をはじめた。和弥が事故に遭った部分など、事件に関係した部分は秘密にした。

3

腹部の傷口が癒えて、手足の骨折が治るまで、私の体調はおかしかった。痛みや気温の変化に鈍感だった。食欲もわかず、何も食べなくても平気で生きられる気がした。

住田に手足を切断された瞳は、一年もの間、地下室の中で生存した。彼女が死なかったのは、地下室にあった缶詰などを食べたからだとみんなは言う。

うまく説明はできないが、それは違うのではないかと思う。私が体に感じたような力が、彼女を死へ向かう自然の摂理から切り離していたのではないだろうか。

怪我が完治すると、体調はもとに戻った。

退院すると、実家で生活を再開した。本当は行きたくなかったが、砂織や母の望みだったので学校にも通った。あいかわらず勉強や運動はできなかった。

しかし、よくわからないもので、私には私なりに、話をする友人ができていった。そうなると学校は少しずつ楽しくなった。

連休になると砂織たちのいる楓町へ戻った。はたして迷惑ではないかと心配だったが、おじさんはこころよく家に泊めてくれた。砂織は私の眼球のことをみんなには教えなかった。だからおじさんは、私と和弥のことを少し誤解したままだった。

以前、はじめて三人で食事をしたとき、それぞれお互いがいないような寂しい食事だったことを覚えている。しかし、それが変化していた。劇的に違っているというわけではなかったが、どこか暖かい、幸福な食卓に思えた。それは、おじさんや砂織が、少しずつ死んだ人たちの呪縛(じゅばく)から解き放たれているからではないかと推測した。そうだったらいい、という願いもあった。

和弥のお墓へ足を運んだ。砂織にだまって一人で行ったから、彼の眠るお墓を見つけるのにひどく苦労した。やがてボロボロに歩きつかれていいかげんに死ぬんじゃないかとくたびれたころ、冬月(ふゆつき)家の墓を発見した。

事件はすべて終わったのだということを、彼に告げた。もちろん、彼は知っていただろう。自分の左眼が、まさに事件が落ち着く瞬間に立ち会ったのだから。

その日、空には薄く雲がかかっており、太陽がそれを裏側から輝かせていた。立ち並ぶ墓石の間で、私は和弥に深く感謝をする。

ありがとう。記憶を見せてくれてありがとう。あなたがずっといっしょだったから、私は途中で投げ出さなかった。最後までがんばることができた。

目を閉じて胸の中でそう声をかける。息のつまるような愛(いと)しさに、塩辛い涙がぼろぼろこ

ぼれた。

喫茶店『憂鬱(ゆううつ)の森』へ行くと、木村や京子にも会えた。二人とも私が店にくることは当然のように思っているようで、しばらく行かないと私の身を案じてしまうのだ。

和弥がいつも座っていたカウンター席について、木村がカフェオレを運んでくると、いつも私は、はじめて店に来たときのことを思い出す。店内を見まわすと、懐かしいものばかりだった。

潮崎の絵に視線を向ける。

「彼の残した遺品でわかったことらしいが……」

木村が言うには、潮崎のかつて愛した人、それはこの町出身の女性だったという。

「あの絵の人？」

彼はうなずいた。

私は絵に近づいて眼を凝らす。そうしなければほとんどわからないほど小さく描かれた、湖のほとりに立つ赤い服の人間。

「名前を聞いたら、オレの知っている女性だった。この店の、かつての常連客だったんだ」

他の土地で彼女を亡くし、潮崎は妻の故郷であるこの町に越してきた。喫茶店にあの絵を贈呈したのは、気前がよかったからではなかったのだ。

みんな、死んだ人の面影をこの町で見ていた。そのことに、ようやく私は気づく。

「菜深さん、以前と印象が少し違うかも」

ひさしぶりに会ったとき、京子と砂織は口をそろえて言った。

「どこが？」

聞き返すと、二人ともはっきりと説明できなかった。後から思えば、自分でも気づかないうちに変化はおとずれていたのかもしれない。それを彼女たちは無意識に感じ取ったのだ。

砂織と京子は、まるで母娘のように見えた。砂織はひまな時間、京子の家をたずねるという。そして話をするのだそうだ。死んでいった人たちのことばかりではない、もっと別のささやかな世間話などについて。

時々、砂織は、弟が残した形見の時計を両手でもてあそび、動かない秒針に悲しそうな眼を向けた。しかし、和弥が死んだ時間に止まっていた砂織の時計が、少しずつ、動き出していることを私は知った。

店内で、住田の書いた本を読み返した。『アイのメモリー』、少女が眼球を顔にはめて、夢を見る物語だ。

和弥の眼球は、徐々に映像を見せなくなっていった。一日を終えるとき、そういえば今日は和弥の記憶を見なかった、と思う日が多くなった。

眼球に焼きつけられていた映像を、全部、見終えてしまったのかもしれない。あるいは、眼球がすっかり私の体になじんでしまうと、見えなくなるものなのかもしれない。

後者が正解ではないかと、漠然と思う。眼球が見せる過去は、いつも自分ではない別の人

間でなければいけない。自分自身で見た景色が繰り返されるのであれば、忙しくてしかたない。

和弥の映像が見られなくなって、最初のうちは寂しかった。しかし、やがてそれが普通になった。

最後に見た左眼の映像には、住田が映っていた。明るい日差しの中、彼と並んで座り、空き缶に向かって石を投げている場面……。それははじめて見る、住田についての記憶である。

図書館で見た映像は、和弥が命を落とした瞬間ではなかった。実際は住田が目隠しをして道路のそばにつれていった後、車の前に突き出して、彼を殺したのである。私は、和弥が本当に命を落とした瞬間を見ていない。

そう思っていたが、あるとき突然、それが間違いであることに気づいた。私はそのときの映像を見ていたのだ。

以前、車に轢かれるというリアルな悪夢を見た。

住田が和弥に施した目隠し、その暗闇が、瞼を閉じていたときの暗闇と重なり、記憶を引き出したのにちがいない。私は眠った状態で、あるいはまどろんだ状態で、車の前に飛び出す映像を見た。それを私は、夢だと勘違いしていた。もちろん、はっきりとそうだという確信はない。すべて私の思い込みなのかもしれない。でも、そう私は考えていた。なぜなら、悪夢の中でほんの一瞬だけ見た車、その車体の色が青だったからだ。

私は後に知った。和弥を轢いたのは、青い色の車だった。図書館で見た映像では、確か車

体の色は白色だったはず。私がリアルな悪夢を見たとき、和弥を轢いた車の色について知識はなかった。それなのに青色の車を見たということは、それがたんなる夢ではないことを指しているように思う。

本を閉じ、コーヒーを注文するために砂織を呼びとめる。そのとき、カウンターに置かれた花瓶に眼がとまった。そういえばずっと以前、砂織がこれを倒す映像を見た。不思議なことに、花瓶へ生けられている花が、その映像のときと同じものである。

造花なのだろうか。そう思って触ってみるが、本物のようだった。もしかすると、砂織かか木村のこだわりで、いつも同じ種類の花を生けるようにしているのかもしれない。

「その花、砂織へプレゼントするために、住田が昔、摘んできたものだよ」木村が言った。

「まだ枯れないんだ。不思議だろう?」

白い花、その向こう側で、砂織が鼻をかんだ。

4

夏、私が部屋で扇風機にあたっていると、ふと、あることを思い出した。

あること、というのをかんたんには説明できない。それは明確な思い出ではなく、はっきりとした形をもたないものだった。

ただ、不思議な違和感が頭の中にできた。うまく飲みこめない塊が喉にひっかかっている

ようなもので、それは私の世界と現実の世界との間に齟齬をもたらした。たとえて言うなら、夢が覚める直前に、自分は夢の中にいるのではないかと気づいたような居心地の悪さだった。記憶の戻る前兆ではないかと私は予感した。そして、それは正解だった。

少しずつ記憶が戻っていった。以前はそうなることを恐れていたのに、あまりに自然でゆるやかだったから抵抗はなかった。

気づくといつのまにか小学校時代に担任だった先生の名前を知っていたし、家族で行った旅行のことも思い出していた。なぜ、自分はピアノが弾けなくなっていたのかと、逆に不思議だった。学校の成績は飛躍的にアップし、それを純粋に喜んだ。

「本当に菜深さん？」

砂織が首を傾げて、私の片耳を引っ張った。やめてよもう変装じゃないってば、と私は笑い転げながら彼女の手から逃げた。

「落ちついた感じがする」

彼女はカウンターに片肘をつき、少し寂しそうに言った。後から思うと、彼女にとってそれは弟とのわかれだったのかもしれない。

私はいつも私であることを自覚していたはずなのに、それでも忘却という魔物は私に気づかせないほどの手際のよさで私から私を引き離していったのだ。そして、生まれたときから存在しつづけている私だけが残った。誤解されてはいけないが、ここで言う「私」と「記

憶」とは別物なのだ。

　楓町にいたときの記憶ならある。自分がどんな行動をしたのかも覚えている。でも、考えている自分は、まるで違うのだ。

　記憶がなかったときの自分はふらつく土台の上に急造された建物だったのだ。そのころの自分を思い返すと、まるで他人のようである。人との接し方や、考え方、何もかも異なっていた。

　母が言うには、仕草まで完璧（かんぺき）に別の人間だったのだそうだ。

「あんなに恐がりのあなた、見たことなかった」

　もともと私は、人の話を聞いたり、自分の意見を伝えたりすることが好きな性分だった。それが、ほとんどだれとも口をきかない人間に豹変（ひょうへん）し、母は戸惑ったのだという。

　鏡を見て、左の眼球を見つめる。和弥の見た映像が蘇らなくなって久しい。何を見ても、それが鍵となって思い出の箱を開けることはなかった。

　あの事件は、本当にあったできごとなのだろうか。時々、そう感じるようになっていた。

　警察から手紙が送られてきたのは、そんな時だった。


　夏が過ぎ、私は迫る大学受験のために塾通いを続けていた。夜遅くに帰宅すると、父がその封筒を渡してくれたのだ。

　薄い青色のかわいらしい封筒である。ふと、それを見た瞬間に相沢瞳の姿が蘇った。地下

室で発見したとき、彼女が身を包んでいた袋は、薄い青色の肌触りがいい布でできていたからだ。

差出人を見ると、相沢瞳、という名前が書いてある。

自室に上がり、机に座ってそれを開けた。瞳の母親が代筆したらしい、彼女からの手紙が入っていた。私の住所がわからず、警察に転送してもらったようだ。

手紙には、感謝を述べる言葉と、一度、会って話をしましょうという言葉が書かれていた。

私は何度も手紙を読み返し、すでに現実ではない、何かの悪夢だったとしか思えないあの日の記憶を手繰(たぐ)り寄せた。それはほとんど他人の記憶であるように思えた。

乳母車に収まっていた相沢瞳の小さな体。

そして久本真一、持永幸恵(ゆきえ)。

二人が発見されたという話をまだ聞いていない。今も山の中にいるのだろうか。それとも、本当は彼らなど存在しなかったのだろうか。

想像した。二人の巨大な体軀(たいく)が静かな木々の間に潜んでいる。雨が降れば岩壁に開いた穴に入り、落ちる水滴を二人で眺める。無造作に生えている手足を蠢かして、彼らは人間の眼に触れない闇の奥へと移動する……。

私は机の上にバインダーを取り出した。それはひさしぶりに開く、左眼の映像を綴(つづ)った記録である。

少し前、自分はこんな重いものを抱えてあの町を歩いていたのだ。何度もめくってぼろぼ

ろになったページは、自分のものとは思えない文字で埋められている。

少年時代の和弥が見た景色、砂織の表情、左眼が見せた映像、それらを隅まで書き表そうとしている。

私は一枚ずつページをめくった。

忘れかけていたその感覚が蘇ったのは、その時だった。和弥から受け継いだ左の眼球、それが唐突に熱を帯びた。

私は驚き、困惑した。記憶が戻ってから今まで、眼球は沈黙したままだったからだ。

めくられていたバインダーのページ。それがやがて二重に見え始めた。右眼の映すものと、左眼の映像とに差が生まれる。静かに両眼を閉じると、右眼の視界が消える。ピントが合うように、私へ与えられた映像は、左の眼球からの絵に固定された。

A4の紙に並んでいる文字から、視線が持ちあがる。するとそこは、自分の部屋ではなく、あの楓町だった。

眼の前に廃線のレールが伸びており、それは彼方(かなた)まで続いている。片方には針葉樹林に覆われる山がそそり立ち、それは弱々しい太陽のため真っ黒に見える。もう片方には閑散とした町並みが広がり、高い鉄塔の連なりが見える。左眼の中で私は、枯れ草の丘を歩き、抱えているバインダーを眺めていた。

それが和弥の記憶ではないことにすぐ気がついた。

左眼は覚えていたのだ。私が相沢瞳の姿を求めて、犯人を追いかけたこと。青い煉瓦(れんが)の屋

敷を探して、町を歩いたこと。寂しいのを我慢して、風の中を歩いたこと。どうすればいいのかわからない不安に心細かったこと。それを眼球は焼きつけていた。

　私は見ている。彼方の森へ続いている錆びたレール。その上に乗った自分の足。よろめきながら落ちまいと歩く。

　そのときの記憶は、まだ私の頭にも残っている。どんなことを考えていたのか、というのも知っている。しかし今の私は当時のような考え方をしないのだ。興味の対象も違うし、咄嗟の反応も異なっている。

　だから、彼女はおそらく、私ではなかった。記憶をなくして不安になっている彼女は、彼女自身が感じていたように、今の私とは別人だったに違いない。

　学のある人や、冷静な人は、「彼女」など存在しなかったと言うかもしれない。あるいは、ただたんに「記憶をなくしていた私」なのだと言うかもしれない。

　机に広げたバインダーを前に、私は静かに目を閉じた格好で黙禱する。「彼女」の消滅は、一人の人間の死と同等だった。「彼女」が存在しないただの記憶障害のかさぶたなんて、絶対にだれも言わないでほしい。たしかに「私」とは違う、もっとはるかに不器用な「彼女」はいたのだから。

　それに、きっと、眼球の見せるものは、いつも自分ではないだれかの記憶なのだから……。

　この世界に、ほんの少しの時間だけ存在した彼女。様々な困難に立たされ、そのたびに苦しんだ。どんなに辛く感じていたか、それは私自身がよく知っている。

学校でみんなは私のことばかり話をしていた。いつも比べられて、自分がみじめな存在に思えていた。居場所を探してさまよい、心の中で悲鳴をあげていた。何もスマートにできなくて、そんな自分に劣等意識を抱いていた。

でも、彼女は決して負けなかった。どんなに恐ろしいものが目の前に現れても、立ち向かうのをやめなかったのだ。

私は眼を閉じたまま机の上に突っ伏した。彼女が模様変えした部屋はそのまま残しており、窓からは静かな夜の気配が入ってくる。夏の過ぎた、涼しい空気だった。彼女が楓町に行ったときから、半年が経過した。

曇り空の下、重い荷物を抱えてレールの上を歩く彼女、その記憶を見ながら、私は胸の中に誓いを立てる。

絶対に忘れない。私の知っているだれよりも強く生きた、あなたのことをいつまでも覚えていよう。

END

# 文庫版あとがき

どうも、作者のオツイチです。みなさんいかがおすごしでしょうか。私はファミレスに通ってドリンクバーで栄養を摂取する日々です。今日は風が強かったので、ファミレスの帰り道でころびそうになりました。あやうく道路側にころんでトラックにひかれるところでした。いっそのことひかれてしまえばよかったのに。

ところで『暗黒童話』という私の作品が文庫化されました。文庫化にあたり、大きな加筆修正は行われていません。ノベルス版をお持ちの方は、わざわざ購入して、文庫版との違いを探す必要はありません。

『暗黒童話』は、私がはじめて書いた原稿用紙二百枚以上の作品です。当時、私は大学を卒業したばかりでした。就職もせず、小説だけで生きていこうと決意していました。

「みっともない作品になってもいいから、とにかく長い作品を完成させてみよう。職業作家として生きるのなら、長編は乗り越えなければならない壁だ」

それが『暗黒童話』を書いた動機でした。結果として変なものができてしまいました。みなさま本当に申し訳ありませんでした。

さて、本日、ファミレスで『暗黒童話』のゲラを読んできました。ゲラというのは本にす

る直前の原稿のようなもので、それを読んで誤字脱字やら書き直しやらの最終チェックをするのです。赤鉛筆を片手に握りしめ、目を大きく開き、しっかりと文章を読まねばなりません。私はファミレスのドリンクバーで喉を潤しつつゲラと向き合いました。

しかし『暗黒童話』はまだ修行途中の自分が書いた文章。幼稚な自分の姿が文章の合間に見えるたびに私の体温は上昇し脈拍が早くなっていきました。

恥ずかしい。自分の書いた文章が、とてつもなく恥ずかしい。まともに読めないのです。たとえるなら、十代のときに本音を書きつづった日記を無理矢理読み返させられているようでした。そんな日記を書いた経験はありませんが、まさにそんな感じです。

一行読むと、顔がほてって真っ赤になるのがわかりました。二行読むと、赤鉛筆を持つ手は震えだし、いつのまにか足はテーブルの下で地団駄を踏んでいました。三行読むと、「ああもう！」という気持ちになり、ゲラを丸めて壁をパンパンと叩きたくなりました。

羞恥の限界に到達して、精神がぶっ壊れたのは、ゲラを第二章まで読んだときでした。やがて印刷されて世に出回る恥ずかしい文章。その耐え難い屈辱のため、頭蓋骨の奥で何かがぷつんと切れました。思わず猿のような奇声をもらしそうになり、慌てて口をつぐみました。

そんな挙動不審の私を、隣の席に座っていた家族が見ていました。小学生くらいの男の子を連れた夫婦でした。

やめろよ。見るなよ。俺をそんな、かわいそうな人を見るような目で見つめるのはよせよ。

私は両手に割り箸を一本ずつ握りしめて戦う構えを見せました。睨みつけてやると、その家族は、いけないものを見てしまったような表情で顔をそむけました。彼らは内心で私のことを笑っていたにちがいありません。次のような会話をアイコンタクトで交わしていたのがわかりました。

母親「ねえ、あなた、隣のテーブルにいるダサいジャージ姿の若者を見た？　あの若者が、幼稚でぶきっちょな長編小説を文庫化するオツイチという青年よ」

少年「僕、あんな大人になりたくない」

父親「そうだぞ、タカシ、お前はかしこく生きるんだぞ。恥ずかしい小説を書いて生きていこうなんて思うなよ」

少年「うん、僕はしっかりと勉強してまともな会社員になるよ。大学にいるとき、ちゃんと就職活動もするよ。小説で食べていこうなんて考えないよ」

タカシ……。ああ、タカシ……。お前は賢いよ。お前の言うとおりだよ、タカシ……。私は割り箸を両手に握りしめたまま少年を見つめました。母親が私の視線からかばうように彼を抱き寄せました。

タカシの言う通りでした。私はなぜ大学在学中に就職活動しなかったのでしょうか。なぜ小説でごはんを食べていこうなどと考えてしまったのでしょうか。そう考えなければ、長編小説なんて書かなかったはずです。『暗黒童話』なんて書かなかったはずです。そして今、ゲラを読んで悶々とすることもなかったはずです。

大学の同級生たちが就職活動していたころ、私は友人の自主製作映画を手伝ったり、雑誌に短編小説を掲載したりしていました。在籍していた研究室でノイローゼ気味になりながら、そんな活動で息抜きをしていたのです。そんなとき、就職活動のことなんて頭が痛くて考えられませんでした。私は、スーツを着て面接したり、試験を受けたりすることから逃げていたのです。結果として今、同級生たちは背広に身を包み、私は薄汚れたジャージを身につけているのです。

同級生たちのネクタイ姿が私にはまぶしく見えています。彼らは社会にもまれて人間的成長を続けているはずです。それに引き替え私など、ファミレスの片隅でドリンクバーの甘いジュースを舐めて、カブトムシのごとく栄養を摂取する日々です。成長などありません。私の日々は退廃の日々です。なんという違いでしょうか。泣きたくなります。死にたくなります。

タカシ、お前は俺のようになるなよ。しっかり真面目に人生を歩め。趣味の野球も続けろ。あんまり親を泣かせるんじゃないぞ。

私は隣の席の少年に精一杯の笑みを向けてエールを送りました。タカシの父母が立ち上がり、息子の手をとってレジに向かいました。彼らは私の視線から逃げるように急いでいました。彼らが店からいなくなると、私は心臓が破裂しないよう気をつけながらゲラの校正に戻りました。作業中、私はタカシのことで頭がいっぱいでした。タカシ、お前はがんばれよ。小説家にだけはなるなよ。いい会社を探して、最初の給料で両親に何かを贈るんだぞ。お願

いだから、そうするんだぞ。

ゲラ校正を終えてファミレスを出ると、アパートまで自転車をこぎました。風にあおられてころびそうになりました。直後に、私の頭のすぐ横をトラックが通り過ぎました。私は運転手に憤りを感じました。どうしてひいてくれなかったのだ。どうしてあと三十センチ、左にずれて走行していなかったのだ。このへっぽこ運転手め。

というわけで私は生きのびてしまいました。なので、無事にこの文庫は出版されました。

二〇〇四年三月十八日

オツイチ

この作品は二〇〇一年九月、集英社より刊行されました。

乙一の本

# 夏と花火と私の死体

九歳の夏休み、私は殺されてしまったのです……。少女の死体をめぐる兄妹の暗黒の冒険。斬新な語り口でホラー界を驚愕させた、天才少年・乙一のデビュー作、ついに文庫化。

集英社文庫

乙一の本

## 天帝妖狐

行き倒れそうになっていた謎の男・夜木。彼は顔中に包帯を巻き、素顔を決して見せなかった。やがて、夜木を凶暴な事件が襲い……。ホラー界の新星・乙一の第二作品集。

集英社文庫

乙一の本

# 平面いぬ。

わたしは腕に犬を飼っている——。ひょんなことから居着いてしまった「平面いぬ」ポッキーと少女の不思議な生活。天才・乙一のファンタジー・ホラー傑作集。『石ノ目』改題。

集英社文庫

# 集英社文庫　目録（日本文学）

落合信彦　戦士に涙はいらない
落合信彦　狼たちへの伝言2
落合信彦　そしてわが祖国
落合信彦　狼たちへの伝言3
落合信彦　ケネディからの伝言
落合信彦　誇り高き者たちへ
落合信彦　太陽の馬(上)(下)
落合信彦　映画が僕を世界へ翔ばせてくれた
落合信彦　烈炎に舞う
落合信彦　決定版 二〇三九年の真実
落合信彦　翔べ 黄金の翼に乗って
落合信彦　運命の劇場(上)(下)
ハロルド・ロビンス 落合信彦・訳　冒険者たち(上) 野性の歌
ハロルド・ロビンス 落合信彦・訳　冒険者たち(下) 愛と情熱のはてに
落合信彦　王たちの行進
落合信彦　そして帝国は消えた

落合信彦　騙し人（だましにん）
落合信彦　ザ・ラスト・ウォー
落合信彦　どしゃぶりの時代 魂の磨き方
落合信彦　ザ・ファイナル・オプション 騙し人II
お茶の水文学研究会　文学の中の「猫」の話
乙一　夏と花火と私の死体
乙一　天帝妖狐
乙一　平面いぬ。
乙一　暗黒童話
乙一　ＺＯＯ 1
乙一　ＺＯＯ 2
乙川優三郎　武家用心集
小和田哲男　歴史に学ぶ「乱世」の守りと攻め
恩田陸　光の帝国 常野物語
恩田陸　ネバーランド
恩田陸　ねじの回転(上)(下) FEBRUARY MOMENT

ダニエル・カール　ダニエル先生ヤマガタ体験記
開高健　オーパ！
開高健 C・W・ニコル　野性の呼び声
開高健　風に訊け
開高健　オーパ、オーパ!! アラスカ・カナダ カリフォルニア篇
開高健　オーパ、オーパ!! アラスカ至上篇 コスタリカ篇
開高健　オーパ、オーパ!! モンゴル・中国篇 スリランカ篇
開高健　知的な痴的な教養講座
開高健 島地勝彦　水の上を歩く？
開高健　生物（いきもの）としての静物
開高健　風に訊け ザ・ラスト
開高道子　風説 食べる人たち
開高道子　ジャムの壺から跳びだして
角田光代　みどりの月
角田光代 佐内正史　だれかのことを強く思ってみたかった
笠井潔　道―ジェルソミーナ

# 集英社文庫　目録（日本文学）

樫原一郎　殺人指令
加地伸行　孔子
梶井基次郎　檸檬
梶山季之　赤いダイヤ(上)(下)
片岡護　明日も食べたいパスタ読本 アーリオ オーリオのつくり方
勝目梓　美しい牙
勝目梓　沈黙の叫び
勝目梓　鮮血の珊瑚礁
勝目梓　闇の刃
勝目梓　決着
勝目梓　悪党どもの晩餐会
金井美恵子　恋愛太平記1・2
金沢泰裕　イレズミ牧師とツッパリ少年たち
鐘ヶ江管一　普賢、鳴りやまず
金子兜太　放浪行乞 山頭火百二十句
金子光晴　金子光晴詩集 女たちへのいたみうた

金原ひとみ　蛇にピアス
兼若逸之　兼若教授の韓国ディープ紀行 釜山港に帰れません
加野厚志　龍馬慕情
加納朋子　月曜日の水玉模様
加納朋子　沙羅は和子の名を呼ぶ
香納諒一　天使たちの場所
鎌田實　がんばらない
鎌田實・高橋卓志　生き方のコツ 死に方の選択
鎌田實　あきらめない
上坂冬子　あえて押します横車
上坂冬子　上坂冬子の上機嫌 不機嫌
加門七海　蠱
加門七海　うわさの神仏 日本闇世界めぐり
加門七海　うわさの神仏 其ノ二 あやし紀行
川上健一　宇宙のウインブルドン
川上健一　雨鱒の川

川上健一　ららのいた夏
川上健一　跳べ、ジョー！ B・Bの魂が見てるぞ
川上健一　ふたつの太陽と満月と
川上健一　翼はいつまでも
川上健一　虹の彼方に
川西政明　渡辺淳一の世界
川西蘭　林檎の樹の下で
川西蘭　バリエーション
川端康成　伊豆の踊子
菊地秀行　柳生刑部秘剣行
岸田秀・町沢静夫　自分のこころをどう探るか 自己分析と他者分析
北杜夫　船乗りクプクプの冒険
北方謙三　逃がれの街
北方謙三　弔鐘はるかなり
北方謙三　第二誕生日
北方謙三　眠りなき夜

## 集英社文庫　目録（日本文学）

北方謙三　逢うには、遠すぎる
北方謙三　檻(おり)
北方謙三　あれは幻の旗だったのか
北方謙三　夜よおまえは
北方謙三　渇きの街
北方謙三　ふるえる爪
北方謙三　牙
北方謙三　夜が傷つけた
北方謙三　危険な夏―挑戦Ⅰ
北方謙三　冬の狼―挑戦Ⅱ
北方謙三　風の聖衣―挑戦Ⅲ
北方謙三　風群の荒野―挑戦Ⅳ
北方謙三　いつか友よ―挑戦Ⅴ
北方謙三　愚者の街
北方謙三　愛(いと)しき女たちへ
北方謙三　傷痕　老犬シリーズⅠ

北方謙三　風葬　老犬シリーズⅡ
北方謙三　望郷　老犬シリーズⅢ
北方謙三　破軍の星
北方謙三　群青　神尾シリーズⅠ
北方謙三　灼光　神尾シリーズⅡ
北方謙三　炎天　神尾シリーズⅢ
北方謙三　流塵　神尾シリーズⅣ
北方謙三　林蔵の貌(かお)(上)(下)
北方謙三　そして彼が死んだ
北方謙三　波王(はおう)の秋(とき)
北方謙三　明るい街へ
北方謙三　彼が狼だった日
北方謙三　罅(ひび)・街の詩(うた)
北方謙三　皸(ひび)・別れの稼業
北方謙三　草莽(そうもう)枯れ行く
北方謙三　風裂　神尾シリーズⅤ

北方謙三　風待ちの港で
北方謙三　海嶺　神尾シリーズⅥ
北方謙三　雨は心だけ濡らす
北方謙三　風の中の女
北方謙三　コースアゲイン
北川歩実　金のゆりかご
北川歩実　もう一人の私
北村薫　ミステリは万華鏡
北森鴻　メイン・ディッシュ
北森鴻　孔雀狂想曲
木村元彦　誇り　ドラガン・ストイコビッチの軌跡
木村元彦　悪者見参
京極夏彦　どすこい。
桐野夏生　リアルワールド
草薙渉　草小路鷹麿の東方見聞録
草薙渉　黄金のうさぎ

定価はカバーに表
示してあります。

一(いち)
潤
社
2—5—10

5（編　集）
3（販　売）
)（読者係）



Printed in Japan
ISBN4-08-747695-2 C0193